中国广播影视出版社
China Radio Film & TV Press

出版人 王卫平

吉鸿昌
（根据胡建新剧本《吉鸿昌》改编）
宋常铁 著
中国广播影视出版社

图书在版编目（CIP）数据

吉鸿昌 / 宋常铁著. — 北京 ：中国广播影视出版社，2016.1

ISBN 978-7-5043-7576-6

Ⅰ.①吉… Ⅱ.①宋… Ⅲ.①电影文学剧本—中国—当代Ⅳ. ①I235.1

中国版本图书馆 CIP 数据核字（2015）第 304470 号

吉鸿昌

宋常铁　著

出 版 人　王卫平
责任编辑　陈宪芝
装帧设计　亚里斯
责任校对　谭　霞

出版发行　中国广播影视出版社
电　　话　010-86093580 010-86093583
社　　址　北京市西城区真武庙二条 9 号
邮　　编　100045
网　　址　www.crtp.com.cn
电子信箱　crtp8@sina.com

经　　销　全国各地新华书店
印　　刷　涿州市京南印刷厂

开　　本　710 毫米 × 1000 毫米 1/16
字　　数　194（千）字
印　　张　15.75
版　　次　2016 年 1 月第 1 版　2016 年 1 月第 1 次印刷

书　　号　ISBN 978-7-5043-7576-6
定　　价　36.00 元

勝利歸來！
慰勞三十六旅
勝把家還

自序：谁来珍惜英雄的生命？

与以往的写作靠熬夜完成不同，这部书的写作主要靠清晨。相伴着鸡啼和晨光，我与吉鸿昌将军及剧中主要人物久久相望。

在广泛阅读资料、深度理解剧情的日子里，我深深地为一场场生离死别而热泪滚滚，为一次次命运交错而扼腕叹息，更为每一幕恶人得势而愤怒，好多天，嘴里无意中总是吟着那句诗："誓扫匈奴不顾身，五千貂锦丧胡尘。"但我更多次提醒自己，不能将人物脸谱化、简单化，那不符合生命自然的历程。

对史学严谨，对文学敬业，是我一贯的创作追求，在这次"逆编剧"的过程中，我再次践行了这份心灵承诺。

吉鸿昌，是中国各类教材和文艺作品中的名人，70后及以前出生的人们更是熟悉。中国广电影视出版社的陈宪芝女士找到我时，我也曾以为，吉鸿昌的形象太正面了，几乎是完人，而将即将上映的电视剧的剧本改编成影视文学，挑战性不高。百闻不如一见，绝知此事要躬行。我搜索到2013年4月3日《辽沈晚报》的一篇记者采访余珊珊的文章，读罢才知，我的这次创作，不是以往写史学传记或传记文学，也不是写小说，而是"逆编剧"，不是影视剧本的缩写，也不是完全自主的虚构，而是必须让人物在尊重主要剧情的基础上，有植根于作者独特阅历和情怀的新生和升华，不是简单地迎合制片人和编剧对影视作品的宣传需要，而是要成为更有影响力和感染力的，带有作者鲜明特征的别具一格的作品。这位改编热映电影《北京遇上西雅图》的作家余珊珊说："我自己也写小说，曾出过6本书，但这种改编让我的文学创作生活有了一定的改变，考验了我对社会的洞察力，加深了对生活的理解，包括人际关系……我觉得无论怎样改写，意义不分轻重，这种改写对作者本人来说是一个突破，如果你只懂自己的作品，那么写作上还是存在局限性。”于是，喜欢尝试新事物的我承接了这个创作任务。

为了严谨，我专门买了一些著名电视剧的改编图书，看过如同嚼蜡，甚至令人作呕，不但不能忠于剧情，甚至胡编乱造，错字连篇，毫无参考意义。编剧胡建新是著名编剧，曾在复旦大学中文系担任助理研究员，2000年辞职专门做编剧，与我有着相似的职业背景。胡先生三次获得国家级电影文学剧本大奖，电影《飞虎队》、《孔繁森》，电视剧《戊戌风云》、《康熙王朝》、《传奇福贵人》等都出自他的笔下。对胡先生的作品，如果简单敷衍了事，不仅是对他的作品的不恭，也是对我凡事精益求精的职业态度的亵渎。我延宕了许久才动笔，决定把这部剧本当作自己的孩子，以自己的历史观、人生观和艺术观点进行重新“教育”、“培养”，打造成自己的“孩子”，植入我的基因，让剧本焕发新的生命，让看过电视剧的读者，有更多层面的思考和收获。

胡建新先生是设计对白的高手，场景的设计也是照顾周全，但文学与影视不同，一些看似精彩的对白，拍摄出来很好看，文字阅读却很枯燥。一些必需的影视镜头，通过导演和演员加工后可能精彩，在文学上体现就很啰嗦。一些对吉鸿昌这个人物的形象和气质呈现不是很必要的情节，也必须删除，我必须精选再精选，这是建立在对民国历史、中原及西北风土人情，还有吉鸿昌及主要人物家世充分了解的基础上的权衡。

人们对图书的阅读期待和对影视的收看期待不同，对图书，尤其涉及历史人物的，探求的更多是真实，包括情节、人物的真实，也包括表情、逻辑、思想、天气的真实，而观众对影视作品的需求，是对情节的生动、有趣、感人，真实性退居第二位，这也给我提出了考验，一些人物要核实关系，时间、气候、风景要反复推敲，一些画面上可以用字幕体现的历史背景，必须加以补充。

此外，影视的叙事逻辑与文学不同，文学具有广阔的想象空间，因此，一些叙事顺序要颠倒，服饰、语气、表情要重新推敲。纸质图书篇幅有限，在数字阅读的时代，更要让读者在较短时间内获得更多有料信息、美好体验。

任何一个伟大作品都有着博大的人文关怀和深刻的文化反思。著者才学尚浅，见识朴拙，只想在这里深沉地一问：谁来珍惜英雄的生命？

吉鸿昌将军离开我们82年了，这么多年，中国和世界都发生过多次巨大变迁，对他的认识也不断变化。

我父亲是从伪满洲国和中华民国经历过的人，生前经常提到三民主义，后来我通过翻阅《申报》、《大公报》原汁原味的影印件，以及存萃学社编集，香港大东图书公司印行的《中华民国史事日志》，我发现，我们绝大多数人知道的民国都是经过人为“筛选”、“靓妆”的。在民国政府可控媒体手中，吉鸿昌常被扣上违抗政令、私建武装、反对领袖等帽子，当时的百姓是有可能相信的，一如今天的我们盲从于官方的说辞。1949年以后，吉鸿昌又被推崇为人人皆知的民族英雄，这样脸谱化、政治化的推崇，时间证明，实际上害了吉鸿昌将军。

其实，后人任何单一立场上对吉鸿昌的褒贬都欠公允，矛盾的时代必然有矛盾的人，吉鸿昌的情怀值得肯定，但爱国爱民的路径选择却打上了时代的烙印。正因为我提倡多角度观照一个事物，所以，我能够把吉鸿昌的人生放在当时的政治、经济、社会、文化实景中观察，放在中国也放在世界观察，结合对人类历史变迁的规律的熟稔来思索，这样的创作就不会像坊间无数吉鸿昌的文本一样，几十年千篇一律，让人一看标题就不需要点击，一看书名就不需要打开。

我们不要苛求吉鸿昌，他也是肉身的人，他不可能是经济模型推演中的理性人，不可能是政治或宗教宣灌里高大上伟光正的完人。他文化程度不高，加之当时教育、交通和文化、通信条件有限，他无法全面感知自己、中国和世界。他的每个抉择，不自主地服从于从家族长辈那里得到的基因遗传，服从于他的童年和少年经历和教育，服从于西北军的客观情况，服从于民国时代的客观条件、思想环境，服从于19世纪末到21世纪30年代的世界形势，“身陷红尘不自由，凄风冷雨几时休？”

抗战胜利70年了，历史再次考验国人的智慧：中国改革向何处去？这事关无数芸芸众生的生命。

人类社会绝大多数国家都在不同进度、不同形式地从事着普世价值的实践，开放、宽容、和解、民主、自由、人权、法治、多元共生，逐渐成为人类共识，这个世界因为自由而多姿多彩，因为宽容而万象共荣。

历史上，世界和平或者战乱都是多个国家、民族、种族不同利益、诉求相互作用的必然结果，此消彼长中形成主要态势，有些还深受地震、大气环流乃至太阳风暴等外星作用力的影响。完全可以掌控未来的国家没有，都是这个动态世界艰难的孤舟。悲催的是，吉鸿昌时代的中国人缺少宽容和妥协，没有对生命的基本尊重，总是高喊着道义和“真理”，把善良的有责任的人推向生死抉择，然后丢给一顶英雄的冠冕。

一个国家的进步和繁荣，不能靠少数英雄的鲜血来铺就，必须从制度和文化上不断革新。英国经济学家哈耶克说：“一个生机勃勃的社会，它的制度的基本原理是鼓励一切个体在一切可能的方向上生活。”吉鸿昌应该活着，因为只有活着才有话语权。生命权是最基本的人权，联合国将人权和法治列为人类发展目标。在人类历史上，多少不受束缚的权力和宗教狂热犯下比战争还严重的反人类罪行？英国女王伊丽莎白二世说：“真正的爱国主义不排斥对于其他人的爱国主义的理解。”我们不能以爱国主义、民族主义、集体主义等任何口号或“神圣目标”来要求人们去牺牲。人们面对历史上几千万人灭绝的大饥荒可以置若罔闻，甚至代为辩解，但是，自己家人死一个都不依不饶。如果我们是吉鸿昌，如何面对他的多次生离死别？

在中国政治中，妥协往往被指斥为“革命不彻底”，举起“革命”的大旗，就可以在私利、义气和情缘的促动下丧失理性。但剑桥大学历史系教授阿克顿说：“妥协是政治的灵魂。”政治是妥协的艺术，民主是妥协的制度。只有在民主政治下，妥协的艺术才有可能实现，曼德拉和甘地也只能在英国这样国家的殖民地产生。2015年10月9日，挪威诺贝尔委员会宣布，突尼斯国家对话大会获得2015年诺贝尔和平奖，和解对话与其他国家政治变迁的血雨腥风相比，高下立判，强烈反差。这让我想起电影《建国大业》的镜头：1948年年底，宋美龄访美，希望美国继续贷款帮助她丈夫，美国国务卿马歇尔冷冷地丢给她本杰明·富兰克林的那句名言：上帝帮助自助者。其实，我们至今不能自助。

史景迁说："治理中国是件太复杂的事情"，我们太需要理性和交流，和解与妥协。比起其他国家，中国最受难于历史和文化包袱的沉重，以致每走一步都左顾右盼，顾念祖制。

就在本书收笔的前一天，10月7日，历史五年之久的TPP谈判终于在达成协议，这项协议将剧烈地影响国际政治生活，这昭示着，资本正试图建立自己的帝国，趋向于超越民族国家、脱离民族国家的控制。新加坡著名学者郑永年认为，资本正进入第三阶段，工业资本主义转型为金融资本主义。这让一系列政治和经济学说都受到挑战，比如爱国主义，工业经济需要国家边界，而金融资本没有边界，或者不需要民族国家这个边界，信息技术和互联网、移动互联网的飞速发展，更强化了金融资本超越主权国家的能力。面对这些变化，如果我们执拗于思维惯性和传统观念，只能搞"戊戌变法"和"洋务运动"，拿不出"明治维新"的果决，中国的前路将更加崎岖，我们还会在中日竞争中落败。

我们怀念吉鸿昌，毕竟，战士的坟墓比奴隶的天堂更明亮，伟大来源于时间的积淀和关键的历史角色，吉鸿昌的人生走到英勇就义，是时代和历史交合的必然。我们为英雄喝彩，却更要为生命惋惜，更要为生命之花的绚丽绽放提供沃土，而不仅仅是一声叹息，或继续无谓地赴死。

珍惜每个人的生命，也正是吉鸿昌一生的善念。

吉鸿昌将军，你的人生很短，而中国的前路还很长，很长……

目录 CONTENTS

第一章

吉营长不指挥，这仗打不了！

20世纪20年代，华北大地饱经着战火蹂躏。共和与帝制的拉锯战，北洋军阀与南方革命党等各派势力在这里进进出出，让这里的人民倍受苦难的煎熬。

北洋时期的总理就像叶利钦时代的俄罗斯总理，你知道今天的天气，却未必知道今天总理是谁。1922年，直系军阀吴佩孚联合六省军阀，通电攻击梁士诒内阁媚日卖国，内阁总理梁士诒被迫离职，直、奉两系军阀矛盾激化。4月29日，第一次直奉战争爆发。奉军约十二万人，直军约十万人在京津一带的长辛店、琉璃河、固安、马厂等地展开激战。直奉战争是中国历史上第一次有海军、空军参战并发挥重大作用的内战，一战期间发明的新式武器如坦克、重炮、重机枪、地雷纷纷使用，战争的惨烈对当时的军人产生了巨大的心理冲击。

华北的一座县城也没有逃过战争一劫，直军冯玉祥部一个营围困奉军一个连，却久攻不下。

北飞的大雁正享受着宁静的天空，突然，一架日本飞机惊散了这群沐浴着和平的生灵。飞机上，日本飞行员用日语命令:“丢！”奉军士兵听不明白，眼睛一瞪，问:“干啥？”日本飞行员不耐烦地骂道:“到敌占区了，快丢炸弹！傻瓜！”奉军士兵心想，妈拉个巴子，到中国地盘还这么装爷态，回敬道:“你娘的！老子脸都吹木了,听不明白鸟话！”日本飞行员只好用生涩的中文大喊:“炸弹！丢——炸——弹！”“早他妈说啊！”一捆手榴弹在直军的阵地爆炸，沙石顿时遮天蔽日。

军阀是靠地盘活着的，谁占领的地盘经济发达些，物产富饶，人口密集，部队的装备就好。进攻这座县城的是后来称为“西北军”的直系军阀冯玉祥部的一个营，装备差。这时，这些直军士兵看着飞机飞走了，才敢探出头来。愤怒的直系军新兵王留柱向飞机开枪，被他哥哥王淮义拉回战壕，一颗炸弹立刻在身边爆炸，好在他哥哥已经把他压在战壕里，他哥哥骂道:“你不要命，你也要珍惜每人这几粒子弹”。而这时，在城堡上，东北籍侯连长正在堡壁旁悠闲地坐着，卷着东北特产蛤蟆烟，仰头看着飞机呼啸着在前方轰炸，得

意地笑着。

直军这边被奉军先进的武器压得抬不起头，连长彭楚志首先不干了，让王淮义去告诉新任营长阮小二：“这仗打不了！吉营长不回来指挥，俺们连就不能打了。”阮小二正在上火，在战壕里走来走去，心想，没他吉鸿昌二营还散伙不成？就他敢身先士卒冲锋在前？他大喊：“火力掩护！我上前面看看”，还没等冲出战壕，话音刚落，一颗炮弹就把他吓回来了。

吉鸿昌在位于山洞中的指挥所里拉着河南坠子琴，这个大过门被他拉得行云流水，还常常甩着花腔儿。吉鸿昌，人称“吉大胆”，以智勇双全，善于打硬仗，也善于打巧仗闻名，士兵很拥护他。前方战事胶着，吉鸿昌表面上安于清净，实际怎么可能不为战事焦急，每个士兵他都看得像亲兄弟一样，而一个营围着一个连打，却久攻不下，这么耗着实在没面子。山洞里，团长阮静怀看着侄子阮小二被奉军压着打，干着急没办法，参谋长蒋敬山说：“若谷兄，我看还是换吉鸿昌上吧。”阮静怀还硬撑面子，说：“不行，他打了我的营副，不能就这样轻饶他，让他呆着去。”蒋敬山提醒他：“都啥时候了，你可别大意，冯先生专门吩咐过，要尽早打下这座城，如果奉军得知城里有金窑，他一增兵就麻烦了。”

阮小二一筹莫展，让连长彭楚志去冲锋，彭楚志说，我们这是个新兵连，不能让新兵白白做炮灰。阮小二大怒：“少废话！新兵不冲锋，怎么成老兵？”楚志拉阮小二到一边：“我的长官，吉营长指挥的时候从来不让新兵蛋子冲第一线”。其实，彭楚志的烦躁也是全营士兵的心理，靠当团长的叔叔上位，没有作战经验，也没有吉营长的勇敢，谁服气啊？但是，又不甘心就这么像个缩头乌龟一样耗着。

又一轮飞机轰炸，直军连长彭楚志大喊：“弟兄们，跟着阮营长冲啊！”可这时，新兵王留柱的军号从飞机轰炸落下的土里翻出来，一吹，不好用了。只好跟着彭连长的号令，以落后于时代的密集阵势往前冲。奉军的机枪响了，毫无经验的新兵光靠手持大刀片子正面冲锋，结果只能像割高粱一样成片倒下。接着一发炮弹打过来，震耳欲聋的炮声吓破了阮营长的胆子，他在战壕里蹲着，其实他应该万幸，如果城里奉军知道吉鸿昌已经被解职换成了这个外行加怂包，没准都敢来个反包围杀出城来。

吉鸿昌拉完了琴，唱完最后一句道白："两位好汉，不要再打了"，收好了琴，参谋们这个心急啊，彭三原、张晋雄围在吉鸿昌身边要他拿个主意。吉鸿昌只是让他们喝茶。

团长阮静怀也是为难，曹恩茂和蒋静山建议，恢复吉鸿昌的指挥权，事情会好办些。一方面，西北军是子弟兵传统，谁接的兵谁带，胜负由他自己负责，这样士兵才会有士气，而且吉鸿昌骁勇善战是不争的事实。阮静怀不是不知道这个道理，但是，裙带关系是当时军队的普遍困境，阮小二是自己的侄子，偏偏这么不争气，总不能刚当了营长再给免了，只好听从蒋静山的建议，不免职，但是剥夺指挥权，由吉鸿昌指挥。

他们走回山洞，跟吉鸿昌谈话，吉鸿昌当然不是任意揉捏的主："谁有本事谁就上，吉鸿昌不代理怂人。谁是营长谁卖命，只有粉头才替人唱戏。成何体统！"阮静怀忽一转念，想到个好主意，对吉鸿昌来硬的不行，要捅他心里最柔软的那根神经，就假装下了决心，说："吉鸿昌，我知道你肠子是咋绕的，你不就是想看阮小二撑不住了，想叫我来求你吗？好，你不去，老子就让阮营长冲，叫他把你带来的兵都拼光，看到底是你心疼还是老子心疼！"转身就要走，吉鸿昌一听，这可都是自己招来的新兵蛋子，他要对他们的父母负责啊，他真的急了。既然阮静怀和蒋敬山答应把这个县城打下来，就把阮小二调走，他还回去当营长，那就打吧！他早看明白了，飞机上不了城墙，飞机大炮有什么可怕的，他自有秘诀。但是，团长阮静怀只给他一天时间，否则军法处置，这确实是个考验，他不能马虎。

蒋敬山给他的任务是：尽快破城，然后派兵去占领东街这个日本洋行，就是原来的段记裁缝铺，占领后把日本商人赶出城去。彭三原在一旁问："为打一个裁缝铺要花那么大力气？"吉鸿昌也纳闷，蒋敬山小声道："好吧，要注意保密。前不久，这个裁缝铺在后院挖地窖，挖出了金沙，那就是说，城里可能会有金矿。日本人侦知了消息，已经抢先行动，买下了裁缝铺，并且瞒着奉军，想独吞金矿。如果我们拿下这个县城，就有望得到金矿补充军饷，

奉军如果知道了这个消息，肯定也会重兵守卫，所以冯先生才着急打，你们的动作必须要快。”

吉鸿昌作战足智多谋，但为人却是直来直去，对国家对百姓一片赤诚，连年的内战已经让他心生厌倦，如今一听，原来奉军也是被日本鬼子利用了，顿时心中冒火，吉鸿昌走到洞壁旁，拿起军装穿戴，操起大刀。吩咐彭三原他们：“走！原来是小日本在背后算计，这一仗一定不能辜负冯先生的期望”。

奉军盘踞的城堡上，侯连长和炮兵参谋余原斌打着嘴仗，战事稍息，他们松松垮垮地仰在城头享受着暴风雨稍息时的平静。两个人互相不服，但是，在大炮还应用不普遍的年代，侯连长不得不忍受余原斌的敲诈——打一炮多少大洋。直军这边，阮小二的战事还没有进展，还白白牺牲了新兵王留柱，王淮义看到王留柱为了救自己中弹，阮小二还揪着他追问为啥不吹冲锋号，心中更是愤怒。阮小二责问彭楚志，你小子竟敢纵兵造反，彭楚志愤怒地说：“那正好，老子还不干了呢”这时，传来了吉鸿昌洪亮的声音：“谁说不干了？我批准了吗？”彭楚志抬头一看，原来是吉鸿昌、张晋雄、彭三原正往这边走。这也是阮小二万万想不到的一幕。

吉鸿昌一露面，战壕里一片欢呼。阮小二感到自己一下子成了外人，再也没有了神气活现的底气。吉鸿昌上前微笑着拍拍阮小二的肩，下了阮小二腰间的枪。阮小二不敢反抗，但脸都气白了：“吉鸿昌，你这可是搞兵变！我要向我叔告状！”吉鸿昌鄙夷地一笑，心想，我来对你也是好事，给你个台阶下，免得你进攻毫无进展，一直僵持着难堪。人，退一步可能是为了进两步，你叔叔也不能替你打仗是吧！

阮小二被几位士兵驾走，吉鸿昌叫几位连长过来商量战事：“老二、老三、老四，过来商量一下这仗怎么打？”彭楚志、张晋雄、彭三原围拢了过来。

在民国时期的军队中，尤其是北洋军阀时期，军队还没有完成向现代军队的转型，谈不上为了国家为了政治信仰而战斗，从上到下都靠私情、义气和派系关系维护，地缘、血缘、情缘凝聚着一群人，为长官冲锋陷阵，如果长官有崇高威望，固然会发挥巨大的凝聚力。可是，一旦换了人，兵不知将将不知兵，是无法指挥的，更何况遇到了会打仗、会做人的吉鸿昌做营长，阮小二是没法干下去的。

他是人治文化传统的受益者，同时也将成为这个文化传统的牺牲者。咱们后文有话。

吉鸿昌打仗确实有章程。

话说奉军侯连长这边正在城堡上悠闲地晒太阳，忽见城下射程外有一帮赤膊上阵，脸上画着炭灰的士兵，呈集团状立在射程外。方阵开处，一个人扛着“吉”字黑旗,骑着马,独自走出了队伍,来到城堡前。这是什么鸟玩法？侯连长连忙命令手下：“快快，快，注意警戒，没我的命令不许开枪！”随后对着城下大喊：“来的什么人？”“你爷爷吉鸿昌来了！城上守军快快投降！”侯连长大笑：“嘿，原来你就是吉鸿昌！爷爷我等你多时了，你却硬充窦尔敦的徒弟！哈哈哈哈！”城上的士兵们也连声嘲笑。城下彭三原一挥手，他身后上来百十名士兵，击鼓吹角，神神叨叨跳起舞来。

侯连长心想：这不是东北的跳大神吗？侯连长一边看“演出”一边跟城下叫骂,这时,排长来报:“连长！那边又来了一支部队！”侯连长往那边望去，又一支光着膀子，黑压压的队伍出现。他们也举着“吉”字黑旗。他立刻赶往西侧城墙，他向城下一问，也说是吉鸿昌，侯连长懵了，嘴里磨叨着：“妈了个巴子的！又一个吉鸿昌？还能分身了不成？”这时又有来报,又发现“吉鸿昌”了，只是不说话，侯连长立刻过去一看，一样的方阵，马上立着一个跟之前形象一样的人。这个“吉鸿昌”一语不发,瞪眼看着城上。只见这个“吉鸿昌”一挥令旗，一队士兵出来舞起长刀来，搞得尘土飞扬。排长问:“连长，拿炮轰吧，我看正是时候。”侯连长:“奶奶个熊？你看轰哪个吉鸿昌？”

侯连长的内心忽然掠过一丝阴影，出生在东北农村的他听老人讲过黄皮子（黄鼠狼）抓兔子的故事，按说黄鼠狼个子比兔子小，单挑不是对手，兔子跑的也快，胜算不大。但黄鼠狼会给兔子“跳舞”，动作越来越快，越来越花样翻新；兔子刚看时，很开心，很好奇，但不用很久，兔子眼里的黄鼠狼影像就模糊了，兔子也松懈了防备，这时，黄鼠狼瞬间扑上去，完成致命

一击，叼着就走。

他的联想没错，真的吉鸿昌已经和彭楚志、王淮义，还有一众背着大刀的敢死队员来到一处土壁处隐蔽。他们用长竿送一名队员登上城墙绝壁，两刀结果了还在看“跳大神”的两名哨兵，绳索放下来了。吉鸿昌悄声命令：“上！”吉鸿昌、彭楚志带着敢死队员从绳索登上绝壁。奉军侯连长在城墙上忙着辨认哪个是真的吉鸿昌，可怕的是守城士兵都在跟着他跑，这节目不好看了，越是想着哪边是真吉鸿昌，心理的恐惧越是强烈。这时，只听彭三原一声大喊：“兄弟们！上啊！”三面一起想起震天动地的喊杀声，久经沙场的侯连长真的慌了，守城的那点火力集中打阮小二可以，一旦分散就显得杯水车薪。只有两门炮，到底用来轰哪个“吉鸿昌”？城墙上狭小的空间，慌乱中甚至自己人打伤了自己人。这时，吉鸿昌的敢死队员们边杀边喊：“吉鸿昌上城啦！”隔着数十个正战斗着的士兵,吉鸿昌和侯连长对视好久,距离近了，通过眼神和仪态，两人好像认出了对方的指挥官身份。正在慌乱，只听排长报告：“连长！炮兵来增援了，余长官来了！”侯连长一看，余原赋领着几个脚夫，扛着两箱炮弹，拖着一门山炮赶到了。“二爷你可真磨蹭，快，那边就是真的吉鸿昌，给我大炮轰！”余原赋起身：“你就给二十块大洋，我得瞄准了，得一炮完事啊。”侯连长推余原赋上炮：“好好，别说了，求求二爷您，快瞄准吧。”余原赋：目标，吉鸿昌，专打一人，二号装药，直瞄，预备……

一声炮响，炮弹炸在吉鸿昌身边的城墙上，吉鸿昌应声倒地。王淮义不顾一切地冲向吉鸿昌，哭喊着：“营长———！”一见营长被抬走，吉鸿昌的士兵蜂拥而上，为长官报仇。侯连长举着望远镜一看，大笑：“奶奶的，手法还真挺准，我打着吉鸿昌啦！快，都给我撤到瓮城，他们攻不下城来啦！”奉军退下城堡向后方瓮城边打边退。侯连长看着四周涌上来的吉鸿昌军队，心中暗惊，没想到这么轻易就破了城，窝囊！

第二章

为民抗命促和平

浓烈的硝烟中，直军士兵看到吉营长牺牲，顿时眼睛都红了，王淮义冲上去，一边大喊：“医护兵在哪？”，一边把受伤的吉鸿昌拖下战场。奉军的山炮却又一次对准了吉鸿昌，幸好及时被张晋雄发现，马上大喊：“都给我上去夺炮！”战士们往城楼冲，张晋雄亲手接过机枪边走边向城楼炮台扫射。这时，奉军炮手余原斌被炮弹炸倒，原来，北城墙上彭三原刚缴获了奉军的一门山炮，可惜士兵鼓捣不明白，没有打准，否则余原斌就一命呜呼了。这时，余原斌一炮打来，彭三原的山炮顿时炸成了废铁。侯连长定过神一看，吉鸿昌已经被他们抬出了战场，很是懊恼，侯连长：“晚了吧，快往瓮城内城撤！”

士兵看到抬回去时跟死人一样的吉鸿昌，哭声四起，彭三原突然头望苍天嚎啕大哭，正在这时，吉鸿昌突然咳嗽了一声，大家很惊讶，经过医护兵检查，没有什么事。彭三原破涕为笑：“大哥给炮炸晕了，好了好了，大哥大难不死，屁事没有！”吉鸿昌醒来就问：“城堡打下来了？”大家告 诉他：打下来了,奉军都退到瓮城去了。张晋雄已经把瓮城门拿下来了。吉鸿昌：“快走，上瓮城！”瓮城外城与瓮城内城通过一个不大的瓮城相连，吉鸿昌、彭三原、彭楚志快步走上瓮城楼，来到张晋雄面前，张晋雄心中惊喜，原来吉营长嘛事没有啊。吉鸿昌一行围着瓮城堞察看地形,然后又转回了指挥所。他说：“对面还有一门炮，得想办法把它先搞掉。”大家七嘴八舌地，很是焦急，因为时近黄昏，下了军令状，折腾一天了，靠机枪、步枪是解决不了问题的，吉鸿昌陷入沉思：兵不厌诈，还是得想个巧主意。

吉鸿昌和侯连长这边正在打嘴炮，这边侯连长的一句劝降词很是打动他的心：“吉鸿昌，咱不打嘴炮了，这些年你们都穷得叮当响，快连裤子都穿不上了。若能听兄弟一言，放下武器，兄弟愿意去张大帅面前替你们美言。张大帅粮多饷多，比你们冯先生腰杆子粗，他又是爱才的人，定会重用你们，将来吃香的喝辣的，比你们现在可强百倍。”不是他贪图享受，是这些年在军阀之间厮杀的战场上，他明显地看得出，冯先生的部队武器、装备、给养不仅远逊于奉军，也比其他直军部队差；弟兄们还有这样的凝聚力和斗志主要靠冯先生的治军有方，否则，与土地肥沃、人口压力不大，又能相对和平

地搞经济建设的东北奉军没法打仗。心里想着就暗下了狠劲，一定要为冯先生争光。

谈话间，彭三原领着人从瓮城外城偷摸下到瓮城，可惜被余原赋发现了，带着几名炮兵推着山炮就去了。吉鸿昌正这么想着，彭三原那边枪响了，侯连长一看，大骂吉鸿昌偷袭，一边大喊：“你们跟我走，去把瓮城门打开！吉鸿昌，你他妈给我个暗度陈仓，老子要还他个火烧博望！”侯连长带着士兵来到铲铲旁，绞绳连着城门。门发出轰隆隆的响声，慢慢打开了。彭三原赶紧探身打探。可以看到城内了，却不见有人。排长担心地说：“就怕有诈。”彭三原抬头看对面瓮城上一眼：“他的人都在瓮城上，他用诈我用快，跟我上！”一行士兵沿着城墙根向瓮城门逼近。灾难发生了，忽然城门上大量污泥兜头而下，大家眼前一片昏黑。黑泥和大大小小的弹壳还在继续泼下来。黑泥加上弹壳，在石板上铺了一地，又滑又滚，士兵们没法站稳，倒了一大片，吉鸿昌马上吩咐：“火力掩护！”。那边侯连长和城上士兵冒着弹雨，接着把两桶油滚上城头，推了下去。油桶在石板上摔开，油喷涌而出。很快，火把也丢进了瓮城。再撤，已经来不及了。吉鸿昌看着最后一个士兵倒在火中，心如刀割。

张晋雄与一身火焦的彭楚志回来了，吉鸿昌目光如火，死盯着彭三原，狠狠地打了他一个耳光：“你这个人好冲动，你的任务是打山炮，打掉了完成了任务，你头脑一热，兄弟亡命，你哭都找不到坟头。”吉鸿昌对彭楚志说：“赶紧回城堡，把敢死队的皮筋炮都调上来，越快越好”，又吩咐张晋雄，“你去集中两百颗手榴弹，一会好打”。

皮筋炮，听着新鲜，其实，说白了就是大弹弓子，是一种很有效的土办法。找到“Y”形的树杈制作，发弹时自动拉弦，手榴弹弦便留在棍上了。身强力壮的士兵们躺在地上，用脚撑着巨大的弹弓，彭三原大喊：“使劲……放！”一排石头飞过瓮城，砸向了瓮城内城。城墙内一片火海，炸开了锅。奉军炮手没见过这玩意，趴城堞上一看，只见弹弓杈晃动。余原赋眼睛瞪大了：“乖乖，土炮呀。”正发呆，又一阵土炮轰击，这边顿时昏天黑地。余原赋对侯连长喊：“顶不住了，快跑吧！”彭楚志对吉鸿昌说：“敌人退到城里去了。”吉鸿昌一看，打得好，吩咐张晋雄架云梯，先把内城拿下来，彭楚志待拿下内城后就去追击。彭三原主动请缨，吉鸿昌让他和彭楚志一起进城追击，主要任务是：拿下洋行裁缝铺！彭三原见吉鸿昌把重要任务交给自己，很是感激这份信任，高声回答："是！"

余原赋正扶着侯连长下城，忽然对面来了一队师生，为首的梁师侠穿着浅青色长衫，带着十多名手下拿小旗的学生，上面写着口号，一路喊着过来："还我旅大……打倒日本帝国主义……反对卖国……不打内战"。

侯连长急忙拦阻：站住，你们这些学生不要命了！余原赋认识梁先生：梁先生,您带着学生到战场凑什么热闹。我认得先生,枪炮子儿可不认得先生。

梁师侠听余原斌介绍，拱手对侯连长说道："久仰长官！我看你们一个比一个强蛮，也都有一腔军人血气，如何在我泱泱华夏外患横行之时！不去打日本人，倒打起自己人来了？"侯连长一声叹息："唉！先生有所不知……不是我们打他，是他来打我们"。梁师侠说："无辜的是中国百姓，军阀混战，强敌趁乱，百姓涂炭，侯长官万万不可糊涂！"原来，梁师侠是来给两家劝和的,身上还带了奉军营长的手谕,侯连长赶紧接过一看,读道:"今为抗日计，我已答应梁先生与冯军讲和。特委派余高参原赋为讲和襄赞，一切听梁先生安排即可。为保城池不失，已命六连于今晚八时进城协防。此令。"侯连长看了很高兴，立即吩咐打开了城门，梁师侠领着学生队伍往城门走去。侯连长看着他们的背影，多了一丝忧虑，这些和平使者手无寸铁，毫无经验，如果一个冷枪、流弹飞过，岂不可惜？这时，余原赋挑起一条白布摇起来，他对着吉鸿昌喊："你不要打了，我们两家先歇火，我奉上峰之命来给你讲和，我们请了中人，马上到瓮城谈判，马上到瓮城谈判。"

一听谈判,刚刚吃过亏的直军弟兄们哪个肯相信,吉鸿昌也吩咐,准备打。可是，当他们看到瓮城城门再次打开，梁师侠带着一众学生走了出来，大家一时不知所措。吉鸿昌对梁师侠说："先生且慢，我不知道先生代表哪家来讲和？"梁师侠答道:"我虽然是中人，但我可以代表奉军，我有他长官的手谕。不过，我要声明，我真正代表的，是全中国的老百姓。"吉鸿昌转头看着瓮城内城城垛上，发现了一挺枪已经支了出来。彭吉楚志看不过了，大声插话：

“好大的口气。先生，你回头看看，你身后的机枪可是冲着咱们呢。”梁师侠回身向上看，侯连长马上吩咐把枪都收了。

梁师侠接着说：“我们是代表全县六万百姓，来请双方休战的。”吉鸿昌一笑：“休战？可是好笑，俺们打仗来！牺牲了好些兄弟，刚打下城来，先生却叫俺休战！？”梁师侠不愧是书生，自己人不打自己人，一致对外，这句句捅在直军士兵的心里，碰触到爱国主义的敏感神经。可是，军令如山，更有许多死难弟兄的私仇未报，如何不纠结？彭三原在那边呆不住了：“你们不要听那些人胡言，都是来搅乱的，做好战斗准备。”梁师侠坚持不懈地讲道理：“吉长官，我们对自己说过的每一个字，都可以用自己宝贵的生命和血肉来担保它的真实，如果长官需要证实，我这有报纸，请长官过目。”梁师侠从怀里掏出一份报纸来在空中挥来荡去。吉鸿昌说：“我不需要过目，我不知道这报纸是哪家的，我不信报纸”。梁师侠说：“你信不信，我都要来给你念念。上海《申报》:《国耻当头，全民动员》。明日，就是今日，全国城乡凡军民百姓，将联合抗议日本国。天津《益世报》:《长沙工人持续举行抗议集会，声讨日倭》;《民国时报》:《葺尔三岛何敢挑衅泱泱华夏》;《时事画报》:《全国各地声讨日本国速写集》。还有几张，我也不念了。我们请两军响应全国抗日浪潮，暂熄战火，一起去城里举行对日示威的集会和游行。我已然说服了奉军长官，他们营长已经答应了，派他的高参余先生做代表来谈判。这就是奉军的诚意，请问贵军有没有诚意？”瓮城内城上的余原赋站起来：“我是奉军和谈代表。我们奉军是爱国军队，你们口口声声要打日本帝国主义，临了还是要打内战，打咱们爱国军人，你们才是日本人的走狗。”

看似无意其实有意，这时，一架日本侦察飞机来到大家头上盘旋，吉鸿昌冷笑：“哼，谁是日本人的走狗，抬头看看天上吧。”余原赋一看，气得不行，暗骂：“妈的，哪壶不开提开壶，这时候来捣什么乱！”吉鸿昌愤怒了：“不用废话。梁先生，你不要再费唇舌，这座城池无论如何我是打定了！我给你五分钟时间，带着你的人走，否则时间一到，我就发起总攻，到时候别怪我没有提前说！准备战斗！”梁师侠低下头，慨叹道：“悲哀呀悲哀，同学们，我们现在是为民族生存，民族利益而奋斗，要奋斗就会有牺牲，不要害怕。”

吉鸿昌大喊：“还有两分钟。炮火准备——”，可是，时间到了，梁师侠和学生们还是不走。吉鸿昌的枪举在头顶上，大喊起来：“梁先生，快走啊！”却见梁师侠与学生们手挽着手，站成一排，目光反倒更加坚定。这时，为了表示和谈诚意，奉军方面谈判襄赞余原赋大步走下台阶，向瓮城内走去，奉军兄弟纷纷追随，他们和余原赋挽起梁师侠的胳膊，士兵们也挽起学生们的手，组成一道军民的城墙，看着吉鸿昌。吉鸿昌和他的弟兄们傻眼了，梁师侠趁着火候继续说服吉鸿昌：“吉长官，我是略略知道些你的。你是冯先生最为器重的西北军战将，为什么冯先生器重你，不为别的，就因为你有一颗爱国之心。我知道你在南苑练兵时，就为日本人欺负中国商人打了日本人，引起一场风波，被撤过一回职。我那时在北京报馆报道过此事。听说这次攻打城池的是你，我才斗胆前来游说，因为我相信冯先生的爱国是真心的，你的爱国也是真心的。我同时也相信奉军兄弟也都是爱国的……”这段话说得吉鸿昌蹲在那里，羞怯的表情装点了这钢铁汉子的面庞，煞是英气逼人。

梁师侠给吉鸿昌一分钟时间考虑，是战还是和，是做民族的罪人还是民族的英雄。这一分钟，让吉鸿昌感到很漫长。他直挠头，弟兄们的争议纷纷攘攘，但是，他看得出，主和，是大家的主流民意，而他，一个义气盈胸的中原大汉，从小浸淫在父亲茶馆的氛围中，听多了《三侠五义》、《水浒》、《三国》之类精彩说书，他从来就很看重义气，并转化为对士兵们的关爱，但是，民族大义面前，确实让他很难取舍。

这时，只听梁师侠大声说：“时间到。吉鸿昌，我们对你已是仁至义尽，你要打，要从此做一个无良军阀，我不能阻止，我也不会让我的学生们成为军阀的炮灰，死在军阀的手下。同学们，江山可改，朽木难雕，让这些军阀们去拼个你死我活，攻城略地，置我中华大好河山于不顾吧！我们走！我们还去抗议日本国，去游行！”梁师侠转身对余原赋说：“抱歉了，我的游说以失败告终，请你们好自为之。”梁师侠率领学生们向城内走去，余原赋与士兵们跟这也走了。这时，只听吉鸿昌站起来大喊：“请先生留步！”吉鸿昌咬

着牙，当众把手枪里的子弹卸出来，哗哗掉在地上。双方都愣住了，吉鸿昌说："各位，我答应暂时休战，进城参加抗日集会！"侯连长没想到这一幕就在眼前，不禁赞叹："嘿，好汉，我服了！"梁师侠微笑了，他持重地向吉鸿昌向双方拱手作揖："各位爱国大义让鄙人深为感佩，鄙人就在文庙广场恭候诸位爱国军人！"

吉鸿昌回到瓮城外城城楼指挥所，心情非常复杂，这是前线违抗军令，火急的军情不顾，去参加抗日集会，上面会怎么处置？唉，不想了，不管怎么说，这次代表直军冯玉祥部去参加群众集会，一定要好好捯饬一下，展现冯玉祥部下的军容。他洗净了脸，穿着一身威武的军装，一脚蹬上皮靴。他知道，军饷已经拖半年了，冯先生着急打这个县城，也是为了裁缝铺下传言的金矿，但是西北军虽然穷，不能没有志气和风骨。他对张晋雄等官兵说："现在日本国欺人太甚，那是外患，就为一个裁缝铺挖出点金沙，还不知道有没有金矿，就放弃西北军誓死救国的使命了？就算城里有天大的金矿，为给中国人争一口气，该舍也得舍！"

正在准备出门，忽然外面一阵吵闹，不一会儿，就见彭楚志与几个士兵扭着王淮义进来了。彭楚志对吉鸿昌报告："营座，这小子又要抗命。"吉鸿昌一看王淮义，脱掉了军装，除开手中的长枪外，他的身上挂着两把长枪和一大排子弹。腰带上别着两把手枪，身后还扎在一排手榴弹。完全不像个军人，像个只会玩命的市井泼皮。他听说吉鸿昌暂时休兵，还要去参加和平集会，那怎么能为弟弟王留柱报仇？不行，马上自己单干，去为自己死去的兄弟王留柱报仇。吉鸿昌看他一眼，怒斥道："你给我好好记住，天下事没有比扣动扳机更容易的了，快意恩仇呀！可是你为什么到了没有扣响这个扳机？你觉得你还是个军人。军人不是市井泼皮、不是皮匠、不是倒粪桶的！军人比一切老百姓都更要能够忍耐和牺牲！出来打仗的军人，哪个没丢过亲人？我们为什么？……就是为了保护世上一切受不了委屈、坏脾气的老百姓，保护他们不至于因为冲动伤害自己！你自己在这好好反省吧！"吉鸿昌和三位连长没空跟他争论，转身离开了，剩下王淮义一个人坐在地上。

吉鸿昌来到文庙广场，这时候，广场上已经人山人海，主席台上横幅写着“抗議日本政府霸占旅大殺害中國工人之军民大集會”，两边对联是“肆萬萬民眾不能忍耐 貳拾一條約可以休矣”。嘹亮的《抗击日倭军歌》响起来了，吉鸿昌一行感到了自己作为缔造和平英雄受到群众欢迎的热情，但是，他心情沉重，因为他回想着这些年战火硝烟里对垒厮杀过的许许多多对象，那些场景，忽而血肉模糊，忽而震耳欲聋，忽而哭爹喊娘，忽而枪弹呼啸，这都是为了谁？

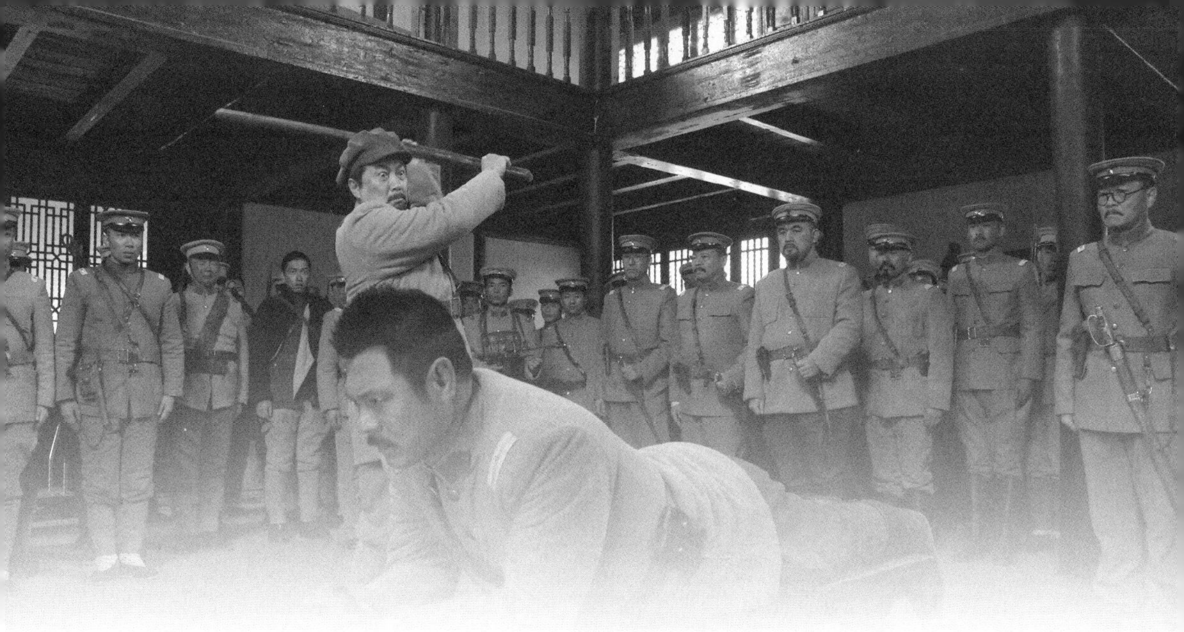

第三章

挨了军棍，又丢了官帽

吉鸿昌这边促和平，指挥所里却闹了内讧。原来，王淮义被他绑了丢在指挥部反省，昏昏沉沉就睡着了，这时，阮小二带着两个随从进来了，阮小二恐吓他：“老子要对你执行军法！带走！”接着用布堵住了他的嘴。王淮义被押着走出洞口，心里琢磨着，阮小二要把他怎么样？要弄清楚，眼珠一转，腿就一瘸一拐了，嘴里哼哼唧唧，阮小二听着不耐烦，拔了口里的布，让他说话，王淮义假装求饶，求阮小二不要对他执行军法。阮小二忽然换了脸色，假装亲近：“小兄弟，是不是你要为你弟弟报仇，吉鸿昌不答应。”王淮义：“长官咋知道？俺、俺没有违犯军纪。”阮小二笑嘻嘻地拍着他的肩膀说：“你别害怕。你不是想报仇吗？这件事本长官可以为你做主。我现在把你送回团部，见了团座，你要控告吉鸿昌。”王淮义装作不懂：“长官，控告他啥啊？”阮小二骂道：“笨死了，控告他违抗军命，擅自议和呀，这可是通敌的罪名。”王淮义眼珠一转：“咳，你早咋不说！我正发愁没人给俺做主，要告他呢！”阮小二喜形于色又有点不信：“你真是这么想的？他可曾经是你的恩人呀。”王淮义：“啥恩人，俺上他当了！俺兄弟给打死以后，俺要报仇，他不给俺做主，还跟敌人议和，俺找他说理，他又打又骂，还关俺禁闭。俺现在跟他势不两立，跟仇人一样。”随从小声地对阮小二：确有此事。阮小二给王淮义验了屁股上的伤，不打紧，为了行走方便，在王淮义苦求下，松了绑，哪知王淮义趁着双手一松，朝着两个随从后脖颈子一拍，两人瞬间昏倒在地。阮小二刚拔出手枪，结果王淮义在阮小二握枪的手上垫了一脚，手枪飞出老高，王淮义在空中接住手枪，对准了阮小二：“黑心肠的长官，你别想屁糊我，吉长官是为抗日进的城，控告他就是伤天害理。快背过去！敢转头，小心枪子儿。”王淮义翻身向树林里奔跑而去。

人在江湖，如果有太多助力，常常会迷失自己，误判了自己的真实实力。阮小二看着王淮义的背影，心想，这回证人没了，即使告密，也搞不掉吉鸿昌，既然团部要求天黑之前必须破城，他吉鸿昌不要军功，我要！阮小二坚定地向城楼走去，两个随从不置可否地对视，只好跟着他去。

吉鸿昌在文庙广场上看着密集的群众，他心里兴奋不起来。那些眼睛没有生机，只有饱受战争创伤的疲态：老年人佝偻、中年人枯瘦、年轻人干瘪。

梁师侠走上广场中央的古戏台，大声说：“乡亲们，同胞们！大家不用再恐慌，现在两军的战斗停止了！两军一起参加我们的抗日集会，全国同胞一起来揭开中国人当家做主的崭新篇章！下面，有请冯军代表中校营长吉鸿昌先生演讲。”乡亲们木讷地看着台上，场面极其冷淡。吉鸿昌勉为其难走上戏台，台下的百姓议论纷纷，吉鸿昌在戏台上站定，下面安静地注视着吉鸿昌，吉鸿昌反而说不出话来，场面十分尴尬，这让台下他的三位连长彭三原、张晋雄、彭楚志这个心急，彭楚志慨叹：“唉！倒是头一回见大哥这么紧张。”

吉鸿昌不缺战争动员的口才，但是面对这样的民情，一时不知道从哪说起。他越是不说话，台下的群众越是乱哄哄。

这时，奉军连长走出人群，拔出手枪对天开了一枪！场面立刻安静。奉军连长大喊：“嚷嚷啥？！你们老百姓活得不容易，我们当兵打仗的就轻省啊！？我是东北军，他们是西北军，咱们都是顶着抗命掉脑袋的危险来议和抗日的，你们吵吵啥！？”接着他对吉鸿昌：“长官继续说！”

吉鸿昌感受到台下群众的不信任是因为他们看够了这些年的军阀混战，天下熙熙皆为利来，天下攘攘皆为利往。不要说这些见识很少甚至文盲的百姓，即使是今天的学者，看到各路军阀彼此公关战的电报来往，也很难从那些标榜爱国、爱民、和平、民主、自由、尊重法统等高调中梳理出真假是非。他当时也没有这个能力，但是他清楚一点，抗御外敌——日本，应该是高于兄弟阋墙的更重要任务。他不知道，外城城楼上，阮小二正在偷袭放松警惕专注和平集会的奉军，妄图抢功。他大声说：“老乡们，我知道你们受了委屈，受了苦。我看这里有不少都是拖家带口逃难来的，来到本县又遇上俺们两军打仗。刚刚炮声隆隆，现在又谈和平，你们不信任我们，这可以理解。但我要告诉大家，这不是扯淡。大家看这，就是这些爱国师生们，这是梁师侠梁先生，他带着学生们冒着炮火上了城头，拼死去告诉俺们，日本人强占中国旅大不还，还期了还不还，还在长沙打死了抗议的中国工人，真是欺人太甚！我就想，爱国师生们尚且能为国家之命运，冒着生命危险宣传抗日，我们这些中国军人咋能对这一切视而不见，假装蒙在鼓里呢？在这个时局下，只要是长着黄皮肤写着方块字的中国人就该放下恩怨，协力抗日！”他语气顿了顿，环视一下广场，接着说："吉鸿昌：也许你们会觉得我一个小营长说话不顶屁用，但是，我愿意在这个场合向天发誓，我吉某人生在这个时代，天命就是要抗日，要跟日本鬼干，把他们打出中国，叫天下太平！"

群众鼓起掌来，这时，一个老板模样的人跳出来捣乱："说的比唱的好听，你们冯先生可不这么想。乡亲们，他们都是喝兵血吃民肉的，这次到我们这里打仗，是为了抢夺咱县里新发现的金矿，与民争财！"场面一下子乱了，纷纷质问吉鸿昌要他说明白。吉鸿昌从小长在沙河畔的 周口镇，那里舟楫往来，商贾云集，不论是跟着父亲开茶馆，还是在酱菜园、福庆楼银号做伙计，都为他提供了广见博闻社会巨大变革，领教各色人等表演的机会。他上眼观察这个打扮和气质都与一般想亲不同的人，他有点明白了，他想诈一下这个家伙，八九不离十。

吉鸿昌："同胞们，乡亲们，吉鸿昌明人不做暗事，西北军敢作敢当。这位老乡,如果我没有猜错的话,你可是段记裁缝铺新来的掌柜？"全场愣住了，这人瞒不住了："本人就是段记裁缝铺的掌柜，这跟你们打仗没关系。"吉鸿昌说："太有关系了！同胞们，他说的所谓的金矿，就在段记裁缝铺！前不久，就在这个裁缝铺的后院，挖出了金沙。这件事先被日本人知道了，他们就强买了这个铺子，为怕走露风声，还暗杀了老掌柜！这是日本人惯用的手段"。这个"裁缝铺掌柜"感到自己要泄露身份，继续挑拨："他在胡说八道！东北军的弟兄们，他们为抢夺金矿来打你们，你们能咽得下这口气吗？"面对奉军方面质问，吉鸿昌毫不隐瞒："我不否认，西北军是穷队伍，我来打县城，也是为了这个所谓的金矿。咱中国人兄弟打架争夺金矿，这不丢脸。可是我们不能容忍中国的金子白白让日本人给挖走，再造枪炮卖给中国军队，让我们打内战！事到如今，只要东北军答应赶走县城里的日本人，我可以代表西北军宣布放弃金矿。"奉军连长白了他一眼："老兄，你说的真轻巧，谁是日本人？"吉鸿昌果断地指向那个"裁缝铺掌柜"："我可以断定，这位假冒中国掌柜的商人，就是日本间谍，也是杀害中国掌柜的凶手。"

那个家伙一下子急了："乡亲们，他在血口喷人，我是中国良民。"吉鸿昌鄙夷地一笑："狐狸尾巴露出来了吧！良民？中国人哪有称自己是良民

的？”群众恍然大悟，又看到他还穿着日本木屐，真相泄露一瞬间，日本人瞬间从手杖里抽出一把长刀来。群众早把丙的刀夺下，把他打倒在地，士兵们过来，强行把他抓走了。吉鸿昌趁势开始号召：“同胞们，今后只要有日倭在前，俺们兄弟之间别管是东军西军南军北军！都别再打了，强盗来了！俺们联合起来，打倒日本帝国主义！”全场高呼：“打倒日本帝国主义！”奉军连长马上吩咐手下：“快派人去裁缝铺，把它给充公。再派人叫营座快增兵来。”

突然城楼那边传来了巨大的爆炸声和枪声，奉军官兵感到被吉鸿昌戏弄了一样，枪杆子林立，许多枪口对准了吉鸿昌，这时，王淮义却拿枪冲了过来，吉鸿昌叫大家不要冲动，随手抓起王淮义的衣领：“你小子来干什么？”王淮义说：“阮营长要去团部控告你，俺是来报信的。”吉鸿昌：“是什么人在打？”王淮义也俺不知道。吉鸿昌松开王淮义，带着人向城楼飞奔而去。

阮小二这边指挥士兵进攻，士兵却不愿意为他卖命，奉军山炮开了一炮，倒下许多士兵，身边的战士全部退下瓮城，阮小二也只好跟着退在瓮城之中，奉军没有跟下来追击。阮小二对着外城上的直军大喊：“都给我下来！他们没剩下几个人了！马上就能全歼敌人，都下来！”有一位士兵说：“士兵甲：阮长官……吉长官是带指挥权来的，俺们得听他的呀，你也快回来吧？”阮小二恼羞成怒，奶奶的，又是吉鸿昌！他对着士兵大喊：“再不下来，我枪毙你们！”可是士兵无人回应，他对天不断放枪，滚烫的蛋壳掉落到瓮城的泥土里，结果燃起了土壤里的油，一团大火烧起，淹没了阮小二……他在烈火中挣扎！大喊着：“吉鸿昌！我哪点不如你！？我哪点不如你！？”吉鸿昌认清那是阮小二，急忙请奉军连长开城门，他冲进火场，脱下军装去扑阮小二身上的火焰，可是，来不及了。

墓碑上刻着“中校营长闽少全之墓”，吉鸿昌与团长阮静怀等士官为阮小二送行，吉鸿昌转头看阮静怀：“他怎么姓闽，不是你侄儿吗？”阮静怀沉默地看着墓碑，面无表情，显得冷漠：“他喜欢跟长官姓，改过好儿次姓了。他不姓阮，他是闽贯堂的侄儿。”吉鸿昌暗惊：“他是闽团长侄儿？”阮静怀盯着墓碑：“也算是我的一个不争气的表弟吧。”这复杂的裙带关系让吉鸿昌很吃惊。闽贯堂来到了，吉鸿昌生生顶着闽贯堂的皮带抽打，吉鸿昌一声不吭，闽贯堂一边抽打:“你嘴硬，叩头！”吉鸿昌倔强地说:“死者为大，这头俺叩！扭着俺不叩,打死也不叩!”四个大汉松了手。吉鸿昌扑通跪下,望着墓碑:“少全哪，你的死俺有责任，俺向冯先生去认罪，向你亲人认罪，你一路好走喽。”他恭敬连叩了三个。吉鸿昌刚要起身，四个大汉早扑上来把吉鸿昌按住，闽贯堂拔出手枪，对准吉鸿昌的脑袋。

幸亏有阮静怀出来救场:“闽团，我知道你在气头上，让你拿吉鸿昌消消气可以，他是我手下营长，该杀该剐都由我，你不能干涉我的团务。你想得寸进尺没门，我可不怕你！”这时，从营地教堂传来了当当的钟声，原来，今天冯先生要做礼拜，闽贯堂指着吉鸿昌:“别神气，我今天不杀你，可这顿军棍你跑不了！”说完，营长以上长官都去教堂做礼拜了。

话说，冯玉祥为什么这样笃信基督教，这里多表几句。

民国春秋是东西方文化交流非常活跃的时期，而救国救民的热望，更促动当时的知识分子和官兵上层积极探求救国强兵的道理。辛亥革命时期，冯玉祥与部下参与了滦州起义，后来事泄失败，冯玉祥被革职后辗转来到北京，投到陆建章的营救和提拔，作了京卫军的营长。在北京这个大都会，冯玉祥有了更多接触基督教的机会，坚持在每个礼拜天去美以美会的亚斯立堂（即崇文门堂）参加礼拜，他理解的基督教是这样的:“耶稣是个大革命家。他讲贫穷的人得福音，被掳的得释放，被捆绑的得自由；他还责备法利赛人假冒为善。”1917年圣诞节,冯玉祥在接受洗礼,冯玉祥成为基督徒后,无论治军，还是生活，都按照基督教的教导来约束自己，比如说，提倡节俭，反对奢华，要求官兵洁身自好。冯玉祥与士兵一样，穿灰布军装，睡稻草地铺，每餐仅一菜一汤。在西北军中严禁吃喝嫖赌，严禁穿着绸缎，甚至严禁吸食香烟，冯玉祥自己也从来不用烟酒待人。当然，出身不同的各路西北军官兵不一定都能做到，但在民国时期，中国现代化治军思路还处于懵懂时期，能做到这一点不容易。冯玉祥也为军中聘请了随军牧师，以更好地传扬福音并牧养军中的信徒。

北宋时期有西域的于阗国灭佛，让佛教在中亚的传播迅速衰退，冯玉祥的西北军也在中国上演过灭佛活动。1927年，笃信基督教的冯玉祥在河南废

寺逐僧，将大相国寺改成市场。并发动全省毁佛运动，所有比丘、比丘尼一律驱逐。所有寺产没收，继河南之后，直、鲁、秦等地纷纷跟风，华北佛教一时间几乎绝迹。正是在这种影响下，石友三的部队火烧帮助对手、军阀樊钟秀的少林寺就不奇怪了。

咱们回头再说前回事。

做完了礼拜，冯玉祥、钟御之、蒋敬山等长官来到操场，站在操场中间，一面“军法无情”的旗帜随风轻摆。军法处长带着宪兵站在他们边上，两名宪兵挺直胸膛，威严地持着两根齐肩高的军棍。冯玉祥高大的背影，让这军法执行现场更加肃穆威严。

彭楚志带着新兵连从操场外跑来，领头跑的是阮静怀和吉鸿昌。阮静怀向冯玉祥跑步过去，立正敬礼，大声报告：“第 41 团第 2 营新兵连带到，请师座训话。”

冯玉祥问候士兵吃没吃好，听说吃的很饱，才笑起来：“好，看这样长官没有亏待你们，是吃饱了。训练得如何，我得考考。”他大声喊：“你们是什么军队？”新兵们：“人民的军队！”冯玉祥：“你们为什么来当兵？”新兵们：“打倒军阀，打倒列强。”冯玉祥：“21 条是什么东西？”新兵们：“是黑心肠的卖国条约！”冯玉祥：“那我们该怎么办？”新兵们：“把它撕烂，赶走日本强盗！”冯玉祥很高兴：“好！训练得好！军人就要有军人样，中国军人就要有中国军人样。”冯玉祥忽然严肃地对大家说：“你们营长是好长官，我也这样认为。可是，好长官可不是圣贤哪，他也会有过，有过就要罚！赏罚分明，这是我军的规矩。吉鸿昌为爱国进城集会，我竖大拇指，好！吉鸿昌为进城擅自用命，进城演讲一口一个我代表，你代表谁？你请过命吗你代表？用你们河南话说，这就不中。我今天就要杀鸡儆猴，叫你们看看，我的爱将我如何对待，有错决不沽息！参谋长，你来宣读我的命令。”

钟御之上前，打开一纸宣读：41 团 2 营长吉鸿昌，赤心爱国，勇于担事，抗议日本，长我军威，赏洋元二十块。王淮义和新兵们用力拍起巴掌来。钟御之接着宣读：“该长官，平时傲慢长官，此次进城，属擅自用命，致阮营长身死不测，着打军棍二十，即行撤职。冯玉祥。”吉鸿昌认罚，阮静怀在奋力地打，军棍上下翻腾。吉鸿昌一声疼也没哼，直到晕死过去。冯玉祥这时才低头看了吉鸿昌一眼，然后吩咐阮静怀：“养伤十日，带他来总部报到。”夕阳下，彭楚志和曹恩茂抬起吉鸿昌向营区走去，阮静怀和团部的参谋们跟在后面。

晚上，三营的士兵托王淮义给吉鸿昌两包烟卷，吉鸿昌宿舍里，方冠群营座看自己的病给吉鸿昌送烟，有些嫉妒。

阮静怀和曹恩茂看他们聊的欢，就出屋去了。曹恩茂跟在后面，阮静怀把风衣披上，曹恩茂在身后为他顺了顺风衣。阮静怀不满地对曹恩茂说：“你哪点像军校出身？我不就是看你是军校出身才收留你吗？你倒拿出点军校出身的样子来。你哪像个参谋，说你是鞋铺里的伙计谁都信”，曹恩茂急忙赔小心，继续在后面跟着。阮静怀叹口气：“希望你换个地方能有前程。不过你这脾气可得改，啥事都犹豫不决，再等等，再想想，再看看，人家叫你“三再长官”不冤屈你。”曹恩茂被伤到了，他鼓起勇气：“团座，我已经请调去甘肃了，请你尊重我。”曹恩茂原地打自己一个嘴巴：“明天我告假，不来团部了。”阮静怀头也不回就走了。

第四章

吉局长援兵兰州救危城

长长的驼队在缓缓行进，一个人骑在一峰骆驼上，目视着前方……内蒙古大漠行舟，天高地阔，步伐却让人沉重。行至草原区，勒勒车在慢慢行进，远远看见农民赶着毛驴车脚步匆匆。

这个地界就是归绥，明万历三年(公元1575年)呼和浩特建成，明廷赐名“归化城”，“归化”，意思是“归顺朝廷”、“接受教化”，乾隆二年(公元1737年)，为加强防务，清朝政府在归化城东北5里处，修建了一座八旗军队的驻防城。历时两年多建成,乾隆皇帝赐名“绥远”,是“绥靖远方”的意思。民国初年，北洋政府将归化和绥远两城合并，改称“归绥县”，作为绥远特别区军政长官都统的驻地。由于当时军阀混战，这里匪患四起，民不聊生。

吉鸿昌被免职后，被冯玉祥先生指派到归绥警察局做局长，这是一次漫长的赴任旅程。

吉鸿昌、张晋雄、彭三原、彭楚志、王淮义、曹恩茂一行六人，风尘仆仆地骑马向西走着。走过居庸关，远远看到雄伟的长城。吉鸿昌看着，心中涌起莫名的激动。这么长的长城，修筑在万里边疆，一会儿在高山上，一会儿在大漠中，这要耗费多少人力物力，却何曾真的抵御得住真正的铁骑？真正的长城，在我们心中，是我们不屈的民族魂，是信念，是团结。

太阳要落山了，六人行进在雄伟的长城上，人困马乏，只有知识分子曹恩茂显依然精神抖擞，他策马绕着六人一路小跑，并领头跑去。血色黄昏下，塞上风光更为迷人，曹恩茂口中吟着王勃《滕王阁序》中的名句:“天高地迥，觉宇宙之无穷，兴尽悲来，识盈虚之有数”，马蹄声渐渐慢下来。

走过漫漫戈壁，六人来到归绥城门前，城门上写着“归绥”。六匹骏马一字排开，领头的吉鸿昌在城门口下了马，往城内望去，一片萧索，毫无生机。

不远处，一个过路的羊倌，背着长长的放羊鞭，一边哭一边走，吉鸿昌诧异，走上前去问他:“小兄弟……你别哭，你咋的了？饿着了？来。”王淮义递过来一块干粮，小羊倌拿过来就着泪水就啃，真是饿了。吉鸿昌向他打听归绥衙门怎么走，他一看，这一行人身上背着大刀，吓得撒腿就跑。大家好一阵子劝，羊倌才说了实话:“额真没羊了……都让你们给收走了，求老爷们放过我吧。”吉鸿昌笑笑:“小兄弟，俺们不要你的羊，俺们是才来绥远上

任的，这的大小事宜我们都不熟。你到底出啥事了，只管跟俺说。俺们给你做主！”羊倌不信，疑虑地看着他：“你能做主？警察局的人把俺三头羊给征收了，没给钱。”吉鸿昌很惊讶，问：“为的啥？”羊倌眼含泪水：“说是上面要来个长官，要给这长官接风洗尘。可我的羊全没了，这今后的日子可咋过咧……”，泪水扑簌簌掉下来。彭三原哈哈大笑：“咱们有肉吃了，这绥远的警察倒是有份孝心啊……”，吉鸿昌心中暗骂，这个三弟真是没出息，喝止他：“说啥来！”曹恩茂低低地叹息：“唉！有心思搞这份溜须拍马的勾当，不如多孝敬孝敬百姓。”彭三原很不满：“你给我闭嘴！”吉鸿昌果断地说：“你还说！曹参谋说得对，老百姓才是爹娘！”他吩咐王淮义拿钱袋来，王淮义有些不舍，吉鸿昌拿出 5 个大洋给了小羊倌：“小兄弟，这 5 块大洋你拿去，羊就当是我们买了。”羊倌破涕为笑接过来，马上把钱又塞给吉鸿昌：“这钱俺不要了。”吉鸿昌把钱塞回去：“你拿着，这是该你的。小兄弟，你能不能给俺们带个路？叫上你那些受过委屈的乡亲们。”羊倌不解的看着吉鸿昌，质朴的眼神笼罩着疑惑，他还没有遇到过这样的官兵。

吉鸿昌来到绥远警察局院外，吉鸿昌一众骑着马，羊倌站在马头一侧，身后跟着一帮点着火把的老百姓，男女老少都有。吉鸿昌在门前横过马来……

警察头子赵四虎是当地一霸，他带着警察狗子大吃二喝，谈到吉鸿昌，他鄙夷地看着手下害怕的眼神，嘴里叫嚣着：“你怕逑甚？这绥远永远是我赵四虎的天下。”吃喝完毕，这帮警察开始推牌九，一点都没有预感到吉鸿昌的到来。

突然门口传来了踢门声，屋子里静得如死夜。警察头子对着外面喊：“谁啊？！报案等明早！”吉鸿昌大喝：“吉鸿昌！”一个警察打开门，发现外面站满了百姓。吉鸿昌骑着马直接走进了院里。警察头子假装热情地寒暄：“哎呦，您来了怎么不支应一声呢？还以为您今晚来不了了呢。狗子！长官来了去把菜热啦！”吉鸿昌下了马：“不用了，找赵四虎出来说话。”警察头子昂首抱拳：“我是，兄弟就是赵四虎。”吉鸿昌连续三个大嘴巴子打过去，赵四虎被打底毛了，往后大撤了一步，还犟嘴：“姓吉的！你他妈打我也得有个理由啊！”哪知吉鸿昌从背后抽出了羊倌的长鞭，对着他又抽了一下。院外的老百姓都笑了。赵四虎招呼警察开枪，警察却都装醉，赵四虎怒骂："你们怕啥！他就一个人！给我开枪。 一个眼子一个大洋！" 四个警察颤颤巍巍去摸枪，吉鸿昌依然独自站在院内岿然不动。吉鸿昌对警察们说："你们都听着，我是新来的警察局长吉鸿昌，赵四虎为非作歹祸害百姓，我要拿他法办，给我把他绑了！明天送回去省城判罪。"看到赵四虎被绑了，乡亲们突然沸腾了。羊倌走到吉鸿昌面前，给他深深地鞠了一躬。

又一天开始了，霞光洒满了草原，街道的石板上反着金光。绥远警察局鞭炮齐鸣，看来吉鸿昌早已经安排妥妥的了，"绥远市警察局" 改成了 "绥远市人民警察局"。看似多了两个字，这里饱含着民意，饱含着吉鸿昌 30 年的求索。

警察局的事情与军队大有不同，日常处理的事情直接关系民生，吉鸿昌不敢稍有懈怠。他走访民众，听取这里老警察的汇报，梳理出了治警之道。他抓烟贩，封妓院，训练刀术，维护治安，为地方安宁和谐做了大量工作。他更没有忘记临行前冯玉祥的嘱咐："绥远，长城以北重镇，拥兵绥远，东制察哈尔，西看甘肃，南接山西、陕西。那里牛羊遍地，民风彪悍，英雄大有用武之地啊。没钱召兵咱可以召警察，警察拿津贴不比兵饷少，那可是地方财政拿钱，不花咱们一文。建一个警察局，你好好训练，到时候需要，一下就转为队伍，你就是团长！"

1926 年，一个闲暇的下午，吉鸿昌躺在床上翻看冯玉祥赠送他的《曾胡治兵语录》，扉页上题着："好自为之"，这时，外面有人来报告，蒋敬山师长和钟御之参谋长在将军府召开长官会议，吉鸿昌马上准备去开会，整理装束时，想起冯玉祥嘱咐他的话："古人说，兄弟阋于墙，外御其侮。你记住，无论现在家里人怎么打来打去，早晚都要联合起手，跟日本人决一死战。你是一个好军人，是一个够格的中国军人，你身上有中国好汉的血性，我看好于你，有望于你！" 他暗自佩服冯玉祥的远见，终于有用武之地了。

到了会场，发现自己已经迟到了，等在门口的曹恩茂对他说，现在张之江任代总司令，钟先生是来任督办的，冯先生下野了。他心头一惊。

钟御之召集会议正在讲话，他身边坐着蒋敬山。围桌坐的是十几名旅团

以上长官。钟御之说："冯先生带我们北京政变后，力邀中山先生来京主政，还与张大帅达成协议，请出段祺瑞先生当代总统。中山先生扶病来京，这个段先生却变了卦，反对中山先生提出的要民选搞国民会议。张大帅与段先生搞在一起，反对革命党在广东成立的国民政府，两家打了两仗，张大帅有胜无败。南方的革命大旗是蒋先生举，北方的革命大旗是冯先生举。张大帅转过手来又拉上吴佩孚、阎锡山，几家联手要解决咱们，他们叫"讨赤"。冯先生下野是权宜之计，拖时间争取苏俄的援助。可人家也不傻，趁冯先生不在大打出手。当前我军已从北京撤出，正在南口大战。"

吉鸿昌急着要用自己新训练的警务营去救南口大战之急，却听到钟御之介绍道："甘肃军阀张兆钾，孔繁锦，两个镇守使在西凉趁乱而起，策应讨赤军正在发动围攻兰州之战。甘肃守军阮静怀部伤亡惨重，已经退守孤城，连连告急请求增援。代总司令下命令了，要绥远出兵去救兰州……可是绥远没有兵。"看到绥远其他部队长官犯难，他直接请缨，不怕犯众怒："钟长官，我就是个兵，这身警服我早穿腻了，我报名去援兰，给一个班我当班长，给一个排我当排长，不给我兵我自己一路要饭也要去。长官你就给个话吧！"曹恩茂这时也起来表态，要与吉鸿昌搭帮去兰州。

长官们被他们抢着表态激怒了，大喊：撵出去，撵出去…这时，只听蒋敬山起身："诸位长官不要吵了，我代表张之江代总司令宣布命令。"全体起立。蒋敬山大声："命令，绥远之守备第25旅，即日改编为援兰之第36旅，刻日入甘援兰，之后接受甘前总指挥阮静怀指挥。命令，撤除吉鸿昌绥远警备处处长一职……改任援兰之第36旅旅长，即日上任。"吉鸿昌松了口气，一个立正，恭谨而严肃地喊道：遵令。

长官们面面相觑，钟御之说："你们不要不服气，冯先生临走前给代总司令留下了锦囊妙计，上面有一条说，兰州方面若有异动，速派吉鸿昌去救援。世伍，你这个旅装备差，你可以带走你的警务营，其他装备要靠你打仗自己去补充。另外，这个旅一直没有合适的参谋长人选，这次出征要配上，人由你选，就在绥远选。"吉鸿昌推荐曹恩茂，蒋敬山当场大声宣布："命令，曹恩茂为第36旅参谋长，原职事务即行交差，即刻报到。"

在吉鸿昌的旅部里，吉鸿昌、张晋雄、彭三原、彭楚志在换装，吉鸿昌是上校，其他三人都是中校。彭三原改不了满口粗话：“奶奶的，他曹恩茂原先比俺还矮一级，现在可好，比俺还高一级，得喊他长官了。三杠子砸不出个屁来。再想想——，再看看——，再等等——，都唤他叫‘三再长官’。”忽然旅部门口有个人影，吉鸿昌知道是谁，故意示意外面有人，却大声说道：“这才参谋长的本职，参谋长可能做指挥的主？”

吉鸿昌是个胆大心也细的人，这样的人才有大的出息，只是吉大胆，他不会有未来。

待张晋雄、彭三原、彭楚志三个家伙离去，吉鸿昌把曹恩茂叫进来：“我叫你办的事，你办得咋样了？”只听曹恩茂张口就来：“按旅座的吩咐，弹药领出八成，留下二成；按人头补齐，新打大刀350把，预备沿途补充兵员备了200把，共550把……”说完还从口袋里掏出一个小本子递上去，说到：“旅座都忘了，我随时都记下的”。吉鸿昌看到上面蝇头小楷十分工整，记着以上事项，还写着“三日内務必辦妥”，不禁深为他的严谨负责和细致叹服，增加了几分信任和赏识，他对曹恩茂说：“你这笔字可真漂亮，比冯先生写得还好。”曹恩茂躬身一笑：“旅座谬赞了，我自小走村串户，为人写信、写状纸，逢年过节给人家写对联，以此谋生。”说着举起小本子，说：“我记性不好，不写就忘，不过我记性也好，写了就忘不了。旅座还是细看看，有没有遗漏，如果没有遗漏，我现在就把它给烧了，军务笔记不能留。”吉鸿昌非常高兴，搂过来他：“曹哥，你可真是我36旅的宝贝。”曹恩茂一时还很不习惯，身子很僵硬，却还笑着：“不敢当，我不敢当，旅座。”

几个月后，兰州城已经处于方冠群的队伍和城内西北军之间。方冠群的队伍试图解兰州之围，可是讨赤军炮火很猛，让他抬不起头。他趴在战壕里吩咐通信兵：“去报告总指挥，要他快投入预备队，我正面打不上去，兰州城必然失守。等他们入了城垣，再多的人马我们也拿不回兰州！”，一发炮弹呼啸而来，方冠群满身是土，怒骂：“妈的，哪来这么多炮弹！”

在城外小村庄，吉鸿昌和曹恩茂带着一个骑兵排风尘仆仆冲进村庄，王淮义带着的一个手枪排任前驱，衣衫已经破烂了，这时他跑上来迎。原来他

缴获了三车洋面，这让吉鸿昌非常高兴，大笑：“发大财了，这一路吃的尽是啥！参谋长，你找几个老乡，就地都做成大白馍，等大部队上来一人吃两个再打敌人。”这时敌人追来了，吉鸿昌拔出手枪：“大部队不能暴露，骑兵进树林隐蔽，手枪队把敌人就地解决。”这时，炮弹呼啸着凌空飞来，吉鸿昌大叫：“冲俺们来的，兄弟们，卧倒！”硝烟还未散尽，吉鸿昌叨咕着：“老天爷保佑，别炸着俺的洋面了。”

话音刚落，接连几发炮弹落下来，把洋面车炸得白面飞散，吉鸿昌头埋在地上，用拳砸地：“老天爷，你长眼，我真不该说！”吉鸿昌一脸白面，眯缝着眼睛，微微抬起了头：“都隐蔽好，听我指挥。”敌人摸进村子，向吉鸿昌接近。吉鸿昌伏地不动，继续装死。一位敌军士兵说：“嚯！这里有个大官。”王淮义暗自着急，吉鸿昌却不动如山。敌军连长来到吉鸿昌面前蹲下，低头看吉鸿昌死活。吉鸿昌忽然一睁眼睛，敌连长吓得举枪就打：活的！枪声响时，吉鸿昌早已出手，用刀抹了他的脖子。吉鸿昌切齿一笑：“我的孩儿，你死得可冤！”敌军吓得四下奔逃。吉鸿昌扑打一下身上的尘土和洋面，曹恩茂将骑兵队带到，吉鸿昌翻身上马，招呼士兵们：“跟我去打炮兵阵地！”曹恩茂极力阻拦：“刚才没出事已是万幸！你现在是旅长！整个部队都指望你指挥！哪有旅长官带头冲锋的道理？”吉鸿昌一笑：“那是你的道理，我的道理就是冲锋，俺就凭这安身立命！”说话间，王淮义飞奔而来：“旅座，参谋长说得对，把骑兵都配给俺，俺立下军令状，坚决把敌炮兵阵地拿下来！”吉鸿昌果断地：“好！打不下拿头来见！”

骑兵在远处呐喊着冲杀过去，吸引了火力后，又全线佯败而逃。敌军炮兵调整炮口方向，朝逃离的骑兵部队射击。王淮义看见，突然跳起，大喊：“兄弟们！立功的时候来啦，拔刀子杀啊！”反应之快，让当时装炮弹还非常麻烦的炮兵被杀得措手不及。真是：武功百样，唯快不破。

王淮义利用骑兵的长处，迂回到野炮阵地后方，敌军阵地一时大乱溃退，原来是余原赋在指挥，他冲天开枪：“不许退，再退军法从事。”余原赋向王淮义射击，枪口喷火的同时，那张脸竟呆住了，余原赋认出了王淮义。王淮义怒目圆睁地看着余原赋，不幸中弹倒地。余原赋扑上去提起王淮义:“小兄弟，你可是吉鸿昌的兵?你不长眼，不认得我了?”王淮义虚弱地瞪着他:“我不瞎，你还欠着俺兄弟一条命哩!”余原赋再向远处山坡望去:“奶奶!吉阎王来了……”原来在远处小山头上，吉鸿昌从望远镜里看见王淮义中弹倒下，完全无视曹恩茂的阻拦，二话不说，拿着枪支身翻出山头，冲向前线。

第五章

兰州识官场，英雄会兰英

俗话说："龙走龙道，蛇走蛇道"，不是同道，瞎打胡闹。余原斌，从一个浑身是刺儿，除了江湖义气，只认钱干活的炮兵专家，遇到了同气相求的吉鸿昌，整个人都变了。这不，在直奉战争的华北战场，二人领教了彼此的特长，初次打个照面，没想到在遥远的兰州，二人再次对局。

余原赋看到吉鸿昌的队伍冲过来，他不是不知道战场上不可延误时机，但还是走过去看看躺在地上的王淮义，关切地问："你没事吧？"王淮义"煮熟的鸭子嘴还硬"，骂道："去你大爷的！"余原赋野炮营的士兵上前准备对王淮义补枪，余原赋一把拦住了他们，喝道："别动！介是我旧相识"。说时迟那时快，吉鸿昌在七八个人掩护下冲到了眼前，形势对余原赋不利了。

余原赋检查王淮义的伤口，没打着要害，正要组织撤退，发现后路被吉鸿昌的队伍堵上了，他看到了吉鸿昌愤怒的眼神，情急之下架起了王淮义，把手枪对准了他的脑门，吉鸿昌手枪队的士兵把余原赋团团围住，咬牙切齿地举枪瞄准。吉鸿昌走近些关切地问："淮义，你没事吧？"王淮义答道："没事，龟孙点子差，就蹭着点皮肉。"余原赋大骂："临死还装！二爷真想打你，介会儿你还能有气？"吉鸿昌一听，觉得这小子有点义气。余原赋对吉鸿昌说："不打不成交，我念你旧情把阵地放弃，你放我的人走。"吉鸿昌："不然呢？"余原赋回道："没有不然，你不放我的人，我只能毙了他！"吉鸿昌迟疑间，王淮义急忙冲他说："旅座！赶紧动手吧。只要能为地下的兄弟们报仇，二十年后俺还是条好汉。"余原赋一听，这算什么玩意儿？拿道义情谊当挡箭牌的事情不干，顺势把王淮义推向了吉鸿昌这边。他轻易地放掉了自己保命的唯一筹码，惹得王淮义目瞪口呆。

别急，余原赋还有筹码，他打开一箱子炮弹，崭新的炮弹锃亮闪光，那边还有四门山炮，面对西北军士兵的懵懂和羡慕的眼神，这位德国炮校出身的专家用这些与吉鸿昌交易，吉鸿昌看着手握雷管的余原赋和他的士兵，笑笑，说道："我真是佩服你，你也算是一路神仙。"吉鸿昌背着手在野炮跟前转悠起来，这炮确实不错，关键是打炮的人手艺真的不错。曹恩茂开口了："你是卖身呢，还是卖艺？"余原赋："二爷不卖身，二爷卖炮！价码好也卖艺。"吉鸿昌走过来："你的炮确实保养的好，不愧是德国炮校出身。带上你的人，

都跟我干吧，亏待不了你。”余原赋：“切，我不当那三姓家奴。”曹恩茂笑道：“你这种人我见多了！分明是老油子，哪家给的饷钱多就跟哪家打！还说不是三姓家奴？旅座给你面子，别不识抬举。”余原赋：“为饷钱打仗有错吗？这个兵荒马乱的年月，不为饷钱打仗，难道还为国家打仗？吉长官，你有价码吗？”吉鸿昌说道：“有啊，只要你过来，上尉提拔少校！”余原赋大笑：“价码够高。可是，老子不伺候。我要钱，也要名声，跟你吉鸿昌打，全天下都知道有你，啥时候能显摆出我？灯下黑，犯不着做这亏本买卖！赶快放我的人，这些野炮和炮弹归你。”吉鸿昌想想，好，放人。

敌军阵地上，敌军指挥官手里拿着望远镜，一边叨咕“敌人快支撑不住了，等拿下兰州，上峰答应我们的十万赏钱就到手了。命令炮兵给他来个齐集，一定要打垮他们！”，放下望远镜，他看到余原赋带着部下冲进指挥所，惊讶间听说炮阵地被吉鸿昌的队伍端了，一个巴掌糊到余原赋的脸上，大骂：“废物，老子毙了你！”众目睽睽之下，余原赋竟然咬牙忍住了。

这时，一发炮弹落在敌军指挥所前方，指挥所晃了三晃，指挥官命令余原赋去三营，带一个连把炮阵地夺回来，完不成军法从事，余原赋刚跑到门口，子弹就封门了。只听外面吉鸿昌的战士们大喊：“余长官，我们接应你来了！保护好你自己！”余原赋心中一惊，坏了，好你个吉鸿昌，给二爷玩这个！敌军指挥官惊讶地看着余原赋：“你他妈通敌？”正说话工夫，两枚炮弹落在指挥所附近，指挥官拍打一下身上的灰土，手枪指着余原赋，余原赋和手下竟然齐齐地拔出枪和指挥官对峙。敌军指挥官大惊：“好啊！你有种！把人都带来了，想兵暴呀！”余原赋急忙解释：“长官千万别上当，他们这是离间计啊！我要兵暴早对你开枪了。”这时王淮义已经冲到指挥所外，向里面大喊：“余长官，里面解决了没有？俺们马上来救你！”这下余原赋没话说了，正在敌军指挥官要扣动扳机的档口，两枚炮弹再次落在附近，王淮义不知从哪里冒出来，把余原赋拖了出来，等敌军指挥官醒过神，余原赋等人都不见了。

吉鸿昌手拿望远镜看到了这一切，连拍大腿：“打得好！有多少炮弹都给我打完！”

兰州之围烟消云散。

兰州城门外城墙边，吉鸿昌骑着马在头前，身后跟着的骑马的张晋雄、彭楚志、彭三原、曹恩茂。硝烟还没有完全散尽，远远地，吉鸿昌看到了方冠群一行，二人几乎同时跳下马来，跑到一起紧紧拥抱，互致问候，吉鸿昌捶捶方冠群的后背：“可有几年没见了，真想死俺了。”方冠群撤出身来：“让我看看你，还是那熊样！带多少人来。”吉鸿昌：“一个旅，36旅。”方冠群一竖大拇指：“太好了，我就知道，冯先生早晚要赶你上架。这回你抢了我的战功。”吉鸿昌手指他：“一见面就得便宜卖乖，你小子只要有一口气就装腔作势！”两人哈哈大笑。

正寒暄，一队俘虏被押过来，余原赋在里面，见着吉鸿昌不免骂起来。方冠群好奇地问：“你们是老相识？”吉鸿昌高兴地说：“这可是个厉害角色，那年打金矿，跟我对仗的就有他，德国炮校出身，这会又遇上了。哎，你可别动心，他已经是我的人了。”

这时，城门开了，走出一队军乐队来，官绅商民和百姓们蜂拥而来，锣鼓喧天，礼炮齐鸣，欢迎吉鸿昌援军的入城式开始了。

总指挥阮静怀从城内带着队伍迎接，吉鸿昌的队伍一入场，群众一片呼声。方冠群的队伍尾随其后，分享这百姓的拥戴。吉鸿昌上前与阮静怀拥抱，真诚地：“这次贼乱，鸿昌来得晚了些，老长官受惊了。”阮静怀感激地撤出身子：“不管怎么样，总算把你们盼来了。”阮静怀抬起头，大声向吉部喊话：“兄弟们辛苦了！”吉鸿昌的队伍里吼声震天：“为老百姓服务！”

这时，士兵们看到了省女子师范的学生队伍，却无法知道，有个女孩子正痴迷地看着不远处的吉鸿昌。

自古美人爱英雄，英雄难过美人关。

这是一对姊妹花：邵佩芳、表妹胡兰英。

当天，胡兰英留着一根长辫，本来穿着一套学生装，临时却把上衣染成了绛红色，下身穿着藏蓝色宽腿裤，黑色布鞋。她的表姐穿着青底碎花布褂，二人虽然都只是青春年少，却骨子里一样的极有主见，是五四运动后的新女性。姐俩正在看热闹，他们的老师梁师侠穿着长袍，急匆匆找了过来。原来

是找她们去排练诗歌。

吉鸿昌等长官带着队伍走到广场上，只见主席台上拉着巨大的会标：“蘭州軍民慰勞援軍第三十六旅暨討伐張孔二賊誓師大會”，各路受欢迎的队伍都坐在地上，各种战旗随风飘扬，百姓围在四周，所有的眼睛都看着舞台上省女子师院学生们表演慰问节目，胡兰英担任领诵。她们的节目热情奔放，充满少女的纯真和革命激情。

吉鸿昌向台上打量，只见台上的女学生们朗诵到：

（领）乌云来了，狂风来了

（合）两个帝国主义列强之走狗也来了

（领）一个军阀叫孔繁锦

（合）另一个军阀叫张兆钾

（领）他们攻打国民军

（合）开枪、放炮

（领）他们残杀老百姓

（合）抢夺，烧杀

……

（领）看哪，冯先生的援军来了，那是国民军第 36 旅

（合）他们来自千里以外的绥远

（领）他们一路辛劳，看他们的军装都烂了

（合）他们一路拼杀，那军旗早已血迹斑斑

（领）军阀逃遁，列强胆战

（合）这是国民军之军威

（领）真爱民、不扰民、誓死救国

（合）这是他们的誓言

战旗在清风中哗哗作响，吉鸿昌和手下官兵脸上都感受到群众拥戴的自豪，也生发出爱国爱民的责任感。

梁师侠向胡兰英提示提示她目光转向歌颂的主人，胡兰英朗诵道：

（领）吉鸿昌，他现在就站在那里，在百姓中间

部队和百姓的掌声和目光齐向吉鸿昌这边涌来，吉鸿昌马上向部队，向百姓还以军礼。

吉鸿昌以战功一时成为全场的中心，学生们朗诵完后，阮静怀上台宣布："我宣布国民军总部的最新命令，晋升第36旅长官吉鸿昌为少将旅长，授予二等文虎勋章一枚。"

全场掌声雷动，军乐齐鸣，吉鸿昌大步来到台前跳上去，接受阮静怀佩戴勋章，台下，胡兰英兴奋地看着吉鸿昌，眼里全是崇拜和艳羡。

阮静怀对台下说："请学生代表为吉将军敬献花环。"胡兰英拿着花环走上来要给吉鸿昌戴上，可吉鸿昌个子太高，她踮起脚还够不着吉鸿昌的脖子，她紧张得满脸桃红，这时，梁师侠大声喊："美人拥戴如是，吉将军还不跪受？"谁能想到，吉鸿昌还真的当众跪下来，众目睽睽之下，胡兰英不知所措了。在台下的哄声中，胡兰英匆匆给吉鸿昌戴上花环，就回身跑下去了。

吉鸿昌："对，跪了也没啥，应该的。不过我还是要说，我今天跪的是养育我们的，欢迎我们的，爱戴我们的，我们要拼死保护的，兰州城全体老百姓！"

会场上欢声雷动。

吉鸿昌快步往台下溜："臊死俺了，总指挥，俺下去了。"

阮静怀拿张纸看着宣布："兰州的百姓和商会各界为表心意，赠送吉将军宝马一匹，古瓶一只，祝贺36旅马到成功，平安到达！（鼓掌声）捐赠三八式长枪一百以壮军势；大洋一千以飨官兵；每人牛肉干两斤，军装全部换新！"

吉鸿昌在台侧向女学生们走过去，与梁师侠拱手相互寒暄。他对梁师侠说，那首诗写的不错，梁师侠用手指胡兰英："是这位同学写的，是我们师院的才女，还是我们校花"，一时间，吉鸿昌与胡兰英彼此都有些害羞，这时，梁师侠招呼同学们，去西街刷标语，胡兰英闪过吉鸿昌挤到后面去了，女学生们叽叽喳喳，笑着多看吉鸿昌几眼，都跟梁师侠走了。吉鸿昌很高兴，问

身边的方冠群："他就是冯先生常夸的文曲星，外号叫宣大嘴的？"方冠群答道："就是他，他张口闭口宣传三民主义，宣传革命，宣传农工，宣传士兵，宣传群众,不过不能小看他,他可是黄埔一期军官。他攥笔比攥枪杆子紧多了。在黄埔闹蒋校长的民主，结果被蒋校长开除了。他跟咱不一样，咱是扛枪的，他是搞主义的。"

吉鸿昌深沉又有些懵懂地叹道："搞主义的有大学问啊！"

晚上，在阮静怀的总指挥部里，阮静怀为吉鸿昌敬酒慰劳，各级长官们正在互相敬酒，热闹异常，梁师侠突然出现在门口："阮先生，您唤我来有何事？"阮静怀忙招呼他："梁先生，快来快来，今天给36旅长官接风，哪能少了你大先生。"梁师侠："阮先生，对不起，要是吃酒我就不奉陪了，党部还有会等着我。"话音刚落就在门口消失了。

吉鸿昌追到门外要敬酒，只听梁师侠冷淡地丢下一句："抱歉吉长官，你不了解我,我是从来不交酒肉朋友的,告辞。"吉鸿昌感到怪怪的,转身进了屋。张晋雄委婉地议论梁师侠："好像有点不近人情。"彭三原更直率："看不起咱们呗，不识抬举。"阮静怀却赞赏地说："不能这么说。梁先生大公无私，性格耿介，他可是李大钊先生派来的奇才。世伍，我们一直以为自己就是革命军人，一直在打军阀，自从梁先生来兰州给我们讲道理，参赞革命，我才明白我们自己就是军阀。"吉鸿昌一愣："怎么讲？"阮静怀放下酒杯，目光环视各位，然后盯着吉鸿昌："我们有主义吗？没有，我们给上帝做礼拜。可我们信上帝吗？又不信,我们只是祈祷上帝保佑,保佑队伍有棉衣穿,有军饷发。那我们是革命军队吗？不是，革命军队讲官兵平等，不打军棍，可我打过你多少回军棍？我不是革命军人，就算我不是军阀，也是糊涂军人。"

这一阵子分析，让在场的吉鸿昌、曹恩茂都觉得评论很高，想想自己的觉悟，有些不上台面，于是频频向阮静怀敬酒，吉鸿昌听阮静怀说自己是糊涂军人，为打自己而自责，有些不好意思，连敬吉鸿昌五杯酒，自责道："我也是糊涂军人，我也要做革命军人，俺们兄弟几个都是发过誓要为民打仗，誓死救国，做革命军人的。你的话让我心明眼亮了，是我小肚鸡肠，是我冤枉了你，我是军阀你不是！我敬你，我喝……"一旁的曹恩茂看着杯盘狼藉的现场，看着吉鸿昌与阮静怀猜拳行令，不免一阵叹息。大声的喧闹，让蒋敬山师长来到厢房后听了眉头一蹙，对参谋说："一会你告诉总指挥，就说12师已经赶到，我在省督府等他。"说完就走了。

吉鸿昌这边酒劲上来了，目光有些迷离地正听着阮静怀介绍冯玉祥："你还没说冯先生到底怎样了？"阮静怀说："冯先生在苏俄见了托洛斯基，红军之父，要给咱们军援。"吉鸿昌高兴地说："可见共产党对咱是……是真心的。"阮静怀说："共产党有主义，国民军有人有枪，联合起来正好打军阀列强。"大家开心起来。

大家酒都喝得有点多，阮静怀听说蒋敬山来了，马上回到总督府，在厢房里看到了蒋敬山。

吉鸿昌回到旅部后，天色晚了，饱饱地吃了碗刀削面。饭后他来到俘虏营，看看他的炮阎王在不在，听曹恩茂说，已经被方冠群带走了，正在纳闷，看见方冠群带着余原赋走出俘虏营。吉鸿昌上前问道："冠群老哥，怎么是你？他是我的人啊！"方冠群笑道："什么你的人？城门口你还想蒙我。阮总指挥分我两门炮，说是你答应的，他是炮兵专家，当然得跟着炮走。"吉鸿昌语塞："怎么？我缴获的两门炮也归你了？"方冠群："不是你答应的吗？上礼拜就拉走了。"方冠群与余原赋走了。

第六章

春风吹进干渴的胸膛

春风吹拂着原野，旅部的外面的风也柔柔的，像女人的手臂轻挽。静谧的空气里，士兵早早去睡了。

曹恩茂在旅部外面戏台前的桌子上坐着，忽然听到好像有声音，扭头一看，月光下一个女人站在她面前。女人委屈地：“我就想给你去热热……”曹恩茂抹了抹嘴，看着这女人出神。在这月光下，曹恩茂深深地被她吸引，忙说：“对不起，我认错人了。”女人动人一笑：“没事”，曹恩茂一打听，原来是三连一个战士的遗孀。曹恩茂叫她张嫂，他望着那离去热面条的背影，暗暗出神。

这一切，都被吉鸿昌看到了。

不一会儿，热腾腾的面条上来了，曹恩茂和张嫂对坐，张嫂轻声说：“你别急……我给你卧了个鸡蛋，在下面。”曹恩茂吃着很香，忽然谨慎地低低地问：“对不起，不知当问不当问，你丈夫是个什么样的人？”张嫂：“他呀……是个英雄……”曹恩茂看到张嫂的眼角湿润了，于是只顾着低头吃面。曹恩茂面吃完了，跟张嫂对视。张嫂有些矜持：“时候不早了……”张嫂二话不说，抢过曹恩茂的碗，头也不回地转身离去。曹恩茂看着张嫂背影，心里漾起了一股暖流，舍不得回到屋子，走向了大戏台子。他平躺在戏台上，竟有些天真烂漫地看着星空，哼着小调子。

人生如戏。

话说自从胡兰英见到吉鸿昌后，心里荡起小小的涟漪，早上，她和表姐邵佩芳走在城外小路上，一边议论着吉鸿昌，一边嬉笑打闹着。正议论着军人，就撞见了一个骑马的军人，他在马上对二人赔礼道歉。接着又问：“11 师的指挥部驻扎在哪里？”胡兰英警惕地：“你是谁啊？”这个人忙掏出证件，说：“哦，不要怀疑我，我是冯玉祥先生身边的随军牧师，我叫傅崇林。”二人才放了心，邵佩芳说：“在城里，我带你去吧。”傅崇林下了马跟着走，刚开始一路无话，到了一个胡同，邵佩芳和傅崇林才攀谈起来，原来，邵佩芳的父母也是信仰上帝的，话题越来越亲近，胡兰英在一旁嫉妒的只打寒战。就这样不知不觉走了好多路，胡兰英提醒邵佩芳：“咋了，你还想绕两圈？我们到家了。”邵佩芳才醒过神，傅崇林就此告别：“谢谢佩芳小姐，兰英小姐了。以后有机会一定登门拜访”。傅崇林上马，邵佩芳和胡兰英进门后，还在墙

边探身回看。

待姐俩一觉醒来，天已大亮，胡兰英对母亲说：“梁先生今天要搞演讲，这比上课还精彩，我可要去听。”邵氏说：“吃了饭再走”，“不了”，说完就跑了出去，邵氏看着胡兰英和邵佩芳的背影，摇头叹息：“新女性，我这辈人有点搞不懂啊！”

胡兰英来到兰州街头一个大房子里，这里也是国民党甘肃省党部的集会场所。今天这里没有多少人，冷冷清清的多是学生和底层百姓。

梁师侠正在演讲，胡兰英已在入神地听着。这时，吉鸿昌走进来，在后排条凳上坐下。

梁师侠在演讲民族主义，他把中国比作受伤的野猪，列强是猎人。现场有人鼓掌后发问：“为啥拿破仑把我们比作雄狮，你比作野猪”，胡兰英勇敢地站起来，“先生，这个我来解答”，当胡兰英讲到这句：“咱们需要理智地认清周围的环境，然后心无旁骛的行动！咱们不能沉睡，不能麻木，否则无论咱们是雄狮是巨龙，还是野猪，野兔，都只会有一个咱们不愿面对的下场。”吉鸿昌禁不住忽然高声道：“讲得好！”梁师侠和众人都转过头去看。吉鸿昌不管正被马灯下照亮，继续说：“这姑娘讲得太好了！”胡兰英突然羞愧地惊叫了一声，藏了起来。邵佩芳说：“你躲啥？吉将军夸你咧！”胡兰英又惊又羞：“他咋来了？刚才俺粗声粗气的，羞死人了。”邵佩芳笑嘻嘻地：“咋了？你这演讲还分人听？见到吉将军就换做细声细气？”

众人一看吉鸿昌在，就鼓掌邀请他来演讲，吉鸿昌赶紧抱拳：“诸位不要误会，我跟诸位一样是来听演讲的，本人只知道梁先生讲得好，没想到这个小姑娘就讲得我醍醐灌顶！不虚此行啊！”邵佩芳一把拉起了胡兰英大声地：“吉将军！听好了，她叫胡兰英！”胡兰英不好意思地甩开手坐回板凳，头也不敢回。吉鸿昌看着胡兰英的背影默念：胡兰英。

大家一再要求吉鸿昌演讲，他都推辞了，梁师侠说，那行，我来给你提个问题：你听了兰英的演讲，有什么感想，有什么启发？吉鸿昌想都没想就说：“兰英姑娘一个女孩子家，都有这般的觉悟，我身为中国军人，感到任重道远啊！有人可能会觉得我吉鸿昌打下些胜仗，是不是会娶妻生子，过自己好日子，忘掉我军人的本分。我在此向各位表态，向梁先生表态绝不可能！只要一天不把侵略者赶出中国，我吉鸿昌的生命就只属于中国的革命事业！”梁师侠听了带头鼓掌，胡兰英的鼓掌却没了劲头，邵佩芳安抚地拍了拍她的肩膀。梁师侠走到吉鸿昌身边邀请他到寒舍小叙，胡兰英有些失落地看着两人离去。

吉鸿昌来到梁师侠的宿舍，屋子很小，很乱，到处是书报杂志，吉鸿昌坐在桌旁长凳上，梁师侠端过来茶，吉鸿昌说：“俺想请先生上俺旅给讲讲三民主义。”梁师侠忙摆手：“军队是国家的军队，党务工作有纪律，不能随便去军中演讲。”吉鸿昌想想，还是要问他：“俺就是想不明白，这回俺上兰州来，见了先生十分高兴，有心结交，可先生几回给了俺冷面孔，俺心说俺也没有得罪过先生啊？难道是俺俩不对脾气？先生务必要给俺个道理。”

梁师侠笑笑：“吉将军真是性情中人，鄙人也是。鄙人虽然敬重西北军，可是鄙人对西北军中的不良风气并不敢苟同，那不是一个革命军队所应该有的。若是吉将军也沾染上了这些恶习，我也不会看得起的。”吉鸿昌忙说，我有哪些恶习，你说我改。梁师侠说，你改不了的，这不是个人问题，是主义问题。他举例说他看到吉鸿昌和阮静怀等长官喝酒哄闹的场面说：“那是拉山头搞门派，骄纵蛮横，党同伐异的军阀习气”。吉鸿昌坦诚地说：“我保证，以后那种事不干了，我是真心实意想追求真理，追随革命。”说着他腾地一下子站起：“在下给先生叩个头吧，在下愿拜先生为师。”梁师侠马上拒绝：“革命者互称同志，互相学习。拜把兄弟、拜师都是旧习气，革命军队都要戒除。坐下，我给你看一本书。”吉鸿昌看拿来的那本书，书名为《国家与革命》，二人这一夜聊了很久。

吉鸿昌是个渴望知识的人，也喜欢新事物，他还没能力分辨新知识是从哪里来，新事物是从哪里来。他还没有这个能力，他要饥渴地填饱精神的空档。他与梁师侠的一夜畅谈，让他心中普照着温暖的阳光。

第二天上午，吉鸿昌来到总指挥部开会。一进屋子，就见蒋敬山正与 12 师几名旅长官在说话，便高兴地直奔过去：“恩师，可把你盼来了！”双方热

情拥抱，相互寒暄。与各位长官寒暄后，吉鸿昌挨着蒋敬山坐下，他的三个团长挨着吉鸿昌坐，梁师侠也受邀在会场门旁坐下。

阮静怀先是宣布对36旅团级长官的嘉奖令，晋升张晋雄为上校团长，彭三原、彭楚志为中校团长，各授三等文虎奖章一枚。蒋敬山宣布代总司令的命令：甲，兰州守军除警备团保持原编，负责城卫，其余全部并入第11师之方冠群旅；乙，吉鸿昌之36独立旅划归第11师指挥；丙、阮静怀仍任第11师师长，撤除其兰州总指挥之职；丁，第12师留驻甘肃，会同第11师作战，由甘兰总指挥负责指挥……”下面有人问：甘兰总指挥？是谁呢？蒋敬山连忙解释：“总部决定原兰州方面军改为甘兰方面军。戊、任命阮静怀为甘兰总指挥，兼任第12师师长。”

吉鸿昌对这次安排有些不满，梁师侠来到吉鸿昌面前蹲下，他说：“我只对你说一段话：一百年后，假使有人再要翻看西北军之革命战争史，我希望有一位中国军人能够让他们敬重，让他们感慨，让他们永远铭记。这人既不是一个乌合之众，也并非一个脆弱任性要单边，号称怀才不遇的抱怨者！他，得是一个扎根环境中，并改变时代气质的人！”吉鸿昌问：“他是谁？”梁师侠严峻地看着吉鸿昌，摇头：“我不知道，我希望这人能够出现。你若不能参透这个道理，还停留于官场倾轧，你吉鸿昌，也就到这儿了。”说完转身而去，吉鸿昌一个人留在原地呆呆地望着背影，似有所悟。

救人需要猛药，人生不乏顿悟。

这里该跟您说说这个梁师侠先生是何方神圣了。

梁师侠的原型是一位黄埔怪杰，后来的中共早期英烈宣侠父。

他是浙江诸暨人士，1899年生人，黄埔第一期第二大队学员，因为在这一期学员中年龄最大，文才口才都很棒，同学中声望很高。1924年秋天，黄埔军校第一期开学刚开学两个月，校和区两级的党部都要选举产生，而分队党小组的组长却是由校本部指定，用校长蒋中正的名义公布的，这事儿宣侠父认为不符合党的组织法，别人不敢说他说，直接写了报告给蒋介石校长，要求收回成命，要小组自己选小组长，蒋介石把宣侠父叫去，让他自动收回报告，宣侠父慷慨拒绝，蒋介石大怒，将他关禁闭反省三天，并要写出悔过书。

三天眨眼就过了，他愣是没写，蒋介石盛怒之下一纸手令要开除他，但还是给了三天宽限。

这三天里，黄埔初期，上下都爱惜将才的氛围在“挽救”他，总教官何应钦率全体教职员请求蒋介石从轻发落，被严辞拒绝。大家又请在广州的军校党代表廖仲恺来校。廖仲恺火速赶来对宣侠父劝说，只听宣侠父说：“个人前途事业事小，建立民主革命风气，防止独断专行的独裁作风事大。”最后宣侠父对廖仲恺说：“大璞未完终是玉，精钢宁折不为钩。”

第四天，宣侠父作为黄埔一期唯一被开除的学生，昂然走出黄埔陆军军官学校的大门。后来他受李大钊派遣，长期在西北军做政治宣传工作，1929年，宣侠父入国民革命军梁冠英部，任二十五路军总参议和南京政府军事参议院参议，随后被吸收为“左联“秘密盟员。因长期从事反蒋抗日宣传和联络活动，受蒋介石委派，军委会西安行营主任蒋鼎文赶到西安，派特务在1938年8月将他杀害。

第七章

军营中情海扬波

吉鸿昌一行回到营地，忽然传来蒋敬山要来辞行，就率领曹恩茂、张晋雄、彭三原、彭楚志和王淮义的手枪队全体，打着“國民軍第 11 師第 36 旅 吉”字大旗，在道路旁骑马列队迎送。蒋敬山下了汽车，与将士们打过招呼，与吉鸿昌并辔而行说话，王淮义骑马带着几名卫兵紧随其后。二人谈起梁师侠在会场说的那番话，蒋敬山说：“太史公说过，人之死或重于泰山，或轻于鸿毛，他就是这个意思。世伍啊，自是将军成才时，何须匹夫劝功名。你若有革命的心，就别被附带的东西，虚荣了你的决定。”吉鸿昌郑重地说：“我当然要革命，不打倒军阀列强，中国就永远没有出头日子。”蒋敬山：“李大钊先生对我说过，做一个革命军人不容易，不仅需要有强健的体格，善战的本领，过人的胆略、智慧，更需要有崇高的信仰，爱国的精神，完美的道德和铁肩担道义的勇气。”吉鸿昌慨叹：“这些共产党人真有股子魅力，听他们讲话真想把每一句话都用笔记下来，就不知这态度能否救活中国啊。”蒋敬山深沉地望着远方：“历史终会证明……”蒋敬山下了马，上车前还对吉鸿昌说：“世伍，西北军虽然跟冯先生干了革命，可是旧习气还很重，不是一朝一夕可以改过来的。只要这支队伍还在与军阀作战，与帝国主义列强作战，就还有希望，不要去争一官一长，一人一事，要从长计宜，别忘记梁先生的期待，我也看好你。”吉鸿昌紧紧拥抱蒋敬山：“我总记得你在常德军官教导团的训话，咱们不是为长官扛枪，是为爱国扛枪，为百姓扛枪。学生吉鸿昌，受教了。”二人就此别过。

第二天，兰州城门外，梁师侠带着男女学生手摇小旗，在城门欢送军队出城门。36 旅军旗下，吉鸿昌骑马率军出城，曹恩茂、王淮义跟随。梁师侠喊：来了，快打水。胡兰英端着这碗“酒”，把小旗夹在腋下，只顾看水，从吉鸿昌的马旁边走过去了。王淮义在马上喊：“姑娘，长官在这呢，这边。”胡兰英一见是吉鸿昌，高兴地走过去，伸手上去。吉鸿昌一看，有些惊讶：“姑娘，又是你呀，俺俩可是有缘分。哈哈哈，姑娘别介意，俺是开玩笑。”胡兰英甜美地一笑：“我不介意，将军快接着吧，我够不着你。”吉鸿昌弯腰去接水，她腋下的小旗也掉地了，吉鸿昌一看，旗上写着：“出师大吉”，正好自己姓

吉，忙说：“写得好，给我吧。”说时迟那时快，一弯腰已经把小旗抢在手中，往腰里一插。接过胡兰英递来的“出征酒”一饮而尽，嘴里还说：“谢谢姑娘，真是好酒啊！”把碗往地上一摔，不理会她，向自己的队伍高呼起来：“将士们，出师大吉，出城！”

这边，人们蜂拥地相挤着，争着往前走。胡兰英拉着邵佩芳的手，激动地说：“姐，我敬了酒，他一饮而尽，还夸我字写得好呢！”邵佩芳嘴一撇，拧着兰英的胳膊：“看把你美的！”放眼望去，姐俩看到，吉鸿昌背上的大刀在闪闪发光，眼里洋溢着羡慕的神采。

晚上姐俩回到家，胡兰英还在兴奋地跟妈妈邵氏说话，胡兰英骄傲地回忆着：“我给他敬酒，他说，姑娘，我们有缘分。因为上回我朗诵诗，他记得我。”忽然一脸娇羞地，接着说：“他见我有一面小旗，上面写着‘出师大吉’，你说也奇怪了，我写字的时候啥也没想，可偏偏把将军的姓氏写上去了。他一看就喜欢，就跟我要，我还没回过神来，他就把我的小旗一弯腰抢到手里了，往腰里一插！还夸我字写得好。他喝完了酒，就把碗就那么往地下一摔，古书上说解民于倒悬，那样的英雄气呀！”这里要交代的是，胡兰英家是大户人家，邵氏寡居，但是房间里依旧文气十足，今天邵氏身体不适，在床上听女儿这行说，有些担心女儿历世太浅，说到：“有小书案、文房四宝，古书架。邵氏身体不适，正坐在床上听女儿胡兰英兴奋地说话，她笑着逗女儿道：“英雄不英雄，孙文闹革命都十多年了，还不是你打我我打你军阀混战？东洋鬼子乘虚而入欺负咱，苦了咱们老百姓。谁保得了国民军还不是军阀？”胡兰英急忙争辩：“国民军可不是军阀，梁先生说是不是军阀，得看他爱不爱老百姓，国民军不扰民、真爱民，是革命的队伍。”

正说话，邵佩芳从外头进来，手里提着包裹，是吉鸿昌的参谋傅崇林给带来的队伍上用的东西，有枣、杏仁、莲子、葛根，还有英国的洋罐头。邵氏眉毛轻轻一皱：“佩芳，咱可不能再拿队伍上的东西。”邵佩芳转身出去吃饭，胡兰英与邵氏对视一眼，都笑了。邵氏打听这个傅崇林怎么样，胡兰英说：“他是个牧师，人可好啦，学问又大，曾经给冯先生都过几年洋文呢。”邵氏说：“改天你让你姐把他带家来，妈想见见他。”

邵佩芳吃过饭回屋，邵氏看胡兰英不在，笑着对她说："你找个时候跟傅先生打听打听，这个吉鸿昌将军有没有夫人，他是个什么样的人？"

夜深了，胡兰英还没有睡下，她反复斟酌着《将军出征歌》的每字每句，邵佩芳都睡了，她终于比较满意了，提笔写下：庆阳城外平凉山，军雄陇中马出关。出师大吉号令在，不愁将军不凯旋。

这一阵子，吉鸿昌在战场上捷报频传。

孔繁锦，安徽合肥人，民国 7 年 (1918 年) 带省防军三营援陕驻天水，镇守陇南。1921 年任陇南镇守使后，竭力扩充军队。1924 年孔繁锦又任甘肃边防督办兼援川总司令。孔繁锦在陇南的 9 年，横征暴敛，民不聊生。康县人民有民谣唱道 :"正月里是新年，孔司令到陇南，下到陇南十四县，给百姓带来大灾难……八月里中秋节，孔司令下令把款办，十两银子钱五串，逼得百姓眼睛打毛蛋……"为了打击直系吴佩孚怂恿下的孔繁锦嚣张势力，1926 年兰州解围后，国民军孙良诚、吉鸿昌和张维玺部乘胜追击。先锋军吉鸿昌部登上城头，奋勇砍杀，来到大旗下双手挥起长刀砍旗杆。"隴南鎮守使孔"字大旗飘摇倒下。甘肃省内军阀部队肃清后，9 月初，他回到了兰州，准备参加广东国民政府组织的北伐战争。

回到兰州，吉鸿昌在阮静怀召开的军情分析会上得知，继张作霖、吴佩孚军之后，阎锡山忽然出兵山西，有切断西北军后路的企图。蒋敬山到南口发现部署失当，马上分兵韩复榘、石友三二部开到山西接壤处布防，不料上个月韩复榘、石友三忽然通电投靠阎锡山，背叛冯玉祥，西北军在南口作战的主力部队弹尽粮绝，陷入重围，归了晋，背叛了冯先生！目前，我南口主力弹尽粮绝，并且陷入了重围。蒋敬山先生觉得责任无可推卸，亲自去找韩复榘和石友三，要求让路，却至今不知所踪。

吉鸿昌离开会场依然心情烦躁，夏天的闷热让路旁的杨树打不起精神，知了的叫声更让吉鸿昌烦躁，吉鸿昌看着这些，不禁想，自己这几个月辛苦是为了谁？在吉鸿昌的厢房，他看王淮义总是在那里擦枪，大怒："别擦了！"王淮义也憋一肚子火，对吉鸿昌说："旅座，反正都是有劲使不出，你上火上在牙里，我上火上在心头。这样，咱俩来摔跤，都别憋着这一膀

子力气！”吉鸿昌:“你小子长脾气了，找死是吗？”王淮义头都不抬:“哼！好久没收拾长官了，正痒痒！”曹恩茂进来，他们才松手。吉鸿昌听曹恩茂汇报军需品情况，军需告急，他又问:“军纪也查了？”曹恩茂如实禀报:“傅先生来报到，你不是吩咐叫他去了军需处当参谋吗？有人反应，队伍在外头这两个月，傅参谋与当地女学生经常约会，给女学生送钱，还送军需品。”吉鸿昌大怒:“前方拼死拼活，后方男盗女娼的，这还是小情况？我的参谋长！王淮义！”吉鸿昌戴上军帽:“跟我拿人去！”王淮义正没处发泄:“走！”

两名宪兵架着傅崇林来到军法处，吉鸿昌怒目圆睁:“傅先生，我敬你是先生的先生，是神职，你不该才到我队伍上就拿军纪当儿戏。我问你，队伍上外头打仗，你在留守处可与女学生往来？有没有这回事？”傅崇林全部承认，包括把军需品送给女学生。吉鸿昌吩咐，打军棍，曹恩茂接过宪兵交来的军棍就要打下，传来大声喝止:“住手！”一个女子从门照壁那边扑上来，抢下了曹恩茂手中的军棍，抱在怀里。吉鸿昌定睛一看，竟然是气哼哼的胡兰英。他气不打一处来:“你竟敢私闯军法处？”胡兰英一边争辩，一边冲到傅崇林身边去拉他:“傅先生，你起来跟我回家，咱不跟着这个军阀干了！”傅崇林劝解:“兰英，你不要拉我，这是队伍上的事，你不要管这件事。”吉鸿昌恼羞成怒:“这才几天，都改称呼了，都叫上兰英了，兰英是你叫的？胆子太大！”胡兰英发现吉鸿昌记住了自己的名字，不禁愣了一下。转口又说:“兰英更不是你叫的！”她一眼又看到吉鸿昌的腰里还别着那根小旗，直接冲过去取下那小旗，往地上一摔，然后使劲一踩！胡兰英:“军阀！你敢动他我就跟你拼命！”吉鸿昌这阵子正苦闷，一看胡兰英这么护着傅崇林，急了，直接从士兵那抽了根军棍准备去打傅崇林，却胡兰英挡在了傅崇林的身前，还被胡兰英狠狠咬了一口。吉鸿昌忍着疼痛看一眼胡兰英，她眼睛里有了泪水，吉鸿昌一时心软，王淮义就在这个空档竟然悄悄走过来，抽走了他手中的军棍。曹恩茂、王淮义趁机劝说他息怒，吉鸿昌转身对曹恩茂说:“参谋长，先禁闭傅参谋，把这事好好查查再作处置。”拂袖而去。

话说，吉鸿昌回到自己住的厢房，曹恩茂对他解释了实情，傅崇林爱慕的女学生是胡兰英的表姐，叫邵佩芳，早年父母双故，是胡兰英母亲邵氏养大的，与胡兰英就像亲姐妹。傅先生上街办事，遇上邵小姐在街上崴了脚，身上又没带钱，就雇了车送她回家。往后两人就有了交往。一来二去，俩人就好上了。她母亲见傅先生为人和善，又有学问，就做主叫他们俩去西城教堂秘密结了婚。吉鸿昌稍稍消气："那阵前招亲也不行啊！"曹恩茂笑笑："阵前招亲是不行，可是秘密结婚冯先生是允许的，也是冯先生有苦心、权宜的办法"。吉鸿昌想想，那就先关着禁闭。

这边，胡兰英一走就没有回家，邵氏和邵佩芳就着急了。吉鸿昌下午要去下面部队观操，听曹恩茂说胡兰英在禁闭室门外不吃不喝，守着傅崇林，真是个倔强的女孩子，王淮义怎么劝也不行，他交代说："参谋长，你听好。傅先生现在已经不是总部牧师了，他现在是我的参谋。我答应给他两听罐头，那是为了表示欢迎，是见面礼，他拿去送女人了！我的伤兵都吃不上，他拿去讨好女人！晚上，你等我回来，现在不许放人，胡小姐也不能出事，明白了？"

吉鸿昌还没等走，邵佩芳就追到指挥部，卫兵阻拦，她说："我是你们傅参谋的妻子，我来找吉旅长要人。"吉鸿昌听了卫兵禀报，让曹恩茂去接待，自己溜走了。

禁闭室门口，王淮义还在和胡兰英说话，试图让她吃饭："怎么了？俺旅座把那面小旗，当宝贝收起来了。小姐会作诗，还不明白这个吗？"胡兰英内心一动，但依然嘴硬："我不明白，你想说什么就明说。"王淮义忽然感觉失了口："好，没什么，就当俺没说"。这时，曹恩茂带着邵佩芳走进院子来，对王淮义吩咐道："淮义，放人。"胡兰英诧异地："姐，你怎么也赶来了？"王淮义把傅崇林领出来，邵佩芳一下扑过去，两双手紧紧相互，互相打量着全身。曹恩茂积极维护吉鸿昌的威望，对他们说："傅先生，这件事旅座不知情，怪我粗心，旅座要我换你出来，你走，我进去反省，我关禁闭。旅座已经下队伍了，胡小姐，旅座特别关照我，要我向你表示歉意，我代旅座给你鞠躬了。"说着大步走进禁闭室，门，咣当就关上了。胡兰英

看着，很不好意思。

吉鸿昌溜到训练场上，教导士兵练大刀，吉鸿昌刀法简练，但是速度快，且都切中要害，你只能看到一格一劈，一拦一刺，一挑一扎，三下五除二就把三名士兵的脖子、前胸和肩头都划破了，军装翻开，皮肉却没有留下半点血痕。吉鸿昌对士兵说：“大家都知道我们西北军爱兵，爱兵就要狠练，你要舍不得，上了战场损失更大。中日早晚一战，人家有飞机有坦克，咱没有，咱得靠贴身打才有机会。”士兵练得更来劲了。

胡兰英回到家里，坐在桌前，看着自己写的诗，呆呆在那想心事。想起那天为了替傅崇林，这未来的姐夫争道理，对吉鸿昌又是咬，又是抢军棍，在那么多下属和士兵面前丝毫不留情面，不禁为自己的鲁莽和任性羞愧。正沉思着，邵佩芳已经来到她身后，看到她写的诗，故意念的很大声：“庆阳城外平凉山，军雄陇中马出关”，胡兰英吓一大跳，回身打了邵佩芳一下：“你吓死我了！”说完忙用手捂住诗稿。邵佩芳让她把手松开，继续念：“出师大吉号令在，不愁将军不凯旋。”建议兰英改成：“不愁将军不喜欢。”胡兰英故作不在意：“谁喜欢他！”胡兰英说完竟伏案哭起来。邵佩芳劝她：“你别哭了，事情都过去了，人家参谋长都替他给你鞠躬道歉了，这样的事你在哪见过？你见过这么大官给一个女学生赔礼的吗？妈都说了，这样的男人很难得。”胡兰英惊愕地抬头：“妈知道了？”这时，邵佩芳看见邵氏在叫她，忙过去。

邵氏坐在床头，听邵佩芳谈兰英的现状，说：“没脾气还叫男人吗？”邵氏来到书架旁，找出一本《竹枝词》，说：“晚上你把这首诗给她读一读，她会明白的。”邵佩芳读：“真是的！‘东边日出西边雨，道是无晴却有睛’？”邵氏焦急，指着书页：“唉，你们呀，妈是要你得明白这一句：‘长恨人心不如水，等闲平地起波澜’，这才是过来人的话。兰英和这位吉将军，相爱啦。”邵氏说，我相信女儿的眼光。兰英有赤子之心，能让兰英一见钟情，又为他写诗的这位吉将军，也必是赤子。邵佩芳生出一丝担忧：“现在天下这么乱，都说这样人是傻瓜呢。”邵氏说：“非也，那是他们自己傻。天下大乱才能显出高洁来。出污泥而不染，古来自有。亭亭玉立，卓尔不群，于高洁处才能相通。不是一路人，当然无法理解。”

第八章

北伐的前夜

话说冯玉祥去苏联一趟，带回了苏联的大批军事援助和军事顾问团，采纳了中共李大钊先生的主张，实行“固甘援陕、联晋图豫”的八字方针，于1926年9月17日在五原誓师，参与广东革命政府的北伐。

吉鸿昌这一阵子除了准备军需，就是整训部队。不管怎么忙，心里装着个事情，觉得还是应该去胡兰英家一次，也看看这个倔强的丫头是不是还生自己的气。兰州城的路上，一辆带篷马车载着一位穿长衫戴礼帽，戴黑眼镜的先生，手里提着礼盒点心，吉鸿昌变成了客商。到了胡兰英家门口，傅崇林迎了上去。进了屋子，邵氏满面笑意看着吉鸿昌，能有一米八五的个头，虎虎生威，仪表堂堂，其实也对吉鸿昌非常满意。但她一直没说话。吉鸿昌先开了口：“大娘，这事说一千道一万，都是我不对。按说傅先生还曾是冯先生的老师，邵先生和胡姑娘也都是咱兰州女师的好青年，很支持俺们队伍，可是俺都干了些什么？动粗，撒野，军阀脾气，不通情理！俺今天是真心诚意，来给大娘，给你们全家来谢罪，赔不是。”邵氏连忙说：“吉长官是国民军的将军，咱家小门小户不值得吉将军这么认真，这盒点心我们受不起，将军还是拿回去吧。”邵佩芳听了道歉，不好意思了，忙说：“妈，这件事我和崇林也没给长官报告，也有错。”邵氏斜了她一眼：“男婚女嫁的，哪里错了？错了人家长官还上门干什么来？”吉鸿昌接口道：“大娘说得对，你们没有错，都是俺错了。”邵氏看点心盒子一眼，问胡兰英：“兰英，人家长官上门来赔礼，你看这盒点心妈是收下，还是不收下。”声调很有旧家庭当家奶奶的气势，胡兰英低下头不言语。吉鸿昌面朝胡兰英：“胡姑娘，这件事千错万错都是我的错，我脾气坏我以后一定改。这事出后我也有反省，不光是对你，以后凡是对老百姓我都要好好相待。这盒点心你就收下，不然我每天睡觉不踏实。”

傅崇林和邵佩芳劝她收下，可胡兰英终于说话了：“姐，你别说了，这盒点心俺们不能要。”大家一时都有些尴尬，只有邵氏微笑着看着胡兰英，这才像我女儿。吉鸿昌有些紧张：“兰英小姐，你就不能原谅我这一回吗？”胡兰英有些收敛冲着他说：“吉将军，你们队伍上也不宽绰，我听说军官吃个洋罐头，也得经过你层层去批准。你还是拿回去抚恤伤员吧。”胡兰英把那盒

点心递到吉鸿昌手里，短暂相视间，吉鸿昌捕捉到了她故意掩饰的一脸柔情。

王淮义还在劝，但是胡兰英已经端茶送客了。临走，吉鸿昌声音有些哽咽：“大娘，俺去了……”

晚上，胡兰英和邵佩芳在内室说话，久久不能入睡。月光照在床边，白白亮亮的。胡兰英想起《明词综》里的一首《鹧鸪天》：东海东头看月升，秋风一叶井梧零。闲云飞尽天如洗，今夜星河分外明。忽然觉得，白天推辞礼物是不是太不给面子了？担心地问邵佩芳：“姐，你说他这么大长官，为什么还会上门来赔罪呢？”邵佩芳说：“你是够厉害的，睡吧”。胡兰英脑海中闪过一幕幕吉鸿昌的场景，想起这些，一会害羞，一会担心，一会生气。在当时，夜很长，因为相思，夜变得更长。

邵佩芳坐了起来，看着背朝着她的胡兰英：“还睡不着？起来，姐陪你说话。你看看窗户外头的明月。”随口吟道：“凄凉别后两应同，怕是不胜月明自多情。”胡兰英又倒下：“姐你又打趣我，这是不可能的。”邵佩芳宽慰她：“有什么不可能，像你这样的，长得有姿色，又有才华，倒是天下男人能配上的少。妈说……”胡兰英急切地坐起来：“妈说什么？”邵佩芳故意卖关子，看看她的表情：“妈没说什么”。胡兰英急了：“不行，妈说了什么，你得告诉我。”邵佩芳看她急，心中暗笑：“妈真的没说什么。”在胡兰英急切追问和苦求下，她才笑着说道：“妈说你眼光好，冰雪聪明，相信你能看上的人都是能信任的。”胡兰英高兴地追问：“妈还说什么了？姐你快说！”邵佩芳：“还说你和吉将军是赤子相怜爱。”胡兰英抱着她的胳膊：“快！还说了什么了？”邵佩芳说：“还说吉将军是出污泥而不染，你亭亭玉立，他卓尔不群，正好配对。”胡兰英一听“配对”，又害羞，又高兴地捶她：“你骗我，你骗我，妈才不会这么说呢。”邵佩芳认真地看着她：“妈真是这么说的！”

天亮时，邵佩芳醒了，却不见了胡兰英。

清晨，胡兰英在案头写信，然后封好，飞奔出去，跟邵氏说是出去散步。

王淮义收了胡兰英的信，不敢耽误，就交给了正在洗脸的吉鸿昌。吉鸿昌拿过来一看，信封行写着：“吉鴻昌將軍親啟　民女胡蘭英”，吉鸿昌追出来，远远看见胡兰英娇小的身影，在晨光熹微中温柔地摆动，越来越小，他想喊，还是没喊出来，回到厢房看信。只见信中写道：致吉将军——为表姐争女权，遇军阀强横，遂动口咬人，实为口误，赋诗一首，以为歉意：

清风一夜鸡鸣晓，步出城门摘花早。

有心上路致君歉，不敢登门问君好。

细柳营外男儿壮，明月窗前女子憔。

长愁短恨愚且念，吉大将军心平了？

旷野上，胡兰英走在盛放的夏花丛中，风轻舞着她的秀发，阳光映着她满脸的清纯。她不时弯下腰去，摘起野花束在手中。女儿的心一旦绽放，便不可遏制。

这边，戎马倥偬中的八尺大汉——吉鸿昌也动了心思，如果不是爱国心切，一片爱民赤诚，换作他人，也许会生出这样的感慨："千思万想恩成怨，把一个利名心撇在丽春园，只怕花落香消空自怜。"

吉鸿昌把信收好，在屋里走来走去，最后决定去被服社看看军需准备得怎么样了。

张嫂，是个麻利的女人，只见一边往每人案头放两块铜钱，一边吩咐家眷们赶制军棉服，大家都在忙着。忽听张嫂拍着手大声说："都停下手里的活，吉将军来看望大家了。"巧就巧在，胡兰英也回到了这里，她一听愣住了，这时，吉鸿昌忽然向胡兰英拱拱手："你也来了？"邵佩芳忙提醒她，叫的是你，吉鸿昌笑笑："胡姑娘，恁不认得俺了？"吉鸿昌忍不住笑了，模仿吉鸿昌的河南话说："认得，恁是吉大将军。"大家都笑了。

吉鸿昌尴尬一笑，又冲着大家说："各位大娘大婶大姐大妹妹们，我是专程来拜托你们的。就差这些棉衣没做上。队伍上有你们的孩儿，有你们的丈夫，有你们的哥和兄弟，你们下手可得有情义呀。我听你们社长说了，每套棉装添加二两棉花，我说好，谢谢了，可是还不够，每套得添五两才中，五两，社长，说好了？"说完出了被服社，吉鸿昌大步流星走得很快，曹恩茂追上来："旅座，不是说好要跟家眷们讲讲革命道理吗？你怎么扭头就走？"吉鸿昌一把拉住曹恩茂，往被服社看一眼："你没见她也在吗？俺心慌"，曹恩茂愣了一下，马上明白了："哦，胡小姐呀。"这时，张嫂从后面追了上来："曹长官，

老曹，你等等。”张嫂笑着追了上来，把一个包裹塞到曹恩茂怀里：“我这趟回老家看娘，带了些新下的山杏，拿去吃。”吉鸿昌看着张嫂的背影，笑着问曹恩茂：“叫老曹，你和张嫂没情况吧？”曹恩茂已不是青春年少，装作没事的样子：“有啥情况，走吧！”

在吉鸿昌的军旅生涯中，就没有打过多少军需非常充裕，喝豆浆喝一碗倒一碗的仗。这不，在总督府召开高层军事会议部署北伐，大家都面有难色，焦虑地等待总指挥阮静怀的到来。

一个旅长发牢骚：“妈的，饷不给粮不发，整天整顿整顿！就知道拿些大道理套我们，俺不伺候了！兄弟们走！”话音刚落，一票军官就跟着站了起来。吉鸿昌：“你这是要当逃兵还是要叛变啊？！给我坐下！”旅长和吉鸿昌吵了起来，方冠群马上息事宁人：“唉！都消消气，没饷没粮，不只是你一家。大伙都一样，南口大战又临阵倒戈了几个指挥官，组织开个会这也正常。咱还有北伐大计。切不可现在乱了军心！”旅长顶牛：“伐你个头？伐了这么多年了！越打他们越富，后面不是日本就是美国。倒是咱们越打越穷，这叫有个盼头？这能有个希望？走！”方冠群发火了：“把他给我绑了！”正吵闹着，阮静怀进来了，全体军人就地起立，场面忽然肃穆。阮静怀环顾了一下四周，对大家说：“都坐下吧，气氛不对啊？要哭穷的先等会，我让大家见个人。有请！”原来是穿着军装的梁师侠。大家目瞪口呆，张晋雄对彭三原说：“这不是梁先生吗？咋穿上军装了。”彭三原漠然地：“鬼知道。”受阮静怀委托，梁师侠汇报了从绥远带回来的消息：“南口失利国民军损失惨重，韩复榘和石友三两员大将临阵倒戈，我们国民联军还有多少实力能参加北伐？还有，苏俄究竟提供了多少军援，使我们得以壮大军力，打倒军阀？现在我向大家报告，冯先生已经带着苏联所支持的大量军援回来了，足以装备三十万人。”所有的军官们都显得不太兴奋。阮静怀看到了大家的表情，说：“分给其他北伐友军后，咱们还落下一大半。再往下拆成七份，咱们部队能落下大概两万套……咋了？聊胜于无嘛？”吉鸿昌没等那个旅长开口说话，抢先站了出来，表示愿意分军备的时候优先考虑一下其他队伍，然后再给自己的部队，曹恩茂一听傻了，彭楚志、彭三原、张晋雄也都抓耳挠腮，那个刚要起来争议的旅长坐下了，会议接着开。

只听梁师侠接着说：“冯先生回国不仅带来了物资，而且已经召回了韩复榘和石友三。我来之前，正好他们赶到，都给冯先生下了跪，抱头痛哭啊。”吉鸿昌忙问：“那蒋敬山先生呢？他还活着吗？你见着他了吗？”梁师侠说：“他还活着，冯先生派他去广州去联络国民政府，商量北伐的事了。”吉鸿昌这才高兴地松了口气。方冠群问道：“梁先生，咱们甘肃的部队咋安排，往哪儿打？”梁师侠报告：“冯先生采纳了中共李大钊先生的主张，国民联军实行“固甘援陕、联晋图豫”的八字方针，冯先生派了一个骑兵旅来加强甘肃，已经在路上了，与第 11 师，第 12 师组建为北伐军援陕纵队，由阮静怀先生担任援陕总指挥。苏俄的军援也在路上了，等军援一到，全军即刻启程，参加北伐。”

梁师侠为啥穿了军装，阮静怀看出了大家的疑虑，原来，按照苏俄红军的办法，国民联军也组建了政治工作部，梁先生被任命为政工处上校处长。以后宣传革命的事，都听他的。

开完会，曹恩茂、张晋雄一行下属拉着吉鸿昌到总督府会议室旁的另一个房间，曹恩茂急切地拉着吉鸿昌坐下，问他：“旅座！你倒是跟我说说，开会的时候你是咋想的？”吉鸿昌诧异地：“咋想？好事啊，咱们有大仗可打了。”曹恩茂愠怒：“好啥好？咱们就拿着这么点旧军备打？那么点补充军资还被你给出去了！你还打大仗？”彭三原帮腔：“就是。”吉鸿昌跟大家解释，打仗靠的是人，不是军备。可是军备是硬条件，没有还真不成，吉鸿昌只好说：“急什么？车到山前必有路！”曹恩茂终于按捺不住，冲着吉鸿昌大喊：“不是我说你，你这不食人间烟火的劲儿，可咋让你过到这么大的？你听听你说的都是啥话？！”吉鸿昌一眼都没看曹恩茂：“你懂个屁！……还有你们帮什么腔？！畏战情绪这么重啊？上阵拿刀砍，三人统共一发子弹的日子你们没过过？他不懂打仗，你们也跟着瞎起哄？回旅部！”说完冲出门去，曹恩茂感到，他被边缘化了，自己也很伤心，无奈地跟着出去。

回到指挥部，傅崇林来找吉鸿昌请辞，觉得自己没大用处，不好意思拿

着军官俸禄，吉鸿昌挽留他去政训队，派他和王淮义去学习，帮助梳理和辅导战士思想精神上的问题，他同意了，但是，一，不加入国民党，二，和士兵一样待遇。

吉鸿昌又去找曹恩茂，房间里没有，一个小战士说："参谋长说如果旅座问起，就告诉旅座他去找钱采购军资去了。"吉鸿昌笑笑，摇摇头。

曹恩茂这时来到36旅家眷营张嫂的宿舍门外，提着一只活鸡、一条鱼还有一堆青菜，张嫂打开门，发现是他："参谋长？……你咋来这里，这太不像话了。"曹恩茂说："你跟我说过，得空尝尝你的手艺。我菜都准备好了。"张嫂还是不让他进来，曹恩茂抵住门。张嫂怕被人看见，还是推他出门，门关上了，曹恩茂一看，反正都被那些嚼舌根的婆娘看到了，索性接着喊她开门，张嫂受不了了，为了避嫌，索性一下子把他拉了进来，关上门。

张嫂去张罗做饭，对他说："俺一个人过得简单，那灶台可是有日子没开火了，收拾起来费时间。"曹恩茂说："没关系，我等着。"曹恩茂自己看这个房间，陈设简单干净。正堂中央放着一张清秀男性的相片，却模糊不清。两边点着蜡烛，他想，这就是张嫂逝去的男人了吧。一套西北军军装，被叠得整整齐齐，放在炕上。

过了不多久，饭菜好了，在灵台上幽幽暗暗的灯火下，张嫂和曹恩茂在餐桌上对坐着吃饭，一个是谦谦君子，一个矜持如水，相互低着头小口吃饭，从不看对方，也不说话。不一会儿，曹恩茂吃完了，把碗筷往桌上轻轻一放，说道："饭菜不错啊，不虚此行。"正要走，张嫂问："就走？"曹恩茂说："夜黑了，多有打扰。"张嫂问："你那镯子还在吗？"曹恩茂立刻从口袋里掏出那镯子递给张嫂，张嫂犹豫地戴上，伸出胳臂，感叹地欣赏着："这镯子确实好看……该给它找个好人家。"曹恩茂鼓起勇气："你就是好人家。"张嫂苦笑着，眼中带泪："可我许了人家，只不过现在是个寡妇。"曹恩茂心疼地："我不在乎。"张嫂愣着看着他："可我在乎，我怕我命苦方着人。"曹恩茂说："胡说，这根本不怪你。你别为难自己。"张嫂："我为甚要为难自己，我嫁过人了，我男人是位英雄。"曹恩茂一挺胸："我也可以，我也可以是英雄。"张嫂抬起头疑虑地问："你可得想好了？"曹恩茂认真地盯着她："想好了！你等着……

你等着我来娶你！”曹恩茂兴奋地冲出房间，又返回，靠在门框上，认真地问：“你愿意吗？”张嫂眼角划过幸福：“俺随你。”曹恩茂坚定地说：“就这么定了！等着我。”曹恩茂跑出房间，张嫂合上门，直到门外再没动静，她走到亡夫的灵位前跪了下来，泪眼婆娑。

兵荒马乱的岁月，女人在寻找自己所要的安全感，张嫂细腻地感到，老曹长得虽不粗壮，但他是个心细而勇敢的男人。

曹恩茂连夜来到吉鸿昌住的厢房汇报自己的想法，吉鸿昌眼睛瞪得大大的：“什么？你要娶张嫂？”曹恩茂说：“请给我个痛快话，准还是不准？”吉鸿昌说：“我准，我敢准吗？大战在即，你要娶俺们队伍上兄弟的老婆，我敢准吗？人家是个寡妇！”曹恩茂要求吉鸿昌对张嫂的寡妇身份尊重点。怎么说，吉鸿昌也是不准，曹恩茂想着自己这一路走来的委屈，看着吉鸿昌也不知道自己的良苦用心，就直说了：“我为什么要急着跟张嫂成亲，不仅成亲，还得大操大办。到时候师部各个队伍都会送礼。俺们拿着这笔彩礼钱可去换军资！省得你英勇忠烈的吉家军还没被子弹崩死，炮弹炸死，就冻死在战壕里！”吉鸿昌为难了，往下一抹脸：“兄弟……没必要走到这一步，军资可以再想办法。”曹恩茂看着他，生气地问：“都什么时候了？马上队伍要开拔，来不及啦！”看着吉鸿昌不松口，曹恩茂果断地说：“我喜欢她！你看不出来吗？！我喜欢她！准不准这事由不得你。”说完，坚决地走出去。

吉鸿昌对着背影喊：“愿走不留！”

第二天上午，天气晴好，杨树叶在微风中哗啦啦地响，吉鸿昌穿戴好了，去营地查看出征准备工作，尤其惦记的是军需，可是他看到的一幕让他惊呆了，只见营地上士气高涨，擦枪的擦枪，练刀的练刀，喂马的喂马。军需官跟着吉鸿昌快步往前走，一边还说：“苏俄军援押送的部队太少，在路上被土匪劫了一回，一时半会儿过不来了。不过也有好消息，你们的棉服可是够了。”吉鸿昌不解地问：“你说什么？你不是前天还说欠 2 千套棉服吗？”军需官冲他一笑：“这不 36 旅参谋长曹恩茂大婚吗？师部里很多长官，把装备折成彩礼送了过来。曹参谋长在部队人缘好，这份彩礼大到总指挥，

小到营级长官都会随，他这次还不收钱，不收礼，只收军备，他都是列了单子发到各部的，这一来二去的就把军备补充齐了。不过，以后他怕是再没这么好人缘了，大伙都得避着他走。师部的人还议论你咧，说你开会的时候装高姿态，这不要那不要的，原来您这么打算的啊！”吉鸿昌哑口无言，不知道是高兴还是无奈。

晚上，曹恩茂回到自己所的厢房，自己个从口袋里掏出烤馍和大蒜，剥了蒜皮，一口馍一口蒜吃起来。忽然亮光一闪，一声划火柴的响声，吉鸿昌居然已经在屋子的躺椅上了，他点着了灯，对曹恩茂说：“大参谋长，喜事该办了吧？”曹恩茂冷漠地说：“你不用赶我，军备弄完了我自己会走。”吉鸿昌笑笑：“我怎么离得开你啊！你从维持费里拿出5百块来记在我账上，充为礼金送你和张嫂，你们不是要成亲吗？……那天我脑子转慢了，是我不对，不该对你发火。你关键时刻能坚持主张，你看结婚这么大事你一晚上办了，你这么赤诚地为了部队，这兄弟我交了。”

曹恩茂微笑着：“谢了。”

婚礼就在张嫂住处简单地办了，晚上，屋子里挂了红绸，二人拜了双方父母的牌位，曹恩茂送别了客人回室内。曹恩茂掀起张嫂的盖头，精心梳妆的张嫂依旧楚楚动人。曹恩茂有些醉了，他真诚地对张嫂说：“俺以后不会让你再受苦了，你是俺曹恩茂的女人，我也要你的英雄。”张嫂望着他，深情地说：“我不要英雄，我要我丈夫总能回到我的跟前……你明白没？”曹恩茂点了点头，但他眼里明显看到一个男儿要铤而走险的兴奋。张嫂亲吻曹恩茂的额头，想以温柔打散他的坚定。

和平的时光是那么短暂，吉鸿昌在战场上给胡兰英写了一封信，交给王淮义，让他送过去。胡兰英坐在床头读信，眼前浮现出吉鸿昌骑马飞奔、硝烟中奋勇杀敌的场景，读着读着，流下了欣喜的热泪。她情不自禁地冲进外屋：“妈，他给我来信啦！”邵氏问：“谁呀？”胡兰英笑得满面春花：“吉鸿昌吉将军，他给我来信了，还要我给他回信呢！”信中写道：

敬禀启，胡兰英小姐，前赋诗相赠，内中感戴，常以挂怀。因军务繁忙，才疏学浅，班门在前不敢弄斧，伯牙坐侧不敢抚琴，无以复贺。今军阀残暴，西安军民陷于水火，吾不日将率军北伐，拯民于涂炭。小姐容貌过人，才华出众,更为革命时代之新女性,鸿昌深为钦佩。若有赐教,请托家眷营中捎带,你姐佩芳知道如何寄信。吉鸿昌。

第九章

走了曹恩茂，来了余原赋

今天，当我们来到西安西五路的革命公园，在拔地而起的革命亭前，能够看到一块书状碑石上面记录着这样的文字：1926 年 4 月 15 日，北洋军阀刘镇华率镇嵩军近 10 万人由豫西进入关中，围困西安，时间长达八个月，于 11 月 28 日解围。在西安被围期间，城内病、饿、战死的军民达数万多人……”

吉鸿昌接到命令，火速驰援陕西，解救西安之围，首先是拿下两个县城。城头的三挺机枪密集在一起，吐着火舌，攻城的士兵前赴后继，一片片倒下。曹恩茂和吉鸿昌看在眼里，心在滴血。曹恩茂开口了："旅座，这样牺牲太大，先把队伍撤下来吧。不能硬拼啊旅座！"吉鸿昌听不进去，几次调整攻城方案，都收效甚微。晚上，在吉鸿昌前线指挥所里，吉鸿昌、曹恩茂与团长们围在地图旁，王淮义站在后面，大家一筹莫展。彭三原说着泄气的话："真窝囊，打了三天没打下来，我都损失两名连长了。"这时，他们一向瞧不起的文弱书生说话了，曹恩茂对大家说："这个守军的团长，是我清河军校的校友，我进城去游说他缴械投降。行不行我想试试。"吉鸿昌坚决否定他："不行，这个团长把机枪都集中起来，打得像疯狗一样，胜算太小。"三个团长在这里你一言我一语的，搞的吉鸿昌头炸了，吉鸿昌让他们先回去，曹恩茂还是向他请缨，他说："只要我跟他把道理讲透，告诉他北伐军有苏俄支援，有几十万大军正在开来，争取他缴械还是很有可能的。"吉鸿昌依然反对："这是打仗，这关系到成千上万个兄弟的生命、关系到革命的前途。打仗就是打仗。我的想法很简单，我不能让我的参谋长去冒这个险。你要是想多了，那就太危险了，明白吗？"曹恩茂说："方冠群那边只有六门炮，即使调过来两门，也要一个月，等得起吗？"吉鸿昌坚定地说："你别说了，有两门炮我就有办法。"这时，传来了总指挥阮静怀的命令："这座城必须由你们旅自己想办法打下来。限你明日打下县城，否则军法从事。"

曹恩茂听了，扑通一下跪在吉鸿昌面前："旅座，你就答应我进城吧！……我也是个男人，我也不能给我妻子丢人，让总指挥瞧不起呀！"吉鸿昌一挥手，王淮义便上来帮着吉鸿昌一起扶起曹恩茂，吉鸿昌双手把他摁在椅子上。

两眼死盯着他的眼睛，吉鸿昌对他说："现在我以第36旅旅长的身份告诉你，你听好，这件事我已经决定了，就是36旅付出再大的代价我也不会同意你进城。这件事到此为止，谁也不许再提！"曹恩茂不说话，似乎已经下了决心。吉鸿昌对王淮义吩咐道："我把参谋长交给你，带吃饭去。我要睡会儿。"

当晚，曹恩茂说服了王淮义，两人一前一后，入于暗夜。凌晨，吉鸿昌醒来，叫王淮义不在，问参谋长回来没有，也没有，他简单穿戴，带领四名卫兵骑马向战壕奔去。

秋雾在战场上飘浮着，远处的村庄了无生气，没有一丝炊烟，这秋雾显得越发惨淡。吉鸿昌、彭楚志带着卫兵顺着战壕向城门最近处跑去，吉鸿昌在战壕沿下马，压低身子用望远镜向前看，雾中有两个人影，一看就是参谋长和王淮义，正从护城河爬上来，站在吊桥外喊话，手里高举着一条白手巾。吉鸿昌绝望地叹道："唉，这个王淮义，让你看怎么看住的？这都到门口了……"吉鸿昌一拳砸在战壕上："嗳！这个糊涂蛋呀！"

城门外，曹恩茂对着城墙上的敌军士兵喊道："别开枪，我是你们罗团座的袍泽校友，我是来叙旧的。"吊桥放下，几名敌兵迎上来，接曹恩茂和王淮义进城门。吉鸿昌放下望远镜，对彭楚志吩咐："要提防万一参谋长被他们押为人质，你把敢死队加强为一个连，人枪大刀都配齐，我亲自带人去打，不拼下它来我不活了，逑！"转身骑马离去。

高堡子指挥部里，高团长会见了曹恩茂，十三年不见，唠起很多旧话题。高团长不热情，主要可能是因为他身上病重，罗团长拉起裤了，按了一下小腿，瘪下去弹不起来。他对曹恩茂说："看着没？秋后的丝瓜，内里都瓤了。不瞒你说，我现在每天能吐一盆血。"曹恩茂心生怜悯，说："兄弟要唐突兄长一句，吉鸿昌是决不会让一个病成你这样的人上战场的，你可是天天在吐血啊。他会强制把你拖进伤兵医院，用兵看着你，把饭送到你床上，不许你下床。找最好的军医，找地方名医，用最好的药，他宁愿自己吐血，也看不过去你吐血。官兵家里不论谁有事，都逃不过他的眼睛，有事解决事，缺钱寄钱，全是自己掏腰包。冬天士兵发不下棉装，他会脱下棉衣，光着脚与士兵一起在战壕里挨冻。这样的长官，能亏待你的兄弟吗？"

罗团长漠然地看看他：“你不该来劝降。你了解我。军人要有武德，宁死不降。至于吉鸿昌，其实古来名将不少，吴起爱兵为伤兵吸毒疮；关公重义捉放曹。我相信吉鸿昌如你所说，可是这些都对我没有用，我面对的是忠和孝。我不会降吉鸿昌的。曹恩茂对他说：“所以我才来了。汉臣兄，北伐军现在有苏俄援助，数万大兵已经把未史宫包围了，很快就要发动总攻，你一个小小的土堡有多少兵？能顶得住吗？”罗团长看看他，没有说话，走到角落打开一个小箱子，从里头取出一个小布包，回到开恩面前坐下，说：“曹贤弟，你敢进我的堡子来对我这说一番话，虽说是大恩不言谢，我还是要谢谢你。我想拜托贤弟一件事。”曹恩茂感到不祥，恭谨地应着：“汉臣兄请说。”罗团长叹口气：“现在的局势我很清楚，这个堡早晚要丢，我自己也活不过几天了，我老家还有老少一大群，这里有我攒下的几块金子，还有一封信，等拼完西安这一仗，你替我捎回家里去吧！”罗团长打开小布包，是三块小金砖和一个信封。罗团长包上金砖，往曹恩茂的大衣口袋里塞：“我当了一辈子兵，已经没有前程了。自古忠孝不能两全……”罗团长正视着曹恩茂：“……我不能孝，只能忠。”说完，转过身去，径自朝帐篷外走去说了一声：“送客人！”

罗团长已经无心也无力指挥，在吉鸿昌攻进来的时候，用微弱的眼光看着吉鸿昌说：“记住我的话。这年头，遇上一个好长官不容易……好自为之吧。”随后，一声枪响在胸前，他自杀了。是对人世的厌倦，官场的厌倦，还是对战争的厌倦，这是他的迷，也是时代的迷。

吉鸿昌进攻高堡子的战斗很顺利地结束了，身陷双方战斗中的曹恩茂却中弹牺牲。在西安城楼前，弥留之际的曹恩茂抓住吉鸿昌衣领，用生命最后的气息说到：“告诉……我媳妇儿……我也是……英雄……”曹恩茂的胳臂轻轻地滑落，一向很少流泪的吉鸿昌热泪奔涌：“参谋长，我给你请功，请大功！”

攻克西安，不仅解市民于苦难，也消灭了西北军的后顾之忧，打开了西北军进军中原，与国民政府北伐军胜利会师的序幕，吴佩孚的势力节节败退。西安红场上彩旗猎猎，军乐齐鸣，国民联军入陕作战庆功祝捷大会在这里隆

重举行。

主席台上，冯玉祥穿着土布军装，扎着一根腰带，双手叉腰，满面春风地看着部队进场，他身边有两名苏俄顾问和几名中共干部，梁师侠担当翻译。身后钟御之、蒋敬山、阮静怀、闽贯堂等高级军政长官也都礼服穿戴，并排而立分享着胜利的喜悦。方冠群胸佩勋章，率部打着战旗进场，长官士兵个个挺胸踏踢腿，威武雄壮。冯玉祥带头鼓掌，转头向苏俄顾问介绍。等了一会儿，还没有看到吉鸿昌的部队。忽然场中出现一片骚动，部队纷纷转头向场外看，只见吉鸿昌佩戴着几枚受伤奖章，亲自打一面白幡，上写着“北伐功臣曹恩茂千古”几个粗黑大字，他与他身后的长官士兵们，都把袖章反戴，将白色衬里露在外头，长枪挑着白布条儿，全旅为参谋长挂孝而来，步伐坚定，表情肃穆。全场纷纷脱帽致哀。

吉鸿昌跑步上前敬礼，大声报告，冯玉祥还礼：“大家辛苦了！”吉鸿昌全旅官兵大声回答：“为老百姓服务！”冯玉祥招呼：“吉鸿昌你上台来。”吉鸿昌跳上主席台，冯玉祥伸出双臂与吉鸿昌紧紧拥抱。冯玉祥拍拍他的肩膀：“你做得对，应该这样。”冯玉祥转过身对部队大声讲话：“我最亲爱的、最敬重的、最让我自豪的援陕军全体官兵兄弟们，你们这一仗打得好，打出了北伐军的威风！”全场响起热烈的掌声。

冯玉祥继续说：“这次我们一雪南口战败的耻辱，我这次到苏俄访问，还带回了苏俄的顾问，带回了中国共产党的高人，斯大林先生还给我们大量的军援，足以装备 30 万军队……我军追随中山先生遗愿，联合苏俄，参加国民党，合作共产党，辅助工农，我们要掀起国民革命的大浪潮！”掌声打断了他的讲话，他等掌声过后，继续演讲：“北伐之战，我军初战告捷，援陕、固甘、联晋、图豫，这八个字我的共产党朋友李大钊先生提出来的，是个伟大的战略。可如今我们才有一撇啊，我们还要挺进中原，打到河南去，与南方的北伐军会师……”

这时，台下传来排山倒海的欢呼声，很亢奋，也很激情，大家跟着冯玉祥高喊：“国民联军万岁，国民革命万岁！……”

冯玉祥让吉鸿昌到前面来讲几句，他过去，看着自己的队伍，竟然没有说出话来。这时，场外走来一队马车，都是新接来的家眷，张嫂穿着黑色的衣裳坐在马车的行李上。张嫂在这么大的场合却面色淡然，仿佛无动于衷，短短时间里，她已经第二次送别她的丈夫了。吉鸿昌想起曹恩茂，这是个大好人，只是在官场倾轧又崇拜强横的旧军队，他尽其所能，也得不到好。他对着台下的官兵回忆曹恩茂："长官不听你的你不埋怨，长官不信任你你干勤杂，兄弟渴了你打水，同袍饿了你打饭，你还给伤兵倒过尿壶，那谁能看得起你？没人心疼你的好，没人赞赏你能耐，可你临危授命，偏偏是你，成了俺旅第一个北伐革命的大英雄！"他郑重地大声表示："俺的好参谋长，从今以后，你家亲人就是俺亲人，俺会好好照顾她，你家老母就是俺亲娘，俺给她养老送终，你就放心走好吧。"吉鸿昌向右侧稍后转身，向西北方敬礼。冯玉祥这时也带头，与主席台上长官们转向西北方敬礼。"北伐功臣曹恩茂千古"的大幡在风中猛烈地抖动，啪啪直响，像是西北军的军魂激烈地颤动。一片乌云飞来遮住了日头，张嫂向西北方仰起下巴，抬着头，闭着眼睛，泪水奔流。

晚上，吉鸿昌到曹恩茂和张嫂的家，慰问张嫂，送去了一等文虎勋章和抚慰金，转告她曹恩茂的遗言："我兄弟临终的时候特地嘱咐我，让我告诉你……你家男人，他也是个大英雄！"张嫂这句话听罢，终于泪如雨下。

第二天傍晚，吉鸿昌带着张晋雄、彭三原、彭楚志、王淮义、傅崇林、邵佩芳一行，还有一些家眷营的婆姨们都来送别张嫂。吉鸿昌对她说："虽然你决心要走，但你要知道，大哥永远是你亲人，家眷营永远是你家。"张嫂坐上骡车，回眸凄惨地一笑，所有的军人给这样的军嫂都行起了军礼，她不知道自己要去向何方，命运如何，但她走的是那样决绝。

转眼到了 1927 年 5 月，在西安，国民联军已经改称"國民革命軍第二集团军"，吉鸿昌所在的是第一方面軍，冯玉祥签署命令，委任阮静怀为第一方面军总指挥，方冠群为独立师师长，吉鸿昌为第 19 师师长，他下面的彭三原为第 88 旅旅长，彭楚志为第 89 旅旅长，张晋雄为第 90 旅旅长。

吉鸿昌部驻扎在陕西锁钥——潼关，他把小广场改名叫“红场”，还亲自题写了名称“潼關紅場”，刻在石壁上。两门沪造山炮调来了，“炮阎王”余原赋被吉鸿昌从方冠群那里要了回来，这可是个宝贝，吉鸿昌眉开眼笑，把余原赋接来任参谋长。余原赋留学过的人，在当时恶劣的中国卫生状况下，要经常洗澡还真不容易。潼关小地方没有浴池，吉鸿昌就叫勤务兵给他烧水，预备专用的大澡盆。余原赋出身富户，一年要穿十几套西装，不会洗衣，也不会烫衣，偏偏又见不得脏，吉鸿昌在银铺干过伙计，没少给掌柜烫过衣服，就亲自为这个参谋长熨衣服，还教王淮义抓紧学会了为参谋长整理衣服。余原赋感激地看着这一切，对吉鸿昌说：“放心，我会把炮兵都练成神炮手。”吉鸿昌笑笑：“我相信你，有你在，这两门炮就顶四门用，可以省我两个营的兵力。我给你配两名勤务兵，连送饭带倒马桶，都不让你动手。”

余原赋有着留学归来常有的困境，他对吉鸿昌说，在哪干哪不顺心，走马灯地换队伍，直系、奉系、皖系都干过，“人称参谋油子，就是琉璃蛋。”吉鸿昌突然问：“我给的饷钱不比人家多，你又为嘛来上任？”余原赋一笑：“因为我看你比谁都傻，在西北军你是出了名的好欺负。”吉鸿昌不同意了：“我好欺负？”余原赋说：“给你的都是新兵蛋子，要么就是破枪破人破队伍，你组建 36 旅是不是这样？没有一个长官愿意的。”吉鸿昌说：“那我不还是打了很多胜仗？兵看什么人来带”，说着把烫好的衣服给了余原赋，接着又接过余原赋递来的皮鞋，使劲擦起来。余原赋接着回忆吉鸿昌的“软弱可欺”：“仗打得好好的，你都打上城头了，来了一拨学生，三言两语就叫你放下枪，进城参加游行集会，你就不怕上人的当？就因介事你还被撤了职。”吉鸿昌抬头认真地反驳：“兄弟，那可是抗日集会，中国军人对日本人必须一致对外，不能含糊。”余原赋说：“换别人可不会这样。不过，从那时候起我就知道，介人，可交。”

余原赋生活上娇气是娇气，干起活来还真不含糊，不管是烈日当头，还是暴雨如注，泥泞难行，他都会一板一眼地按照教程训练炮兵，只见炮手刚填上弹，栓上炮闩，余原赋就拉了火，一炮打出，炮靶准准地中弹。吉鸿昌惊讶地看表：“9 秒！”炮手失神地惊呼：“太神了！”士兵们叹服地猛烈鼓掌。

有一天，方冠群来到吉鸿昌的队伍，听他不停地说余原赋技术的神奇，有些嫉妒地说：“好，你就气我吧。这个余原赋，我怎么待他了，他怎么不给我使力？”这次方冠群来带来的是个重大变故，方冠群看着他：“北伐革命也许就要完蛋了。”吉鸿昌大惊失色：“啊？！”

第十章

身逢乱世里，丹心岂多余

1927年，是中国剧烈变动的一年。这年3月24日，国民革命军第二军谭延闿部、第六军程潜部占领南京。第一军何应钦部3月22日进驻上海。

在大国的幕后操纵下，英美支持的中国新军阀势力已经超过了北方军阀，英美转而支持蒋介石派系，苏联对汪精卫的武汉国民政权口惠而实不至，日本对张作霖的支持开口漫天要价，张作霖对日本虚与委蛇，失去了强大国际支持，仅仅依仗东北在国内还算优裕的经济实力，守土有余，扩张不足，正节节败退。依靠英美的支持和江浙财团的支持，蒋介石雄心勃勃，1927年4月12日，蒋介石在上海发动了“四一二”反革命政变，这是对国际上封锁苏联及其制度、意识形态的呼应。4月18日，蒋在南京另立南京国民政府，与武汉国民政府对峙，宁汉分裂。武汉国民政府内部派系严重，军队和财政主要控制在南京政府手中，天长日久无以为继，7月15日，武汉国民政府领袖汪精卫召开“分共”会议，与中国共产党决裂。8月1日，共产党将领发动南昌起义，诞生了共产党自己的第一支部队，自此第一次国共合作彻底破裂。8月14日，蒋介石下野，19日，武汉政府宣布迁都南京。9月初，汪精卫亲抵南京，宁汉合流。1927年12月3日至10日，国民党中央执行委员会在上海召开二届四中全会预备会，恢复了蒋介石北伐全军总司令职务。1928年1月4日，蒋介石到任继续领导北伐，2月28日，中国国民党中央政治会议决议冯玉祥为第二集团军总司令，阎锡山为第三集团军总司令，统一归蒋介石指挥，4月7日，蒋介石在徐州誓师北伐。

这一系列的剧变，传到吉鸿昌这里，信息已经残缺不全。吉鸿昌也急切需要了解外面的世界。方冠群提醒他，冯先生也要清党。吉鸿昌说：“不会。冯先生不是那样的人，咱们可拿了苏俄的军援。”方冠群说：“蒋介石有江浙财阀支持，也可以给咱们军援啊，他有钱。”方冠群提醒他，要注意队伍里谁是共产党员，提防他们搞兵暴。吉鸿昌一笑：“共产党不会搞兵暴，梁先生就是共产党员的活化石，光明磊落无人出其右。再说，他有几个人能搞兵暴？我们队伍上士兵能听他的吗？西北军官兵同甘共苦，谁也搞不成兵暴。”方冠群一看说不进去，就走了。

王淮义接来了傅崇林，来到城楼下，王淮义显摆地指着城楼上：“傅先生，

你看那城头上面。”傅崇林抬头，只见城楼上飘着“國民革命軍第二集團軍第一方面軍第十九師 吉”字大旗，一边上，“國民革命軍第二集團軍第一方面軍 阮”字旗竟然比它小，傅崇林暗暗自语：“好气派，好霸道。”来到吉鸿昌的指挥部，吉鸿昌热情相迎，得知傅崇林当了总部的参谋，也知道队伍现在不信上帝，改信三民主义了。傅崇林打开皮包，拿出一摞信来：“这是兰州给你寄的信，都寄到我手上了。政训队有纪律，不准看家信，也是结业了才交给我的。”吉鸿昌接过来一看，信封上写着“吉鴻昌將軍親收 蘭州 胡”，立刻笑了：打开最上面的信封，吉鸿昌读信：“吉将军鸿昌钧鉴，自你仲夏最后那一封信后，我又与你写了十多封信，均不见回，令人担心，你现在究竟怎样了呢？我现在都害相思病了……”吉鸿昌没想到是这样的内容，直接读出来了，这，太尴尬了：“……这……这姑娘都写的是什么呀，呵呵呵。”说着把这摞信塞进了衣服里。傅崇林一笑：“师座，我们认识很长时间了，我能不能问你一句话？你喜不喜欢我这个小姨，胡兰英？”吉鸿昌沉思片刻：“傅先生，你叫我咋回答你？总之，现在不是谈论这些的时候。”傅崇林低下头：“嗯，看来兰英是一厢情愿了，佩芳也给我来信说到兰英的事。兰英现在家人很焦虑，你看她写的信，言语失态，颠三倒四，就像说胡话一样，还说非吉将军不嫁，已经寝食俱废，生病在床了。”吉鸿昌戎马倥偬，一心在军务，心思不在男女私情上，听到这样的状况，他也大惊失色。眼前，胡兰英娇美的身影一幕幕滑过。傅崇林看他脸上挂满了担心，诚恳地说：“师座，男大当婚，女大当嫁，你有什么心意可以告诉我，我去转达兰英。佩芳很担心她这个妹妹，让我告诉先生，请先生无论如何要写封回信。”吉鸿昌说：“这个你放心，我今晚看完这些信就写。”傅崇林说完就告辞了，吉鸿昌看着傅崇林的背影，心想，这丫头，真的纯情好女子。

吉鸿昌在灯下读懂信，眼前满是胡兰英天真活泼的影像：“将军大人阁下，小女不才，填了一首词，如次……”读道：“心热刀寒，劲旅西去，不下龙城不将军！”吉鸿昌不禁拍案：“这句好！”他又拿起一封信，读：“去了那么久，不见人不见字的，将军应该早就忘了胡兰英吧。又写了诗。”嗯，这句也不赖——“渭水河边，皋兰怀抱，两边儿无法相环绕。念君从前，女儿不能笑。”看另一封信：“天下事没有比打仗更让人恨，是死是活总得让人知道吧？泥牛入海还有个泥牛入海的消息！兰州的报社都是饭桶，就会拿标题哄人骗钱……”吉鸿昌眼前浮现起胡兰英一个小女孩到处买报纸，在报纸上寻找吉鸿昌消息的身影。他实实在在被感动了。这个时候，胡兰英在兰州的闺房里还在思念，在床上烙饼：“虽然队伍上一直打胜仗，我却一会怕你负伤，一会怕你阵亡。要说胡思乱想能把人折磨死，我可能就是一个。我想去看你，无论到哪，天边地角也要去，可是你在哪？”胡兰英烦躁地把报纸扔在地上，邵氏正好走进来，胡兰英扑向母亲，哭起来。

吉鸿昌给胡兰英提笔写信：“兰英姑娘，见信如面。你的所有来信，今日由傅先生都交给了我。北伐以来战事繁忙，队伍今日山南，明日水北，无有驻处，我也没有及时给你写信，令你心焦，这都是我的过错…………打下西安后，队伍已经移防潼关，准备东进，一切都好，万勿挂念。问候你母亲大人，到革命成功，那时我一定去兰州看望你们，决不食言。”吉鸿昌没有想到的是，见到信邵氏和邵佩芳陪着胡兰英风尘仆仆地就来了。

傅崇林一路妥善安排，到了后把他们一行安顿好，怕他们有过高的心理预期，就对邵佩芳说：“我要不是干后勤的，也是带兵打仗的，我当初也不会轻易娶你。你不知道，现在队伍上又要打大仗，又都在传冯先生要清党，这两头大事在前，就怕吉将军顾不上这件事。”

邵佩芳不满：“那怎么办？兰芳和妈可都是冲着拜堂来的。”傅崇林说：“我只是告诉你，吉将军心里不是没有咱家兰英，但是队伍上有队伍上的难处，兰英当事其中，我不便直告诉她，你这个当姐的心里可要有数，什么该说，什么不该说。知道了？”

吉鸿昌陪着余原赋训练炮兵，他虽然没有学过炮兵，但是跟着余原赋旁白看，听他讲解，也长进很大。回到指挥部，听王淮义说邵氏母女三个人都到了，很是惊讶。洗把脸整理一下军装？在院子里正洗脸，发现胡兰英从自己的屋子里出来了。吉鸿昌整理完进了屋子，见胡兰英坐在桌前，这时礼貌地起身，鞠躬打招呼，真是静女其淑一幅画啊，胡兰英问候道：“吉将军好。”

吉鸿昌有些仓促地："兰英姑娘你好，你看我这忙乱的，坐，你坐。"胡兰英又坐下，吉鸿昌坐在她对面，看了信，眼神相撞还有些羞涩："兰英姑娘，真没想到你上潼关来了，嘿嘿。"胡兰英笑着说："我姐来给队伍上送被服，送旗帜，我跟着来玩玩。冒失打扰将军，唐突了。"吉鸿昌忙说："不唐突，不唐突，你可是稀客来。"随手提起枣篮："这枣你咋没吃，你吃枣，这枣甜。"二人一时找不到话，气氛有些尴尬，胡兰英一边吃枣，一边看着吉鸿昌。吉鸿昌看她时，胡兰英却把目光回避了。

吉鸿昌大概不知道，这正是徐志摩笔下《沙扬娜拉》里的那句诗歌的意境："最是那一低头的温柔，像一朵水莲花不胜凉风的娇羞"。

说着说着就说到潼关的胜景，胡兰英说："潼关确实比我想象中还要险要。我还见着你题字了，潼关红场。"吉鸿昌有些赧颜："哎呀不提了，我那笔字哪比得上你。有时间我得拜你先生，好好把字再练练。"两人目光碰撞，吉鸿昌见到兰英满眼的爱意，一下又尴尬起来。胡兰英低下头说："鸿昌，我对不起你，你在前方打仗，我还写信埋怨你。女人有时候就是这样的，该让你笑话了。"最远的你是我最近的爱，女人越是爱你越是"神经"，对于一直专心研究军事、浴血奋战沙场的吉鸿昌，他确实"晚熟"了些。胡兰英又撒娇地："就是，女人要是有错，就是男人先错的。"吉鸿昌应道："是是是。早先听你姐夫说，你在家寝食俱废，人也病了。我看你来信情绪也起伏不定，很是担心。刚才一见你又见你很安静，俺心说，这不是好好的吗？俺有点不明白，嘿嘿。"胡兰英笑他："有一首古诗不是说了，'未见君子，辗转反侧，即见君子，云胡不平？'就是没见着将军才颠七倒八，见着将军我自然就安心了。"吉鸿昌说道："哦，是这个道理，俺明白了。这些年光顾打仗了，这些个事俺真没琢磨过。"胡兰英嗔怒："将军自然是不琢磨，将军心里哪有人？"吉鸿昌一听这话，忙着辩解，没有想到女孩的真实心意："这你说的不对，俺心里哪里没人？没人俺上前线打啥仗？说大道理那是信仰，是为人民为革命，我信我不含糊。小道理那就是为了我爱的人，人民是谁，是不是包括他们？想起这些人民受欺负挨不公平，俺就想攥拳头，挥大刀，扣板机，放大炮！"胡兰英忽然一顿，静静地看着他："将军，你说的这么多人里头，有我吗？"吉鸿昌笑道:“那自然有你，还能少了你吗。你吃，别干坐着。”

吉鸿昌看着胡兰英吃枣，看自己的目光里有大哥、甚至丈夫的那种亲密感，这样的时光飞速流过，二人都没有觉得过的好快。胡兰英忽然开口:“你可知道，这次我和我妈一起来，是干什么的?”吉鸿昌嘿嘿一笑:“既然你和老人家都来了，我也不能装糊涂，老人家可是想来叫我们成亲的?”胡兰英满意地笑了:“你还算聪明，这件事你有什么打算?”吉鸿昌郑重地说:“我做事不含糊，答应过你要娶你，可不是这个时候。我跟你商量一下，等北伐胜利了，我俩再成亲，可好?”胡兰英不满意了:“吉大将军，这话可不是随便说的。你一封信，我一个大姑娘就来了，还带来了我母亲。你现在却不想跟我成亲?”吉鸿昌忙说:“你别着急嘛，俺说的也都是大实话，大战就在眼前，俺哪能轻易就把这个亲成了?俺得负责任呀。”这时，参谋进来报告军情，胡兰英眼看吉鸿昌军务繁忙，心中更是没底了，涨红了脸庞。副官一出去，她就站了起来:“不行，我看我还是走了吧!”吉鸿昌忙拦着她，胡兰英看着他认真的样子，想想，直说了吧:“好吧，既然你这样说，我也不怕害臊，讲明了吧，我不知道什么时候就把你爱上了，想你念你心焦如焚，真是寝食俱废一点都不假，都长了相思病!你给我的信也说你是喜欢我的，你答应会娶我，那就是说你是爱我的，所以我就来了，我妈也跟我来了。老人家盼我俩的婚事早成，这是她的心愿。我来潼关，就为了嫁给你。你说大战在前不能结婚，你要打完仗，北伐胜利再结婚。可是我不知道什么时候能打完仗，北伐什么时候能胜利。你是带兵的将军，我是个凡女，如果这仗一直打下去，我就得一直等下去，等到地老天荒也得等。我现在不知道你对我到底是什么心思，到底是爱我还是只是喜欢我，是不是真心想娶我?你到底爱不爱我?你到底愿意不愿意现在就娶我?”吉鸿昌也动了感情,却叹了口气,沉默好久。胡兰英泪花闪动，对吉鸿昌带着哭腔说:“你抬起头，你看着我，你回答我。”吉鸿昌有些胆怯，怕伤了兰英的心:“兰英啊，这件事能不能不要这么着急?”胡兰英果断地说:“要着急!你要去打仗了我能不着急吗?你现在就回答我。”吉鸿昌无奈地:“好，那俺也痛快点，现在不行。俺喜欢你，可是俺不能娶你呀!”胡兰英脸色煞白，强颜一笑:“好，能听到这句话我也没算白来。明

天我就带我妈回兰州，不打扰你军务了，我回了。”胡兰英匆匆行了鞠躬礼，回身就走。吉鸿昌追出去：“俺又说错了，俺是说现在不能娶你……”胡兰英跑远了，突然慢下来，头也没回：“你没有说你爱我！”她现在只求他说一声：“我爱你”，这已经比结婚都重要，她要的是情感的安全感，因为，他现在要上战场了。

胡兰英路过士兵训练场时，遇到了王淮义，她告诉王淮义：“吉将军手上有我给他写的一些信件，请转告他抽空寄还给我。”胡兰英忽然看到吉鸿昌从那边走来，赶紧匆匆走了。

胡兰英回到接待处，跟邵氏和邵佩芳说：“吉鸿昌他是革命的身子，革命的心，说再多也是油盐不进！”邵佩芳是过来人，劝她：“你不要这样说话，革命人不成亲，哪有革命后代？”胡兰英回道：“姐，也许我这样的凡夫俗女，本就是和他吉鸿昌不同根不同源，省得坏了人家的清寡孤独，我祝他功成名就！”这时，邵佩芳转身对邵氏问：“妈你说句话吧，兰英要回兰州，你是什么意思？”邵氏慢条斯理地说：“兰英啊，好事多磨，你要把心静下来。妈看鸿昌不是不能担当的男人，他队伍上一定是有事缠着，不方便。既然是这样，明天我们先回西安，住你姐家，等他打完这仗再说，我想他是不会食言的，我相信这个未来的女婿。”

梁师侠这时来到傅崇林处，交接一些地下关系，预防西北军清党。听说自己学生胡兰英来求婚的事情，晚上就过来看望他们母女。梁师侠听了他们述说，也听了胡兰英的苦闷，他问胡兰英：“兰英，你不要伤心。他为什么会拒绝你？你想过吗？”胡兰英抬起泪眼，无辜又期待地：“为什么？”梁师侠为她分析：“这恰恰说明，吉鸿昌是个负责任的人，现在吉将军也面临他命运的转折和考验。你一定知道蒋介石背叛革命搞清党的事。目前西北军也正处在紧要关头，是坚持革命还是搞清党，第二集团军向哪里转还不分明，前方又要打仗，吉将军对你这件婚事是慎重的。”胡兰英不理解这个说法：“那他就是不信任我，我是认定他的，我愿意与他一起承担，不管是什么命运！”梁师侠深知中国政治的严酷，他对胡兰英说，也看着其他家人：“爱不像誓言那么轻松啊！胡兰英，退一万步说，极而言之！就算吉将军根本就不想要你，你也不需可惜什么，西北军前途未卜，吉将军身为西北军战将无法置身于革命之浪潮以外，他是做革命军人，还是做反革命新军阀尚无答案，在这种时候，如果你贸然嫁给他，有可能会幸福美满，也有可能会自毁终生啊。”胡兰英一点都没有迟疑，一抹泪水：“梁先生，谢谢你关心我。虽然我懂的革命道理不多，可是这件事我有自己的想法。在革命这件事上，我坚信吉将军追求真理，向往光明。”

梁师侠看着他，好一会儿，然后说：“好吧！我只希望你能坚强地面对这个事情”，说完告辞。

深夜，胡兰英母女翻来覆去睡不着，胡兰英对邵氏说：“妈，我不喜欢梁先生说的那些话，好像是有道理，就是太不相信人了。吉将军那一颗心是铁打的，他要打军阀、打列强，他要革命，他永远都不会背叛革命，要不我也不会爱上他。”看着她妈妈的眼神，她又问：“妈，你说他会爱我吗？”邵氏抚摸女儿的头发，微笑道：“像这样带兵打仗的人，刀里枪里的，他见过多少阵仗？心里有多少爱和恨？他要是不爱你，直接就把你撵走了。要懂他并不容易，可是有一条妈能认定，他犯不上为一个女学生去折腾呀。”胡兰英想开了：“嗯，也许是我太着急了，我们明天走，要不要去向他告个别呢？”邵氏笑着拍拍她：“看你，又心软了？叫他自己想去吧，我们走我们的。”

在潼关红场边上，已经踏上归程的胡兰英释然了，她对邵佩芳说：“姐，我已经想通了，彻底想通了。吉将军有他自己的生活，他的戎马生涯。我们明天就回西安，我带妈在西安好好玩玩，然后就回兰州。”邵佩芳很惊讶：“兰英……”胡兰英冷漠地：“你不要再劝我，我不能嫁给他，也不该嫁给他，一个小家庭，对他来说会是一个羁绊。他任重而道远，有更高的责任。我心意已决。”胡兰英向那边吉鸿昌部队练武的操场看去，笑盈盈的，甚是可爱，那是一种如释重负的笑。

潼关吉鸿昌指挥部作战室里，吉鸿昌正在墙壁上的“入豫作戰態勢圖”前和余原赋研究战事部署，标着新情况，王淮义进来报告：“师座，梁先生来

了。”吉鸿昌马上把事情交给余原赋，来到厢房与梁师侠会面。哪知梁师侠劈头就说:“我是来找你算账的”,吉鸿昌一头雾水,后来知道他是为了胡兰英。吉鸿昌说:“梁先生骂得对，这件事我是欠考虑，我有错。”梁师侠恨恨地盯着他:“不是有错是有罪，就像冯先生一样在酝酿着犯罪！”吉鸿昌听他这么说冯玉祥，很震惊，不同意他的说法，梁师侠说:“你对胡兰英，譬如冯先生对共产党，譬如叶公好龙，想念之时美若天仙，又是要诗，又是写信，就像冯先生跟斯大林要顾问，要 40 万人的装备，要共产党员和政治部一样，他喊过，列宁万岁！这是他喊的，可是现在又怎么样？你呢？一旦胡兰英跟你认真了，到潼关来找你要成亲了，你却害怕了，共产党要跟反动派决裂，革命到底,冯先生也害怕了。”吉鸿昌反驳:“梁先生,这两件事可不能搁一起说,胡兰英姑娘……”梁师侠打断了他:“有何不同？别以为我是来劝你回心转意的，恰恰相反，我不希望兰州学联的才女、像胡兰英这样一个优秀的新女性嫁给一个新军阀！就像共产党决不会对反动派低头一样！”梁师侠政治鼓动的口才说得吉鸿昌头上冒汗。但吉鸿昌坚信自己的判断:“梁先生听谁说冯先生要清党？我对冯先生知根知底，他爱民如子，信仰坚定，他不会跟蒋介石穿一条裤子,他决不会为难共产党。”梁师侠淡淡一笑:“但愿如同你说的吧！”吉鸿昌坚定地捍卫自己的政治立场:“梁先生，兰英姑娘这件事，我不能同意先生所说的，就算我背了良心，不想娶胡兰英了，那跟我干不干革命可没有关系。”梁师侠继续指责:“胡兰英是一个革命的好青年，柔弱的奇女子，她冒着战火为你千里而来，你不仅毫无爱意，不思保护，直要把人家赶回兰州，将她至于兵燹匪患之危险中才称心，这样的男人还自诩为革命将军，谁还敢相信他对于革命的忠诚？”吉鸿昌毛了:“梁先生,你是说,兰英姑娘要回去？”梁师侠:“不是要回去，而是已经启程了！除非你回心转意。”吉鸿昌腾地站了起来:“梁先生不用再说，这事我办错了。对于胡兰英，我用不着回心转意，我的心意从来没有变，我也绝不会成为新军阀，我是怕一旦我战死了，又会多一个革命的寡妇！我去找她回来，向她赔罪，跟她成亲！”

这时，胡兰英一家坐的马车已经驶出城门，胡兰英满腹惆怅地看着城楼上那面大旗：第二集團軍第一方面 軍第19師 吉，想起那首古诗词：“绿荫清昼掩重门，咫尺关山劳梦魂。千行泪，万叠云，不知何地再逢君？”她苦笑着感慨缘分的周折，望着漫天铅云吟出一首诗：

身逢乱世里，丹心岂多余？

轺车女儿泪，城头将军旗。

千里奔来空手归，邵氏眼睛眯缝着，远眺黄河，眼睛里是一世的感慨。

忽听得马蹄声声由远而近，远远听到熟悉的声音在喊：“前面的车停一下！”跑近了，原来是吉鸿昌一行。邵佩芳知道是吉鸿昌来赔罪，让车老板停车，胡兰英坚定地：“不停！”邵氏说：“停下来吧，说不定有什么事。”马车停下来了，同时吉鸿昌的马也到了。吉鸿昌跳下马来，走到马车前，眼睛红红的看着胡兰英，胸膛剧烈地起伏着。胡兰英也定定地看着他，等着他说话。双方注视半天，吉鸿昌才说出第一句：“兰英，我委屈你了。”吉鸿昌三下五除二把马放走，他开始拉车：“妈，姐，我们回家！”邵氏感慨地看着吉鸿昌吃力的背影，胡兰英泪如雨下。

风轻轻吹起她的秀发，在旷野上飘。

经过简单的准备，吉鸿昌和胡兰英的“秘密”婚礼在指挥部的厢房举行，吉鸿昌穿着军装，佩戴着勋章，胡兰英穿着带来的红色旗袍，胸口绣着带绿叶的粉牡丹。邵氏坐北朝南，安坐太师椅上，也穿了一件新衣，头发拢得很平整。傅崇林和邵佩芳站在一旁。梁师侠成为他们的证婚人，手里拿着一条绸布，结着红花。

彭楚志、彭三原、张晋雄三兄弟和王淮义陆续进场，带来了他们的礼物，洗轿、上轿、颠轿、下轿、拜天地，各种仪式简单而不乏热闹地进行。拜完天地，二人喝交杯酒。吉鸿昌一饮而尽，胡兰英矜持饮尽，众人鼓掌，夫妻幸福地相望。

清晨，城外的山林里，百鸟合唱，唤醒了新的一天。余原赋打太极拳，很投入，旁边的树上挂着白毛巾，他余光中看到了山谷里吉鸿昌在教胡兰英骑马，心想，这就叫“嫁鸡随鸡，嫁狗随狗”吗？嫁了将军就要会骑马啊！

胡兰英和吉鸿昌共坐在一匹马上，吉鸿昌牵着另外一匹马，吉鸿昌想让她自己骑，胡兰英求他：“别！你不能下去，求你了，我怕……”吉鸿昌就劝她，将军的夫人，不骑马会被笑话的，胡兰英要强的心被吊起来了：“好吧……你下去，但你得牵着马。”“没问题！”吉鸿昌为她牵着马缰绳。二人一边走着一边哼着小曲。忽然，马飞速地翻蹄撩掌疾驰而去，原来，余原赋偷偷靠近给了马屁股一鞭子，胡兰英艰难地在马上维持着平衡，吉鸿昌大长腿飞奔追去，竟然速度几乎和马一样，一边跑，一边大喊：“兰英，你别怕，拉缰绳！使劲拉！”

吉鸿昌终于跑不动，停下来直喘气，可是胡兰英开始适应起来，骑着马飞奔了起来。脸上逐渐绽放开了笑容，不住的欢呼。吉鸿昌吹了个口哨，马又跑回了吉鸿昌的跟前。胡兰英笑着跳下来：“我会骑马了！”回去的时候，胡兰英要自己骑一匹马，吉鸿昌不同意，翻身上马，抱起胡兰英飞驰而去。

第十一章

清党之风劲吹西北

这时已经是1928年。

自从西北军改编为国民革命军第二集团军以来，进攻河南的战役就在积极筹备。吉鸿昌所在的第一方面军出陕西，进攻河南，配合北伐，直奔洛阳。洛阳是战略要地，对手是奉军的精锐部队，吉鸿昌不能不重视，也正是在他的故乡中原大地，为他的第19师赢得了第二集团军“铁军”的称号。

潼关吉鸿昌指挥部作战室里，参谋长余原赋与侦察队长在地图上仔细标记，反复研究，余原赋很严谨，他对侦察队长笑骂：“你介也算情报？一个小县城三个师驻守，泡澡堂子呀，挤得下吗？再去侦察，限一礼拜查清，查不清我撤你职。”侦察队长也不好意思，起身答道：“是”，吉鸿昌走进来，看地图：“这还有一面黑旗？”余原赋说：“下礼拜就蓝了。有事找我？”吉鸿昌让他到他住的厢房去说话。

进了屋，吉鸿昌面带微笑，把茶给余原赋敬上：“请参谋长喝茶。”余原赋有些诧异：“笑嘛？那还有一面黑旗呢，你不训斥我，还敬我茶。”吉鸿昌告诉了他自己秘密结婚的事情，余原赋拱手：“大喜呀。”吉鸿昌吃力地解释为啥没请他去，只请了几个把兄弟，余原赋并不是书呆子，江湖的事情看得透彻，他说：“你不请我是对的，但是……你不告诉我是错的。”

余原赋收了喜糖，从怀里掏出一包礼金放在桌上。吉鸿昌笑着收下：“你给太多了，礼太重。”说着就分出一多办还给余原赋：“我收这些，这些你寄回家去吧！”余原赋要推托：“我有钱，维持费不在我手里攥着吗？”吉鸿昌握着他的手：“兄弟，拿着！我月月看账，你比下面营长都拿得少，你老婆花销大，家不过啦？算我奖赏你的。”余原赋打着哈哈：“好，恭敬不如从命。”吉鸿昌恳切地请教：“正要跟你商量这件事，虽说是秘密结了婚，可是我总觉得对不住19师的官兵们，兄弟们又要卖命去了，我偷偷摸摸的算啥？不仗义吧。”余原赋说：“这件事就该让兄弟们都知道，你怕什么？弟兄们会为师座你高兴啊。嫂子不是会作诗吗？你让嫂子写诗送弟兄们出征，那会士气大振的。”吉鸿昌大喜。正说着，双喜就临门了，军需官跑进来，兴奋异常，原来是报告冯先生派人给队伍送来了军饷，足够把欠饷都补齐了！余原赋大喜，这真是及时雨啊！

潼关红场上，官兵们都在喜气洋洋地排着队到白副官的桌前领奖，太久没有发饷了，队伍都站不齐了，余原赋指挥着，但是工兵连和炮兵营还是互相埋怨起来，这时，吉鸿昌带着胡兰英从山坡上走下来，王淮义跟在后面。余原赋喊道：“全体立正——！”吉鸿昌和胡兰英来到桌前，大声说：“弟兄们，今天是双喜临门，第一件喜事，就是冯先生给咱们发来了军饷，可以把欠饷都补齐了，大家高兴不高兴？”全场齐刷刷回道：“高兴”。吉鸿昌接着说：“第二件喜事，我向弟兄们报告一声，我已经结婚了，这就是你们的嫂子胡兰英女士。大家中意不中意？”全场短暂惊讶声，马上大喊：“中意！”余原赋大声说：“双喜临门！大家欢迎吉夫人说话。”全体掌声如雷。胡兰英没有怎么紧张和扭捏，她对全场官兵说：“我喜爱军人，喜爱革命的队伍。因为革命的队伍是爱我们老百姓的，是为我们打仗牺牲的，我也是这样爱上世伍的。世伍……他也爱我。我现在就怕当不起这个嫂子，今后大家要是有什么事，家里的，困难的，有什么事可以来找我，世伍他太忙了，你们可以来找我，我真不知道说什么好……”她顿了顿，接着说：“世伍嫌我的名字小气，兰英就是兰花的意思，但是现在战火连天，打倒列强，铲除军阀，才能打出一片好天地，让咱中国的土地上能长满花草，再也没有战火能烧毁它。他给我改了名字，改成胡洪霞，他希望在打仗的时候，有满天的红霞能陪伴他的队伍，就是 19 师的全体官兵。不知道大家喜欢不喜欢这个名字。”全体没有指挥，却齐刷刷地喊：“喜欢！”胡兰英激动地从身上掏出一张纸：“我写了一首小诗，就算我对大家的心意吧。”只听她朗读道：

你们要走了，要出征打仗，
我们在家里，我们会念想。
你们要走了，要去打倒军阀、列强，
我们在家里，我们会念想。
你们带走了我们的心，那是革命心。
你们带走了我们的情，那是手足情。
你们要走了，要出征打仗，打倒军阀、列强。

我们在家里，我们会念想，念想那一天，中国会富强。

胡兰英把纸放回口袋，向全体鞠躬："就这些，我不会说话，以后大家有难事可以找我。

她的诗歌和真诚深深感动了官兵们，吉鸿昌让她帮着发饷，白副官记账，只见胡兰英拿起毛笔，字迹秀美，笔走流星，士兵啧啧称赞。

吉鸿昌高兴地看着，抬头时，却看到梁师侠从山坡上营区下来，吉鸿昌迎了上去："梁先生，真是托你的福，双喜临门，冯先生送军饷来了。"梁师侠笑笑："恭喜师座呀，连新婚夫人都上阵了。"他看着官兵们兴高采烈地领着饷钱，叹道："蒋先生这钱一到，我们也离滚蛋不远了。"吉鸿昌惊讶："先生这话是啥意思？"梁师侠说了一句就离开了，走向红场，他说："苏俄的援助只有装备没有钱，冯先生哪来这么些钱？看来冯先生真是找到奶妈了，蒋先生出手阔绰，大手笔呀。"吉鸿昌眉头皱了起来。

在潼关的总指挥部，阮静怀召集旅团以上长官的军官会议，阮静怀面色阴沉地讲话："蒋先生在上海清党以后，国民党内部出现了严重的分歧，出现了南京和武汉两个政府，北伐革命面临夭折的危险。西北军向何处去，事关重大。如果听武汉汪先生的去打蒋先生，那么就无法继续去打张作霖，北伐以来所付出的牺牲就全白费了。冯先生去武汉见汪先生，打蒋先生总需要开拔费吧，可是汪先生没有钱，西北军又是有名的穷队伍。"梁师侠这时插话："蒋先生有江浙财团，那只有跟蒋先生要了。"阮静怀不客气了："请你不要打断我的话，不过你说对了。蒋先生要继续北伐，完成国民革命，他希望西北军跟着他一起打，他已经答应说，先送西北军50万元军饷以解燃眉之急，今后南京政府还将按月拨给西北军250万元军饷。"场内议论纷纷，多数人都惊喜万分。吉鸿昌感到现场气氛的异样，就冷静地观察各方，认真听。梁师侠自顾自大声悲叹，全场没人理他，阮静怀大声宣布文件："下面我宣布冯先生的命令。本司令决定，凡本军共产党员，接到此令即刻脱离政治部，撤

销在本军的一切职务。禁止共产党员以任何名义在军中活动，违者以反革命论处。冯玉祥。”吉鸿昌深深地叹了口气。梁师侠自己在那里鼓掌，要求说“几句感想”，阮静怀还是同意了。梁师侠站了起来，他回忆了共产党与冯先生合作，襄助冯先生参加北伐战争等往事，接着说：“西北军素来称共产党为革命导师，如今蜜月期一过，只因共产党是一个穷党，手上没有粮饷，更没有军队，便从革命导师一下子沦为了弃妇！”阮静怀劝他：“梁先生不要误会，冯先生也只是权宜之计，毕竟西北军五年没有发过饷，靠维持费过日子，官兵们不能只打仗，他们要养家。”梁师侠忽然大声说道：“娼妓为了钱去卖身，难道西北军也要学，为军饷出卖革命吗？”这一句激怒了全场，一个旅长掏出枪指着他：“放肆，臭共党，不许你胡言乱语！”梁师侠毫无惧色，现场剑拔弩张，阮静怀出来缓解局面：“好了，都不要再说了。冯先生还有一个电报，不许任何人为难共产党员，你们就是不该拔枪。”余原赋一笑，应和道：“就是，嘛事呀，贫贱夫妻无家财，争嘛？好聚好散。”

散会后，院子里长官们还没都散，有了钱了，政治部的约束也没了，就互相邀饭局。吉鸿昌与余原赋站在院子里等梁师侠出来。余原赋游历西方，混迹于多个军阀部队，读的书也多，他对吉鸿昌说道：“我料着会有这一天，共产党就那几个毛人，没有枪，冯先生怎么会看得上？冯先生看上的是共产党的爹，是能给咱们装备的苏俄。天津话说吃软饭的，相中的不是女子，是他爹。”这时，梁师侠走过来，他说要去西安，跟冯先生当面去讲理。吉鸿昌搂上梁师侠的肩：“我晚上派兵去送你。”梁师侠走了。吉鸿昌：晚上我送送你。

张晋雄、彭三原、彭楚志三人走过来，张晋雄和彭三原见吉鸿昌与梁师侠还是那么亲密，有些担心。彭三原憋不住了：“大哥，你怎么还跟梁先生套近乎，共产党都完蛋了。”张晋雄制止彭三原：“政治归政治，朋友归朋友，大哥讲义气，你别胡说。”

这边，几名军官正围着阮静怀说话，看着吉鸿昌一行离去，那名旅长还愤愤不平：“总指挥，我看吉鸿昌也算半个共党了，还有他的参谋长，早晚都是西北军的祸害。”还有要求罢吉鸿昌的官的。阮静怀制止了他们。

红场上，吉鸿昌帮梁师侠提着背包送行，与余原赋一起送到红场。

梁师侠看着依依惜别的吉鸿昌，说道：“只要你能坚持革命，咱们后会有期。有件事想拜托你。”吉鸿昌应道：“你说，我一定照办。”梁师侠望着他的眼睛，郑重地说：“请吉将军为国家计，为革命计，继续追随中山先生的思想，保护好部队里跟我一样的人。”吉鸿昌郑重地让他放心，双方互道珍重，相互拥抱，告别。

吉鸿昌和余原赋往回走的路上，余原赋忽然感叹：“做女人真可怜呀。她非要到被丈夫休了，才想起来去找胭脂搽。这回共产党恐怕也得去找胭脂搽喽。”吉鸿昌不爱听，余原赋接着分析：“不是吗？女人的买卖在脸上，脸不抹光了心气不硬。共产党的买卖在手上，手上没枪杆子腰不硬。共产党的胭脂是枪杆子。你瞅着吧，共产党吃过这个亏，很快就会有自己的军队。我还有句歪话要说，憋不住。”吉鸿昌：“你说。”余原赋：“蒋介石不是头好鸟，就怕冯先生上当，大爷！”

阴云笼罩着西北军的军营，但是久违的饷钱还是冲出了一小片晴空。吉鸿昌和胡洪霞的小家里，王淮义送完梁师侠回来，与张晋雄、彭三原、彭楚志、吉鸿昌围坐在桌上吃着胡兰英亲自做的兰州拉面，场面热火朝天，吉鸿昌和张晋雄面前各摆着一个空碗，彭三原的面前已经摆好了四个空碗，正在吃第五碗，彭楚志正在吃第三碗，王淮义把第四个空碗往桌上一放，这时，彭楚志把碗一推，捂着肚子说道：“不行了，俺不比了……”大家都在夸赞嫂子的手艺真好。

第十二章

克洛阳，黄河天险何所惧

大战在即，胡洪霞（原名，胡兰英）以女人的细心作了一面用于攻心的招降旗，只见她在吉鸿昌和他的兄弟们把白绸布渐渐打开，一幅巨大的旗帜，上面绣着巨大的黑字：“逃命官兵往 門者大吉”，又从包袱里拿出几块绸布，上面分别绣着“東”、“西”、“南”、“北”。胡洪霞说：“看！都给你们备好了，你打哪个门，就把哪个字缝上，投降的都得朝这儿跑。”大家纷纷夸赞这个嫂子有能力。

正在这战事紧要关头，吉鸿昌眼睛却害了病，痛的厉害，军医给做了手术。他回来睡了一觉，深夜躺在床上喊喊杀杀的，弄醒了胡洪霞。她把吉鸿昌叫起来，吉鸿昌说，我做了个梦，记得是梦见跟鬼魂大战，是砍日本鬼子，还是蒋军，记不清了。我左砍不着他，右砍不着他，猛看到他的刺刀捅到我的眼前头，一惊就醒了。”胡洪霞心疼地说：“你看你，做了噩梦，还笑！”吉鸿昌说道：“我笑，是因为我梦见跟日本鬼干上了，我笑是因为我白天眼睛还涨得生疼，醒来就全松开了，你看，我的眼是不是消了肿了？”胡洪霞端来灯一看，咦，还真的消肿了呢！吉鸿昌：“看来，砍日本鬼就是我的药，能与日本鬼作战，我就能百病全消。我想起早年在家，阴阳先生给俺爹解梦，说梦见水、火、刀、兵都是大吉利，这是我早晚能杀败日本鬼吉兆头，所以我才笑。”吉鸿昌兴奋地下了床，来到桌前，胡洪霞为他掌着灯，拿起胡洪霞为他写下的一题七绝小字，念道：“《马上作》。南北驱驰报主情，江花边月笑平生。一年三百六十日，多是横戈马上行。”吉鸿昌：“这首诗是谁作的？写到俺心上去了。”胡洪霞介绍：“这是明代抗倭名将戚继光在跟日本兵作战时写下的，我想你会喜欢，就写了”，吉鸿昌感激地说：“洪霞，你最了解我，最懂我，你真是我的宝。”胡洪霞动情地投入吉鸿昌的怀抱，紧紧地抱在一起。

大战终于打响了，就在洛阳城下。

吉鸿昌和彭楚志率领王淮义的手枪队和准备登城的突击营，城头射来的炮火把他们老老实实压制在战壕里。他们焦急地等待余原赋带炮兵来支援。余原赋带着炮，自然成为敌人炮火的重要目标，总算摸到了射击位置，趁着敌人炮火喘息，余原赋趴在战壕沿上，举起炮镜仔细观察：“一门，好家伙，

新造克虏伯呀……又一门，还是……这里还有……两门。”

余原赋放下炮镜。对吉鸿昌说：“正面四门炮，都是新造的，可惜这炮咱不能要了。”吉鸿昌问：“坚决打烂它！有把握吗？”余原赋轻笑道：“好打。这是按日本炮兵条例布的阵，城楼南10点一门，11点一门，城楼北13点一门，14点一门。正好四门野炮，一门炮打一个。对了，还有机枪火力点。”余原赋再去冒着炮火侦查，回来问吉鸿昌：“隔一门炮两挺机枪，城楼南北各6挺，咱炮弹不多，只能打城楼一边，打南打北？”吉鸿昌果断地：“打北，剩下的交给步兵上城解决。”余原赋把炮镜交还给炮兵：“齐活了，15分钟后准备上吧！（吩咐炮兵）15米一个跟上。”手枪队跟着吉鸿昌准备战斗，彭楚志带着突击营准备登城。四门野炮座在掩体中被隐蔽着，炮口前伸。余原赋在自己的圈椅上坐下，笑着对连长只是：“四门新造克虏伯，城楼南10点、11点、城楼北13点，三个连一连一个，剩下一门归我，先瞄准好，听我下令齐放，连打五炮，要一次打掉。”马上要发炮了，余原赋还是不放心，再次检查瞄准，他办事喜欢绝对精准，一步到位，当时中国军队设备不足，只见他让瞄准手把胳膊伸过来，余原赋拉开袖子，猛咳一声，就往臂上吐口水，然后像护士打针前擦酒精一样用手抹开，命令他：“举起来，转！”瞄准手举起手，转动着试风。余原赋问：“什么风？多大？”瞄准手：“东南风，3级”。余原赋亲自去修正了瞄准，才起身向后退了几步，大声发令：“目标城墙上火炮，3号装药，五发急射，齐射，预备——放！”炮弹连连在城头爆炸，敌军的山炮被连连炸毁。20发炮弹砸过去，太准了，吉鸿昌的士兵们兴奋得比过年放鞭炮开心多了，只是不敢跳起来欢呼。只见余原赋再次发令：“目标，城楼北机枪火力点，打完炮弹，急射，预备——放！”炮声轰响，机枪顿时哑巴了，守军再也没有斗志。吉鸿昌提着一篮手榴弹，跳出战壕向城根冲去：上！

王淮义率领手枪队冲出战壕：手枪队跟紧！彭楚志率领登城突击队，抬着登城长竿和云梯蜂拥冲出战壕。城头的机枪怒吼，挡不住吉鸿昌突击队的勇猛，余原赋打完最后一颗炮弹，敌军的最后一个火力点哑巴了，对面好安静，余原赋走到太师椅上坐下，二连长跑过来递上烟，又给余原赋点上烟，余原赋抽一口向天喷去：“都歇歇，等着领赏吧！”

吉鸿昌、王淮义率手枪队率先冲过战壕，来到城下，他一手提篮，一手向城上猛打手榴弹，守军一挺机枪火力点被手榴弹摧毁。手枪队、敢死队奋勇登城，王淮义先上了城，大喊："吉鸿昌上城啦，快投降吧！"吉鸿昌 30 多岁的人比小伙子还灵便，抓着绳索就上了城墙。只听他大喊："打旗帜！"王淮义掏出胡洪霞制作的白旗，系上旗竿，把旗升了起来，硝烟中，旗上的大字"逃命官兵往東門者大吉"看得守军胆战心寒。

这段紧张激战的时间里，方冠群部的官兵正在城内巷战，方冠群在城楼东南角用望远镜看到了吉鸿昌在旗下威风凛凛的样子，心中非常不满在，这是抢功啊！结束战斗，方冠群回到洛阳总指挥部，路上，方冠群的旅长向他埋怨吉鸿昌，方冠群冷静下来，对他们说："也不怨吉大胆，是我们自己没打好，他有招数，我们有吗？一会见着吉师长，谁也不许刺毛。听到了？"总指挥部里，余原赋正在向长官们发他们自己编写的《攻克洛阳记》，这动作可是真快，发到阮静怀手上，他不悦地把《攻克洛陽記》"啪"的一声扔在桌上，长官们惊讶地看着阮静怀和吉鸿昌。

吉鸿昌看方冠群进屋子，从余原赋手中拿过一本书，带笑走到方冠群面前，递上去，没寒暄几句，方冠群说了生气的话："世伍，你说洛阳之战后，咱俩这朋友还做下去吗？"开会了，

长官们纷纷就座。方冠群把书塞给吉鸿昌："洛阳不是你 19 师一支部队打的，你这本书我不看。"说着带他的旅长到另一边就坐去了，吉鸿昌很尴尬。这时听阮静怀叫他："吉鸿昌！"阮静怀一边翻那本书，一边说："我没见你对友军提一个字呀，洛阳是你一个师打下的，还是我遗漏了没看到？可以改成《19 师独立攻克洛阳记》。"吉鸿昌辩解道："总指挥，你怎么不问问这次北伐哪个部队牺牲多？这本书写的是谁流得血多，纪念革命烈士需要知道谁是总指挥，还有多少友军部队吗？我组织敢死队请领奖金没人答理我，那时候总指挥你在哪儿？"

阮静怀把书啪地一合："我在我的指挥位置上，难道你不知道？"阮静怀打断了吉鸿昌的争辩，布置新的战斗任务："郑州战役，由方冠群之独立师担

任主攻，增配一个炮团并一个特务旅。吉鸿昌之第19师进抵黄河担任侧翼掩护，所部四门野炮包括新缴获的四门炮，全部配属方冠群炮团。”

会场出来，彭三原、彭楚志纷纷奚落余原赋，方冠群要吉鸿昌移交炮，也奚落吉鸿昌，大家满肚子气回到部队。王淮义问吉鸿昌：“师座，打郑州俺们还是主力吧？”彭楚志接过话茬：“打屁主力，到黄河边等看戏吧！”

还真被他说着了，这个侧翼掩护，就是守在黄河边上，眼看着对岸的奉军唱二人转无所作为。对面懒懒散散，这边一时间也是懒懒洋洋，但是，吉鸿昌岂是毫无作为的人？在对方靠黄河心安，这边看黄河犯难的时候，他也能有奇迹发生。

他陷入了苦苦的思索，好在，吉人自有天相，何况有余原赋这个宝贝。

对面，敌军排长正在训士兵：“偷什么懒？干个活在这给我磨洋工！”士兵埋怨地说：“排长，自古黄河难过兵，人家打不过来我们打不过去的，师座都不急你急个逑啥？”排长朝对岸看去，只见吉鸿昌和王淮义在坝上“晒太阳”，回头对士兵骂道：“你是师座吗？你是师座你也去晒蛋，在这我说了算！”

吉鸿昌悠闲地侧卧在河岸上，王淮义坐在他身边，拿着望远镜看着对面。对面敌军战壕里空架着两挺机枪，几个士兵在一旁悠闲地拉弦子、推牌九、嬉闹。吉鸿昌对王淮义提醒：“注意观察对面，不要放松警惕。”这是麻杆打狼——两头害怕啊！

这样的日子不用多久，好战的官兵就有怨气了，余原赋对吉鸿昌说：“我看是你越来越不像你了！方冠群天天有仗打有进账，人家吃大锅肉，我们连个汤腥气都闻不着，你把部队在这里放了羊，还整天乐呵呵地，你还是从前那个吉鸿昌吗？”吉鸿昌笑着：“唉，我的参谋长，北伐以来从潼关到洛阳，俺们打了多少仗，队伍早打乏了。这回总指挥不让打，正好！让大家休息一会嘛。你别心疼你那几门炮，以后我给你缴获。”余原赋讥笑他：“说得倒轻巧，那几门炮来得易吗？那些炮兵我练得易吗？我都奇怪，吉鸿昌不是龙虎狮豹熊罴狼吗，怎么一下变成顺毛驴了！”吉鸿昌还是笑：“你不要激我，我不理会的。别带气，你去歇歇不好吗？给小娇妻寄两个钱花花，给她写写信，烽火连三月，家书抵万金啊。”余原赋拂袖而去。吉鸿昌看着黄河，眉头紧皱，他太想打过去了。

吉鸿昌举起望远镜，看到对面奉军正在唱着二人转，拉的拉，跳的跳。吉鸿昌一想，我给你唱个对台戏吧！晚上，黄河边，吉鸿昌拉着弦子，唱着坠子，士兵们群魔乱舞，欢快地娱乐着。对岸奉军也稀稀落落的没几个人，点着一堆火烤肉吃，一边往对岸看。

彭楚志指挥所的晚上，张晋雄与彭楚志一边聊天，一边喝着小酒，他们也纳闷大哥怎么就变个人似的。彭楚志想到当前部队的松懈，又提醒张晋雄："二哥呀，三哥的事你得管一管，得提醒提醒他。他兜里有几个钱，够他整天去县城骚包，去捧戏子？难道还要在这娶一房妾吗？"张晋雄说："你三哥那点喜好算个啥？当兵满三年，猪八戒赛仙女，你不懂吗？他的饷钱往哪儿花，我们管不着，他穷不死。"这时，门外传来余原赋的声音，张晋雄想躲的时候，余原赋已经进来了。寒暄过后，张晋雄还是借口走出去了。

喝过几盅，余原赋对彭楚志说："看来，他想打过黄河去，但又怕你们几个弟兄不同意，就欲擒故纵，让你们窝囊着，等你们自己憋急了，自己来请战。那这么办，下次旅团长官例会，我把打黄河的主意说出来，你再找晋雄三原，无论哪一个愿意打黄河的，一起来附议，这样师座就能下打黄河的决心。"彭楚志："没问题，这事好办，我来附议。"余原赋兴奋地回去连夜准备作战计划，他不知道，彭楚志刚才已经喝多了，忘了说什么。

第二天白天，余原赋正伏在地图上仔细标绘着，十分投入，吉鸿昌进来了，邀请他去彭三原的防区看看，余原赋说："下午是旅团长例会，你别误了"，吉鸿昌："不开了，你通知一下，例会取消。"余原赋赶紧起身拦住："师座，这可是军务例会，取消不合适吧。"吉鸿昌说："没啥事开什么会？"说着出了门上了马。

余原赋十分沮丧，把笔撂下，在屋里转来转去。他通知传令兵，通知各旅，旅团长官例会取消，改成旅长会议，叫三个旅长来。余原赋拿起笔伏身下去继续标图，紧抿着嘴用力标图，十分亢奋，心想："奶奶，敢把 19 师晾在一边，还缴了二爷我的炮"。

吉鸿昌到彭三原指挥部没有找到他，却碰上了通知彭三原去开旅长会议

的参谋，吉鸿昌马上赶回来。不一会儿，彭三原从城里戏班子赶了回来。余原赋向三位旅长征求意见，结果大家都鸦雀无声，他们看着吉鸿昌，故意做出余原赋说了不算，得吉鸿昌发话的样子。最根本的原因是，都认为对面驻扎一个军，又有黄河天险，实在是胜算很小。

吉鸿昌听他们争来争去，觉得吵架是浪费时间，他表态：“参谋长积极求战，拿出了作战计划，这个行动我赞赏。可是对面这个军不能小瞧，晋雄说得对，贸然打过去没有胜算，队伍还是保持现状，不动如山。从今天起，士兵照旧放假，（看着彭三原）长官不放假，你们回旅带着长官熟悉沙盘，一旦打过黄河能往哪儿穿插？拿出各旅方案送我，注意保密。散会。”

余原赋走出去的路上，彭三原看不上他，冲上去把余原赋打了一顿，正好吉鸿昌赶到，彭三原被打军棍，就地撤职反省，旅长由余原赋暂时代理，同时，自己扣罚三个月饷钱，扣下来的钱，去请戏班子请大家看戏。

部队，尤其是旧时部队，知识分子很少，在派系严重的部队里，余原赋一个外人难于驾驭彭三原的人马。余原赋来辞职，吉鸿昌说，有事你吩咐副旅座去办。他正要和余原赋商量作战计划。你来的正好，否则我还得去找你。吉鸿昌兴奋地说：“那天你说一个军当一个班打，这话有用意吗？还是呕气说的？”余原赋一谈到军事计划，立马来神儿了：“这还不明白？你过来看”两人来到地图前。余原赋问：“这个军在这，但黄河边上有多少兵力？”吉鸿昌：“一个营。”余原赋手指：“这个营在这，滩头阵地上有多少兵力？”吉鸿昌说：“渡口两个连，彭楚志当面一个连。我明白了，你是说挑晚上偷袭，当面守备只有一个班。”余原赋拍掌：“对！拿下这个班，桥头堡就建立了；上一个团，这个连就交代了；直插他营部，这个营就完蛋了；然后直往东北打新乡，这个军就白费了。打蛇要打七寸！”吉鸿昌有些担心：“可是，这个军不会合围上来吃掉我们吗？”余原赋讥笑：“切！我不是说你这几个兄弟，个个能打仗，个个是呆瓜。这个军放这是干什么的？是保护郑州黄河大桥的！过了河咱不打他，咱往北打新乡，他敢追吗？他一追黄河大桥就放空了，他怎么填？”吉鸿昌还没想通，他理解不了余原赋的发散性思维：“可是即使拿下了新乡，黄河大桥没有打开，也进不了郑州。”余原赋笑笑：“军事打的是气势，拿下新乡他全局就大乱了，他还不撒丫子就跑？我们正好乱中取胜！”吉鸿昌看着余原赋，愣住了：“这个，有点赌，但是值得，有谱！余原赋，我对你刮目相看。”余原赋得意地：“怎么样，能下决心了吧？”吉鸿昌拿笔在新乡西南画了个圈：“但是，这里还有一个军。”余原赋赶过来：“不可能，战前都侦察过的，哪来的情报？”吉鸿昌笑道：“不瞒老弟，我一直向他的纵深派了四个侦察组。”余原赋生气了：“师座，侦察不归参谋长管吗？你这样干，不是拿参谋长当猴耍吗？”他拂袖而去：“19 师用不着我了，我回旅养大爷去！”吉鸿昌看劝不回他，就在地图前又坐下，看着地图感叹：“余无常，英雄所见略同，但你还差老子一招，这招才能一击毙命！”他走来走去，心中默念：“老子可以等，不动如山，动如雷霆！”说罢，一拳砸在“新乡”上。

想喝就来酒，想奶就来牛，真是天时地利人和。吉鸿昌正在指挥部睡觉，深夜了，外面却有人声，吉鸿昌警觉地醒来，穿着马夹起身点灯。原来王淮义抓了一个俘虏，而且还是个副官，这可是厚礼，吉鸿昌吩咐：“快，叫他进来。”

王淮义穿身破烂的民服，疲惫至极地向吉鸿昌敬礼。吉鸿昌勉励王淮义立了大功，然后就要夜审俘虏，王淮义说先送医护队去了，因为俘虏得了疟疾，一路都是他背过来的，吉鸿昌说，你就在我的床铺上睡觉吧！安排人给王淮义弄了吃的，他直接去了医护队。

吉鸿昌进来一看，这位敌副官裹着军毯，浑身打哆嗦一阵冷一阵热的，心中不忍，忙让熬姜汤，对这位副官说：“不要多礼了，先喝点姜汤，暖一暖。”副官姓傅鲁，吉鸿昌暗笑，但是憋住了：“你这名可不吉利呀。”敌副官：“是是，早知今日就改了。”原来，这位副官在奉军万福麟军的军部当副官，驻新乡，分管步联，就是管徒步传令，而且是传军师之间。吉鸿昌心想，这么大的鱼怎么就让我抓来了呢？他自己都不信。这位副官感念吉鸿昌爱兵如子，没用口舌，就交代了所有万福麟军队的秘密，还带来了《鄭州戰區黃河以北佈防態勢圖》。吉鸿昌一看，眼睛都瞪起来了：”我的好兄弟，你真是我请都请不来的大福星，好兄弟，你快跟我好好说说这张图，我不但不会枪毙你，我还要奖赏你一百块大洋！”副官落泪了，当即在床头上叩了个头：“长官，我受不起呀。别再打扇子了，快把毯子拿来，我又冷了。”吉鸿昌从士兵手里接

过毯子给敌副官裹上。

这时候，公鸡已经开始打鸣，大概凌晨四点钟了吧！

彭三原正在禁闭室里喝着粥，门咣当一下开了，他抬头一愣，吉鸿昌笑容满面进来了：“老三，有好事啦！”彭三原把头转过去，吉鸿昌一看，上前单腿下跪，一手扶在膝盖上，打千告罪，身背后插着几根柴禾：“大哥给三弟负荆请罪！你先原谅了大哥，大哥再告诉你，是大喜事，天大的喜事！”彭三原豪爽地说：“你起来吧，我没生大哥的气！”吉鸿昌拍着他的肩膀：“三弟，这回你可遭罪了，可是你不知道，这是大哥一个苦肉计！”彭三原疑惑了：“苦肉计？”吉鸿昌给他详细说来：“打郑州，总指挥撂俺们19师在一边，你想大哥可能服这个气？来前我曾去找冯先生会面，把打新乡断敌退路的想法告诉了先生，先生担心黄河天险过不去，授意我见机行事，我就背着总指挥，拿了这个尚方宝剑！”彭三原惊问：“总司令同意打黄河？”吉鸿昌说：“冯先生只是提醒我不能蛮干。本来要我有情况与他多联系，可是总指挥不配我电台，这下更好，我就给他来个鸦雀无声。在这个态势下，19师越是孤立，越是有利。外面打得再紧，19师当哑巴，天地神三不知，谁能摸得清俺想干啥？正好行事！”彭三原问：“大哥你是说，一切你都安排好了？”吉鸿昌得意地：“打黄河要紧的是什么？是虚实！等待战机，寻找战机，创造战机，这是我的计！对岸奉军可是傻瓜？不是。他也会派人来侦察，来摸我们的虚实。我就把队伍先放羊，麻痹对手。也把你们撂在一旁，不闻不问，让你们去着急，去折腾。果然是，呵呵呵，你小子把参谋长打了，我打了你，还撤了你的职，过后参谋长又躺铺板，晋雄、楚志也都焦急不烦，军务偏废。19师无论内外，都是一团糟糕，真真假假，这些都叫敌人侦察了去。”吉鸿昌拿来那张地图：“你看，他们以为我们19师军心崩溃了，就把俺当面这个军，19师打黄河的心头之患，给调走了！昨天才过的河，去荥阳去了。”彭三原也想不到：“我的个天爷，怎么会这样？”吉鸿昌兴奋地说：“嘿嘿，这就是俺与冯先生有默契了，阮总指挥蒙在鼓里，还笑话俺。冯先生为给19师创造战机，调动敌人，他把赵登禹派去加强方冠群方向，打得敌人快顶不住了，同时俺19师示弱于敌，迷惑了奉军，当面这个军就给调过了黄河，调去荥阳打阻击，跟方冠群对仗去了！”彭三原还是有点担心：“新乡空虚，恐怕他们还会调兵增援新乡。”吉鸿昌摆摆手：“不，奉军又调了一个军去填新乡的防务，不过还得五天才能赶到。你仔细再看，这里有一个军需库，有粮食、被服，这里还有一个军火库，还有炮！这一带守军统共只有一个团，还分兵在三处。五天时间够了，不动如山，动如雷震！俺们趁敌空虚，抓住战机打过黄河，直捣新乡，他措手不及，这两个库还不是我们的？阮总指挥想让19师喝粥，19师却要吃洋面！”吉鸿昌收起地图，从背上抽出柴禾，对彭三原说：“我先命令你先把腰带扎上，把这些柴禾插在后背，去给参谋长负荆请罪，把他请回师部呀？”彭三原爽快地答应了。

彭三原的指挥部里，余原赋正在主持营团长官沙盘考核，被考核的长官背对着沙盘。这时听到：“师座、旅座到。”只见彭三原上前单腿跪下，向余原赋低头，背上插着几根柴禾，大声说：“彭三原军阀作风，殴打长官，请长官恕罪！”大家都吃惊地看着余原赋，又看着吉鸿昌。吉鸿昌一看，该抖包袱了：“我宣布，从今天起，余原赋、彭三原官复原职，19师要准备打大仗了！”全场欢呼起来。

第十三章

铁军：夜渡黄河逼郑州

大战在即，天空也像暴雨狂风之前般死寂，黄河边上乌云浓重，遮没了本是圆满的月亮。吉鸿昌的队伍在河南岸隐蔽，准备登船，身穿便衣的手枪队作为突击队先行渡河，吉鸿昌交代王淮义："过河之后尽量不要惊动敌人，得手后打一发白色信号弹"，吉鸿昌等长官看着突击队坐的船一艘艘消失在夜色中，心里很是担心。毕竟这些士兵面对的是瞬息万变的奇袭，而且西北军士兵多是旱鸭子，水战经验不足。

黄河北岸黄沙浴渡口，堤坝上，六支步枪架成三角状被火光照亮，仿佛在挑衅吉鸿昌的部队，六名士兵在围着火烤肉吃，丝毫没有感到十几条小船已经驶近岸边。王淮义吩咐队员：一共六个人，你上去抢那几条枪，其他一人一个。左右背着他人影接近，如果被发现立刻冲上去用刀解决。他们手起刀落，根本没给这六个哨兵喊叫的机会。堤坝上，王淮义小声地对突击队员们部署："一、二、三组，依次向左、前、右分别散开，搜索500米清除哨兵，这堆火就点着，不许打枪。四组跟我去摸王村连部，机枪组原地挖掩体，建立桥头堡。明白了？"吉鸿昌看到手枪队乘的船回来了，马上安排彭楚志带一个营渡河，迅速建立桥头堡警戒，一切就看王淮义拿下王村是不是顺利了。

王淮义摸到王村，手下一刀送走了一个哨兵，带着一个活的摸到了位于王村的连部，只见床上躺着一个人，行军床上还躺着一人，听声音马上翻身起来，床上那人伸手去枕下摸枪。王淮义的队员迅速把他们缴了械。王淮义把床头一件军装提起来，看了军衔："嗨！真不赖，还是个少校哩。"奉军营长连忙恭维："这位兄弟，我知道你们干土匪的不容易，我那兜里有几块大洋，你们兄弟几个拿去花吧。"王淮义把便服解开，露出腰间双枪："谁是土匪，我们是吉鸿昌的手枪队。"这位营长大惊失色："啊！吉、吉、吉鸿昌！"

河南岸的吉鸿昌看到王淮义发出一颗白色信号弹，知道对岸战斗顺利，王村得手，于是命令各旅："按原计划迅速过河，彭三原过河就去打温县，不要停留，张晋雄奔袭武陟，动作要勇猛要快，打龟孙措手不及！"

19师大军乘坐上百条船，向对岸奋勇驶去，即使是深夜，看上去也颇有气势。大军登岸，听彭楚志介绍，这位奉军营长是临时检查军务没走，住在这里就被抓了，这营长还备了厚礼：他已经命令全营缴械了，还有一门山炮，

他刚拉到，炮弹、挽马都有现成的。这可把余原赋高兴坏了，彭楚志带着吉鸿昌和彭楚志来到连部，说是还有更惊喜的，走进来，只见王淮义正带着几个队员在清理电话线，一座电台，几座军用电话机堆在桌上。王淮义迎上去："师座，参谋长，一枪一炮都不用，俺们就发大财了！"吉鸿昌、余原赋快步上来，惊喜地摸摸这拿拿那："这下如虎添翼，打新乡更有把握了。"王淮义马上拿起话筒："喂喂，黄河已经拿下！黄河已经拿下！"大家哈哈大笑。吉鸿昌看着技术权威余原赋喜滋滋的样子："参谋长，这些玩意儿我交给你了，要保证师部与各旅的联系。"余原赋一抱拳："没问题，我早准备了一个通信连，有线兵、发报员、密码本都是现成的，马上可以接通各部。"只见他接着摩挲，一边自语："嗯，这才像个军队样儿嘛！"

这时，远方传来激烈的枪声和爆炸声，余原赋仔细一听，告诉大家："是北面，彭三原在温县打响了。"这时电话响了，吉鸿昌接过电话："老三吗？我是大哥。"彭三原："大哥，哈哈哈哈，我没放几枪就把城门打开了，这里的熊兵都在睡大觉呢！俺们的情报很准确，温县守军就一个营，现在直接去县衙打营部！"吉鸿昌："太好了，立即清剿残兵，派一个团向北警戒，我跟晋雄、楚志先去拿下武陟，然后你再跟上，集中力量去打新乡。"

不一会儿，电话传来消息，温县拿下，才一个半夜，不仅渡了黄河，还打下一个县城，可见敌军麻痹的程度和管理的松懈。吉鸿昌马上吩咐王淮义："你把电话、电台都交给参谋长，你带手枪队马上去55旅，协助张晋雄旅长趁着天还没亮，过泌河，抢攻武陟，先把他的被服、粮食仓库拿到手！"余原赋适时地提醒："师座，既然拿下了温县，干脆把师部先挪到温县去。"吉鸿昌忽然一愣："你提醒我了。"吉鸿昌回身又拿起电话摇通彭三原："三弟，你听着，你把部队都收回城里，抓紧休息待命，外头警戒的兵都换上奉军服装，城头还竖奉军的大王旗。"吉鸿昌对余原赋说："参谋长，师部不能设在温县，温县不是目标，俺在这不能耽搁。"吉鸿昌接了张晋雄的电话，听说他分出一个营去了龙源，自己带队伍直接扑阳城，从那过沁河，这样打武陟更近。吉鸿昌放下电话，带着余原赋看，果断地："现在就是要快，我们在这不能停留，天明把师部设在武陟。楚志，你带队伍马上跟进张晋雄，去阳城，以防万一能随时增援他。留一个营跟师部走，当预备队，走，俺上武陟吃早饭！”

清晨的武陟街头，太阳还没有探出头，家家户户出奇地安静，似乎战争与他们无关，只有各家各户的公鸡依旧引吭高歌。军营里兴高采烈，士兵们干脆就在敌军粮仓前支起大锅，堆起高高的蒸笼，不一会，大批的吉军士兵就开始啃白馒头。

不远处，有一户胆大的街边百姓“吱”的一声把门推开个小缝，露出他花白的胡须，正巧被门外一名正在啃馍的士兵看见，士兵笑着说：“老乡，太阳晒屁股了，才起来？”这位老者小心赔笑：“嘿嘿嘿，小兄弟，你们是……哪来的队伍？”士兵也笑脸相迎：“老乡你不要怕，俺们是国民革命军，是冯先生的北伐队伍。”老者惊问：“是冯先生的队伍？”这时王淮义的手枪队军容整齐地经过，打着一面旗帜，上写一行大字：真爱民不擾民，下面一行小字：國民革命軍第二集团军第十九師，王淮义还开始敲着大锣，一路喊着：“打扰各位老乡了，我们是国民革命军北伐队伍，真爱民不扰民，军纪严明，保护商民财产安全！”那位老者高兴地问士兵：“你们就是吉鸿昌将军的队伍？”士兵答道：“是啊，老乡你知道吉将军？”老者这时打开街门，一边说：“知道知道，打洛阳的。”一边对里面喊：“都出来吧，是革命军来了。吉鸿昌的队伍，都出来吧。”街旁百姓纷纷开门出来，一些男孩乱跑闹笑，都出来看热闹。王淮义对大家说：“我们是国民革命军北伐队伍，真爱民不扰民，军纪严明，保护商民财产安全！”这时，吉鸿昌也走过来，他向百姓们挥手微笑，致意。老者上前：“吉将军，你是俺河南人吧？”吉鸿昌笑着回道：“是来，俺是扶沟的，俺们是老乡，你们让军阀害苦了，俺这次打回河南，是回来解救父老乡亲的。”另一个百姓问：“吉将军，恁打回来就不再走了吧？”吉鸿昌说：“赶走军阀，打倒列强，一直到革命胜利，俺不走了！”

吉鸿昌这回要好好感受电话机在指挥上的妙处，他打电话给彭三原在温县的指挥部，听彭三原说：“哈哈哈哈，你们啃洋面馍算什么，我缴获了一个连的马匹，发大财了！”吉鸿昌高兴地一拍大腿：“太好了，奉军真是阔，天助我也！”吉鸿昌命彭三原马上去占领焦作，把骑兵连派去修武、获嘉方向，

大队后面跟上，今晚能占领获嘉，就能完成对新乡的合围。彭三原问：“啥时候打新乡？”吉鸿昌说，争取今晚打，北路的安全由他来保证。

吉鸿昌要用电台玩点计谋，要给阮静怀发明码电报，余原赋在旁记录：“阮总指挥静怀钧鉴，并转报冯总司令……我部已于7月3日凌晨，携带野炮四门，又山炮四门，又骑兵一个旅，全师于黄沙峪渡口成功突破黄河天险，占领了温县，建立了桥头堡，指挥部设在温县城。今晨六时，骑兵旅已进占焦作……我意三日内占领郑州以北黄河退路，然后转攻万部，请总指挥速派预备队自黄沙峪过河，会攻郑州。吉鸿昌。”实际上，哪有这么多炮和骑兵啊！主力都到了武陟，却还说指挥部在温县，就要打新乡才能出奇不意。

阮静怀看了这明码电报，问刘副官：“你认为他会怎么做？”刘副官指着地图：“我估计他实际上要打新乡，那是奉军的补给基地。”阮静怀一听马上给方冠群打电话，方冠群这边的指挥部已经听得见激烈的枪炮声，非常忙，方冠群一听吉鸿昌的19师已经擅自打过黄河，而且要打新乡，很不开心，认为这是抢打郑州的功劳，阮静怀说：“那我让他撤回来。”方冠群接了电话，要把部队撤下来，参谋长说：“那19师就是孤军深入了，万军都是骑兵，这样他也很危险啊。”方冠群说：“吉鸿昌就是看我把正面敌人吸引了，敌人顾不上回头，才敢开过河去的。万福鳞是个老滑头，估计也不会死守新乡。这样我们吸引了敌人的主力，他在北边趁虚一打，郑州就又归他19师了。”方冠群冷静下来：“吉鸿昌是好兄弟，但他缺心眼，总指挥老想拿他当枪使，这次他过黄河，总指挥说是擅自行动，可谁知道是不是总指挥故意这么做的？总指挥这个人我不信任，就怕他要牺牲我，保全吉鸿昌，因为吉鸿昌是他带出来的兵！我不得不防。”参谋长摇摇头：“唉，都高喊革命的口号，还是你斗我我斗你的。”方冠群冷笑：“革命不革命不是靠喊口号，有些人就是喝兵血的，谁给钱就给谁卖命，今天革命，昨天照样可以反革命。命令部队停止进攻，全师撤出战斗原地待命。不要用电话。”

吉鸿昌这边接了阮静怀两道要求撤兵的军令，依然不从，对余原赋说：“新乡就在眼前了，别说二道军令，就是三道金牌也不退兵！将在外君命有所不授！”这时，收报员来报告：“冯总司令来报。”余原赋拿过电报念道：“世伍、无常并各旅团长官，喜闻19师夜袭大河，天堑飞渡，成功上岸……”再一看，哈哈大笑：“你自己看吧，奖赏大洋一万！”吉鸿昌一看，冯玉祥还夸他们是“铁军”，这是宣传亮点啊，赶紧吩咐制作一面新的军旗。

在部队出发前的营地上，一面写着“（大字）鐵軍（小字：國民革命軍第二集團軍第十九師”的大旗迎风飘扬，吉鸿昌跳上军旗下的一辆辎重马车上，向整装待发的部队作动员讲话：“19师的长官们，士兵们，你们都看到了，今天俺们的军旗改了，俺们叫“铁军”了！这个“铁军”的大号，不是俺19师自吹自擂的，是俺们敢打必胜，夜袭黄河争来的，是冯总司令亲自命名的！”吉鸿昌念完冯玉祥的电报，全体官兵高喊着：“铁军万岁！北伐革命万岁！”大军整军出发。

在敌军探照灯前，攻打军火库的战斗开始了，在吉鸿昌军队强大攻势下，守军营长打算炸掉军火库，王淮义率手枪队冲到弹药库前，王淮义探头看，发现弹药库门口正有敌兵躬着腰拉线，他向一侧翻滚，连连射击，打倒了拉线敌兵。彭楚志带兵冲进雷区缺口，兵分两路，彭楚志率一个连沿着王淮义曾经前进的方向跑去，他问道：“咋还没打下来。”王淮义：“前面是开阔地，火力太猛，手榴弹够不着。敌人要炸库。”彭楚志说：“不行，不能让他炸了！缠着人，不让他撤走！”彭楚志向对面大声喊话，要求他们不要炸军火库，敌营长从沙包后面缓缓站起来，诈称：“我是军火库长官，你放我的兄弟们走，我不炸军火，我一个人跟你谈判。”彭楚志信守承诺，敌营副带着士兵们快步跑走了，只见敌营长一笑，忽然一腾身子翻回沙包，王淮义敏锐地跳起来冲上去，提醒彭楚志：“他要炸库！”王淮义手枪连连射击，敌营长连中数弹，王淮义大步向前伸着手要去抢那条导火线，他拿到线的瞬间，弹药库火光腾起，王淮义和几名跟在他身后的手枪队员被抛上了天空，又抛了回来。

新乡被拿下，吉鸿昌急匆匆赶到医护队，看到王淮义满身裹满纱布，昏迷不醒。吉鸿昌焦急地对他说：“你这个傻孩子，一个弹药库能顶个啥？炸就炸了嘛，俺19师不能没有手枪队，手枪队不能没有你。”军医这时候赶来，医护兵拿着抽血器械紧跟着：“军医：来了来了，是哪位血型能配上。”吉鸿昌：“是我。”军医迟疑着，亲自接过医护手上的抽血针筒，一针扎在吉鸿昌的胳

膊上，军医开始抽血。吉鸿昌边抽血，边看着王淮义，王淮义满脑袋包裹着纱布，闭着眼睛跟死人一样。

晚上，吉鸿昌给胡洪霞写信，报告自己的捷报："郑州之役 19 师打得颇为顺手，我出敌不意强渡了黄河，截断了援军的通路，19 师被冯先生誉为铁军，得到一万元奖金，士气大振……方冠群打郑州牺牲很大，立了头功，晋升为中将军长。那天在郑州见他，他很感激我。他的官衔原来就比我高，来西北军后自愿降职，从带一个连开始，真不容易，我很为他高兴。他叫我写信问候你和母亲大人。专此布达，切盼回信。鸿昌。"

方冠群和吉鸿昌安顿下来，就派自己的专车，由余原赋带人一起去西安把她接到了郑州，来到吉鸿昌郑州的官邸，她走进客厅，只见墙上挂着一副对联"养天地正气，法古今完人"，余原赋告诉他，这是吉鸿昌从她的来信中一个字一个字偷学后临摹出来的，非常喜欢，他一直带着，走到哪挂到哪。胡洪霞听了，嫣然一笑，又有害羞的红霞在脸颊浮现。吉鸿昌高声大嗓地在门口出现，双方在众人面前忘记了矜持，只见胡洪霞穿着一身蓝底缎子兰花旗袍，新烫的头发，富丽端庄，温雅持重，吉鸿昌上去就把她抱在怀里。余原赋等人打着哈哈连忙撤了出去。胡洪霞温柔地盯着他："人家为了来见你新烫的头，还做了身旗袍，上面是兰花，你喜欢吗？"一边说一边转着身，像跳着探戈或华尔兹舞步的仙女，吉鸿昌愣愣地，连着夸赞："好看……好看……越看越好看！"

吉鸿昌穿着睡衣在书桌前，翻看着 1927 年 7 月的报纸，不用看内容，满纸的标题就已经让他气氛和压抑，内战已经稍息，国民革命军内部却阴云密布。宁汉合流的电文来来往往都说的是为民爱国爱人民，可是谁想过如何落实呢？这时，胡洪霞穿着睡衣进来，还端来了自己熬的红枣汤，要给他补补血。胡洪霞跟他说起现在的西安城里山雨欲来风满楼的见闻，吉鸿昌喝完，放下碗，气愤地说道："凡是与人民为敌的都不会有好结果。"梁师侠的现状吉鸿昌很关心，胡洪霞说："梁先生面上儒雅，骨子里却是个顶牛脾气，很坚定。外面风声这么紧，他反而到处组织大型集会，发表讲演反对蒋介石背叛革命。队伍上派了人一直跟着他，西安的共产党员都被控制了，家眷营也传冯先生要清党。我很担心”。吉鸿昌忧郁地沉思，忽然问：“妈和佩芳还好吗？”胡洪霞正铺着床，忽然一笑：“好，都好。姐夫还在西安，他去西安办事。妈让他跟你赛赛呢。”吉鸿昌问：“赛什么？”胡洪霞拍打着枕头：“赛什么，还不是赛谁能先给她生个外孙子！”吉鸿昌笑起来：“那俺可不能输！来，革命要努力，咱们生个革命后代，更要努力！”胡洪霞把被子往两人头上一蒙，便传出她咯咯的笑声。

两人休息的时候，胡洪霞对他说：“临来时姐夫专门找我关照，说队伍上都在传你不服长官打黄河的事，还说你在旗上写“铁军”也是不守军纪。他让我告诉你，冯先生要去前线看望部队，你若见着先生，千万好好说话，不能火上浇油冲撞先生。”

没两天，吉鸿昌就接到了冯玉祥专车召见的命令，吉鸿昌来到铁道旁，这是一个前不着村后不着店的地方，吉鸿昌带着四名卫士，心事重重地沿着路基走来。卫兵只让吉鸿昌上车，他走进冯玉祥的专列包厢，发现这里的长官们都很不友好地看着他，而冯玉祥，正瞪着他，吉鸿昌毕恭毕敬地敬礼：“报告总司令，吉鸿昌奉命来到。”冯玉祥怒喝：“给我跪下！”吉鸿昌当即跪下。冯玉祥历数了他的“罪状”：私自印书宣传自己部队，还有制作铁军旗帜，冯玉祥说：“‘铁军’，第二集团军就数你威风？自己看看。还‘十九师打，第二师看，十八师在后面吃洋面’，有这话吧？十八师为预备队，第二师在掩护你的侧翼，这都不算打仗？亏你还是个师长！”吉鸿昌接过书和照片辩解：“军旗上的字是先生嘉奖电里提到的。”冯玉祥大怒：“我提到的多了，我夸过你是孝子，你怎么不在军旗上绣个“孝”字！”冯玉祥接着怒问：“你还违反我的军令，依然重用共产党的政工，你太让我失望了。今天，一条一条你得都给我一个道理，不然这顿军棍就免不了，也许还要撤你的职！”吉鸿昌觉得这个问题要单独和他谈，阮静怀等长官听他一说，都退到外面去了，包厢里只有他们两人。

吉鸿昌对冯玉祥说：“先生，前面几件事俺不解释，都算俺错，俺认罚。就是这清党的事！”冯玉祥瞪着他：“清党的事？你想说什么？”吉鸿昌向冯

玉祥坦陈了自己的见解，认为西北军不该清党，因为共产党和苏俄曾经援助过西北军，不能因为西北军穷，就抛弃这些有理想有信念有主义的伙伴。吉鸿昌用眼睛余光看着冯玉祥脸色越来越难看，还是接着说：“这不又成了军阀混战，西北军还是革命队伍吗？”冯玉祥掏出枪啪的一声拍在桌上：“吉鸿昌，你还想活不想活！”吉鸿昌连忙叩头：“先生！吉鸿昌生是西北军的人，死为西北军的鬼。因为爱得深，所以恨得痛。这些话都是憋在心上不能不说的，请先生三思别无他意，要撤职要枪毙随先生处置，吉鸿昌绝不喊冤！”冯玉祥高高坐在椅上，看着自己的爱将，忽然感慨万千，他动情地：“吉鸿昌啊，你在这说得轻巧，你不当家，哪知当家难啊。清党，我也心痛，至于苏俄，说是给装备40万军队，可运来的只够几万，钱也一文没有。你我可以没有钱，都上街要饭也只有两个人。可是西北军有几十万兄弟，欠了三年的军饷，连家带口上百万人，他们怎么活命？我是他们的爹，我能让他们都饿死？”吉鸿昌抬起头来，看见冯玉祥眼中写满沧桑。冯玉祥接着说：“旁人说我是啥我都不在乎，怎么骂我我也不会去解释。报上骂我还少吗？张作霖、蒋介石、汪精卫、吴佩孚、阎锡山，包括共产党，他们骂我还少吗？可是你不该。”冯玉祥拿起手枪看着，眼泪哗哗地流下来，说着，把枪递给吉鸿昌，把军装扣子解开，敞开胸膛：“我就要看着你的子弹，会怎样打进我这个反革命军阀的胸膛。”吉鸿昌对视一下连忙叩头，双手托着手枪在头上：“先生在上，吉鸿昌不敢！”冯玉祥看着他：“你不敢你就得给我认错，你认不认错？”吉鸿昌不服，却大声喊叫：“我错了！吉鸿昌错了！”这时副官进来，说如果没什么事情，其他高级指挥官就走了，冯玉祥说，都进来，说着扣扣子，接过吉鸿昌捧在额前的手枪，回去坐下。吉鸿昌仍旧跪着，阮静怀等高官在他面前围成半个圈。冯玉祥要求吉鸿昌给各位长官认错，吉鸿昌委屈地跪在众人面前：“各位长官，吉鸿昌生性愚钝，多有得罪！给长官们认错了！”冯玉祥说：“好！吉鸿昌已经认了错，他是一时糊涂，那就既往不咎。清党这件事，你们都要知恩图报，西北军不做不仗义的事情。你们都不许为难共产党员，好聚好散，凡是拘禁、杀害共产党员的，一律枪毙。”阮静怀和长官们都沉默地听着，当听到冯玉祥说道：“吉鸿昌，你起来吧，铁军的旗帜都打出去了，撤了让敌军笑话，就不要撤了，到前线戴罪立功。”将领们惊讶地互相对视，对这样的明显护犊心怀不满。吉鸿昌感到意外，起身致谢：“谢先生了，吉鸿昌誓死完成北伐革命！”冯玉祥对大家信心满满地说道：“拿了钱，吃饱了饭，北伐还得继续。蒋公已经许诺，等打败了张作霖，把山东和京津都交给西北军，这是壮大西北军的大好机会。这也是西北军不惜忍痛放弃共产党，与蒋公合作的唯一目的。都明白了吗？”

冯玉祥的专列徐徐开走了，将领们纷纷挥手。如血的夕阳照着中原大地，一如中国的血雨腥风还刚刚开始。国事纷纭背后，是复杂的历史源流和国际政治经济困境的复杂纠缠，这不是吉鸿昌用江湖义气和职业军人的思维能解读的。

吉鸿昌站在原地呆呆地望着，别人走了也不知道。这时扮成铁路工人模样的梁师侠来到面前，吉鸿昌很惊喜，原来梁师侠是受冯玉祥保护，坐专列来的，还给他发了路费。梁师侠拜托他，拿出一张纸，希望吉鸿昌礼送一下几个地下党员，吉鸿昌马上允诺：“没问题，保证安全。”吉鸿昌四处摸口袋，发现没有钱，就把打洛阳缴获的金表送给梁师侠，二人互道珍重。

梁师侠像个影子飘忽在黑夜中，消逝。

别说吉鸿昌，随后的战事，也让冯玉祥在专列上向各位高级指挥官畅想的美好前景化为泡影。

1928 年 5 月 1 日，国民革命军攻克济南，吉鸿昌和方冠群立了大功，畅想着攻进平津的胜景，国内外舆论看到，北伐大有一路顺风攻克北京天津威胁山海关的势头。可是，3 日，当时还在拉拢张作霖的日军冲进位于经四纬六路的山东交涉使署，杀害外交部山东特派交涉员蔡公时，交涉使署其余 16 名随员也同遭杀害。实际上，日本的出兵也得到了欧美列强的赞同，他们也希望日本出兵“吓一吓”国民党北伐军，希望北伐不至于发展成杀洋人的义和团运动。日军进攻吉鸿昌防守的西门不成，就将城下顺城街一带房屋全部烧毁，1000 余名济南居民惨遭杀害。吉鸿昌看在眼里，恨得压根疼，但是白副官传来总指挥命令，19 师撤出济南，开赴洛口警戒，他只好愤愤地撤走。

蒋介石的嫡系部队开进了城，随后与日本达成“谅解”，绕道北伐，这是后话。政治是算的另一笔帐，许多账目，是一种精算的权衡。

第十四章

险蒋于不测遭解职

吉鸿昌正在洛口指挥部里生闷气，还要劝慰张晋雄、彭楚志等下属的怒火，他们的视野更狭窄，有的在埋怨蒋军，有的在埋怨方冠群。这是传令兵通知吉鸿昌去阮静怀的总指挥部。来到总指挥部，吉鸿昌远远看见，阮静怀又换了新车，阮静怀告诉他，是蒋介石送给他的。还说方冠群也有一辆，“到天津给你也配一辆。”吉鸿昌不买这个人情：“不要安慰我了，我想问一声，为啥叫我退出济南？”阮静怀淡淡地说：“当兵的执行命令，没有什么‘为啥’”，勤务兵这时抱着一个箱子，放在一边柜上。阮静怀走过去，勤务兵打开箱盖，又打开三层盖棉，箱里呈“回”字形，中间排着三只军用水壶，四围也塞着棉，下头是冰块，看不见。吉鸿昌好奇地走过去一看，皱眉头：“嗨，不就是梅子汤吗？还这么金贵？”阮静怀拿出一壶，挥挥手，勤务兵重新一层层包好抱着箱子又出去了。阮静怀倒出来两杯，开始给吉鸿昌讲解美食的金贵：“这梅子必须是福建的梅子，不值钱，但是拉到南京，用无锡惠山泉水制成汤，就值几个钱了；再用冰湃上，从徐州、泰山，拉到这来我们喝，你想想？而且这是蒋先生专门派了一名副官、八名贴身卫兵护送，骑着大马一路又跑了百多里地，专门给我送来的。你还说不金贵吗？”吉鸿昌听着，忽然想起小时候父亲给他讲书讲到的：“一骑红尘妃子笑，无人知是荔枝来。”但还是不好直说，就打哈哈说：“总指挥，这是穷讲究。”喝一口：“呀，这酸，真凉，镇得我牙疼！”阮静怀不高兴地说：“我看你比这梅子汤还酸，还凉，镇得我头疼！”吉鸿昌忙说：“俺跟你开玩笑，好喝！金贵！”忽然他抬起头，问道：“总指挥，蒋先生那么巴结你，又送轿车，又送梅子汤，他什么意思？你也许诺给我一台轿车，也把这梅子汤赏赐我喝了，你又是什么意思？”阮静怀就说蒋介石打算让他做山东省主席，想听听吉鸿昌的意见，吉鸿昌很诧异：“好事啊，你成了中原诸侯，我们也能跟着吃香的喝辣的不是吗？”

阮静怀却说：“可是我不想干。蒋先生这个人，走到哪兜里都揣着蒙汗药，他把我在山东蒙翻了，咱们还打不打天津？我叫你来，就是想把打天津的重任交给你。”

吉鸿昌好惊讶，阮静怀看着他，郑重地说：“你可以提要求，野炮、枪弹、军粮、饷钱，我都可以满足你。俘虏愿意跟你干的，你也可以扩编。”吉鸿昌说：

"你葫芦里卖的什么药？你可以把实话告诉我。"阮静怀给他分析："山东攻克，蒋军的大兵也上来了，已经抢占了半个济南，外围有抢打天津的意图。我们不能让蒋公占这个先机，要替冯先生把天津打下来。天津比山东肥，我要去天津当主席，替冯先生担这个重担。到时候，你就是军长兼天津警备司令。"吉鸿昌问方冠群怎么安排？阮静怀说："他愿意留在济南，他已经接受蒋公的任命，当上济南警备司令了。我看他不想跟我们干了。"吉鸿昌一愣，大怒："这是蒋介石在离间西北军，在挖冯先生的墙角！方冠群不是那样的人。革命尚未成功，就想着挑拨离间，争抢地盘，封官许愿！还是旧军阀那一套，二次北伐还是革命吗？"阮静怀听了直叹气："世伍呀，怨不得我说你，你当师长都好些年了，怎么还跟大头兵一样天真幼稚？中国现在哪里有革命军队？把革命旗号统统拿掉，就看实的，这就是军阀混战，北伐革命就是个幌子！吉鸿昌听不下去了，腾地站了起来："那我们这么卖命为的是谁？就为了喝兵血吃百姓肉？总指挥，我们跟冯先生一起割过血盟过誓，要"真爱民不扰民誓死救国"，阮静怀连忙拉他坐下："唉，你真是个呆瓜！口号就是口号，我们不是搞政治的人，是带兵打仗的人，为抢地盘、壮大队伍去流血牺牲，天经地义。"吉鸿昌大怒："如果你真这么想，我也会带队伍打你！"

阮静怀看着吉鸿昌，良久才说："世伍，我跟你掏心窝子，你发什么火呀？我们要把口号与实际分开来，'应该'不是现实，现实更不是理想。"

吉鸿昌还要争论，阮静怀连忙摆手："好了，我们不要争了，再争就要拔枪了。天津的军阀我就交给你打，除了方冠群，你的两翼由谁来保护，我尊重你的意见。"吉鸿昌起立敬礼："刚才说话有得罪的地方，总指挥原谅吧。"阮静怀拍拍他肩膀："你没有得罪我，相反，你的耿介不阿，使我比从前更了解你，更敬重你了。我说这话是心口如一，由衷的。"吉鸿昌跳上马走后，阮静怀目送着背影，对他的参谋长说："这小子太较真，凡事不能跟他说真话。但你只要顺着他的毛，把他捋舒服了，不管什么要命的事他都会答应。以前谁夸他重义气，像关公，他就替谁卖命，现在，呵呵，你得夸他有革命理想，是北伐革命的英雄！"参谋长一笑："只要能攥在总指挥手上，哪怕他真是一条革命的枪杆子。"阮静怀目光深沉而透彻地望着吉鸿昌的背影，又像对参谋长说，又像自言自语："你不要认为他傻，能给谁当枪使，他没你想得那么简单……他很简单，很聪明，小事装糊涂，大事认死理，是宁愿饿死首阳山也不吃周粮的那一种人……古人说'能怀赤子之怀，才能奋赤子之勇'，他是这种人。"参谋长溜须道："总指挥高见，可吉鸿昌是匹烈马，不好笼啊。"阮静怀看看他："老一套是不行了，以后得用两套刀法：一套老刀，袍泽情谊哥俩好；一套新刀，多讲理想，讲革命。"

回到洛口的指挥部，吉鸿昌跳下马，听余原赋说："这两车军械是方冠群送来的，是还账的，方军座还是仗义，还送来十几箱炮弹。"吉鸿昌淡淡地说："是够仗义，他快把俺们都卖了。"到了屋里，吉鸿昌对余原赋说："蒋公任命方冠群当了济南警备司令，打天津得靠我们了。"余原赋说："打天津好啊！"又提醒吉鸿昌，"方冠群邀请他进济南做客呢。"吉鸿昌一想："嗯，现在济南热闹了，城里现在有冯军，有蒋军，还有日军，正想去城里看看。"

方冠群坐着自己的簇新的轿车，到济南东门迎候吉鸿昌一行，吉鸿昌扮成一个商人，穿着长衫，戴着礼帽和墨镜，带着穿着便衣的王淮义和八名卫兵。吉鸿昌嫌方冠群送的礼物少，方冠群说，他也没得到什么，忙着打巷战，后来才知道，蒋军把仓库先占了。吉鸿昌问他："说好一起打天津的，你怎么半路要撤呢？"方冠群说："那济南给谁？都给蒋军？"吉鸿昌说："冯先生自有安排。"方冠群苦笑："冯先生安排过了，济南要听蒋公的。你哪知道蒋军进城那副嘴脸，划一条线，这是我们蒋军的，不许任何军队进入！打济南，你我流血牺牲最大，你调去洛口了，我得替你抢！"方冠群对依然困惑于军阀利益切割的吉鸿昌说："实话告诉你世伍，我就是跟你一起打天津，总指挥也不会让我进城的。郑州之役他想利用我打压你，打荥阳他有预备队不上，明摆要拼我的人。你打新乡出现战机，可你让给我了，他又觉得我占了他便宜。所以天津这块肉，他不会给我吃。蒋公还想让他做山东主席，他肯定不干呀。"吉鸿昌点头："是，他说他推辞了。"方冠群叹口气："唉，他那双牛眼睛瞪着天津呢！他这个人，我算摸透了。一会抬你，一会抬我，就想把我们俩都压着，他好稳坐总指挥的位置。所以我得先在济南捞个实惠，天津那块肉姓阮

不姓方。打天津我可以再支援你一个炮营，不过打完得还给我。”吉鸿昌不禁感慨道：“这还都是革命军队呢。”转眼车就到了方冠群的司令部门前，楼房前，士兵正在挂一块新招牌“山東省濟南市警備司令部”。车子却过门而不入，方冠群要拉吉鸿昌去泡澡。

一行人路过商埠，商量着要买些东西，几名日本兵在沙包后面拉枪栓，用枪瞄准吉鸿昌。日本伍长带着两名士兵跑过来拦住吉鸿昌，日语唧哩哇啦：“站住，中国军人不许越过警戒线。”吉鸿昌怒斥：“你他娘的是哪国鬼子，这里是中国的济南！”日本伍长拔出刀，士兵也拉枪栓对准了吉鸿昌，吉鸿昌摘下墨镜递给王淮义，盯着伍长：“想练练？俺奉陪！”方冠群和卫兵急忙跑来拉开吉鸿昌，怒目瞪着日军的伍长，用日语骂道：“浑蛋，你已经越界了，滚回去！”伍长看看方冠群的军衔，收刀敬礼，带兵回到沙包处去了。方冠群对吉鸿昌说：“世伍，外交上的事咱们别管，别惹事，回！”吉鸿昌本来也没想过那条街，只是心中气不过，戴上墨镜，嘴里叨咕着：“这他妈什么外交。”走着走着，看到了日本商店的日文招牌，吉鸿昌告诉王淮义：“上别处买！买完在城门等着我。”吉鸿昌上车，重重地一摔车门。方冠群看他摔车门，看出了他的愤愤不平：“唉，蒋总司令跟日本人划了界，怕驻军与日兵冲突，下令谁招惹日本兵军法从事。”吉鸿昌还是抹不开弯：“蒋总司令不是革命领袖吗？不是带俺们打军阀打列强吗？”方冠群笑笑：“日本的仇，不是不报，时候未到。”

路过济南督署门外，副官上前给方冠群敬礼：“方司令，兄弟奉命检查所有过往车辆和人员。”方冠群：“我知道，他是我请的客人，19 师吉鸿昌。”副官看一眼吉鸿昌，显然认识，但不敬礼。显然，这不是平日的督署，吉鸿昌转身看到，对面有几个士兵正在把墙的标语“打倒日本帝國主義”涂抹掉，重新在刷写“建設和平民主新濟南”。吉鸿昌向对面喊：“哪个龟孙怕日本！”方冠群急忙拉他衣袖，低声说：“放肆。蒋总司令昨晚就到济南了，现在正在督署。”副官走向吉鸿昌：“请长官放尊重。蒋总司令正在接见日本驻济南领事和天津驻屯军日本长官。”

方冠群带着吉鸿昌来到澡堂包间，一边泡澡一边感叹，方冠群说：“喔，两个月没泡澡喽，真舒服！”吉鸿昌笑笑：“啊呀，弟兄们捞不着洗呀。”打开池边柜上的收音机，女播音员的声音传来：现在播报日本《朝日新闻》最新报到，济南消息，据大日本驻济南领事称，华军已于5月1日进驻济南，纪律良好，与我军并无敌意，也未发生冲突，我军已与华军达成和平，即将拆除工事，日本在济南侨民无不喜悦……

刚听到这，忽然街上枪声大作，猛烈的机枪子弹从窗口扫射进来，吓得堂倌“妈呀”一声逃奔出去。吉鸿昌和方冠群避到死角，方冠群辩听一下：“是干上了，他妈日本人太孙子！”二人抓紧穿衣，两人攥着枪冲出包间。日军装甲车疯狂地向门外方冠群的轿车扫射。轿车被打得千疮百孔。方冠群咬牙骂道：“他妈的。”客人们都在四处躲得远远的，眼巴巴地热望着方冠群和吉鸿昌。一个客人惊慌地问：“长官，俺们还有救吗？”方冠群安慰道：“大家不要惊慌，日本兵打的不是这条街。日本人是往北门打，现在还没打过去，等打过去了，这条街就空了，大家再逃命。”安全了，方冠群和吉鸿昌跑到门外，只见跑过来一位西北军手枪队长，方冠群从他的口中得知，日军借口保护侨民，向我军发动了突然袭击，从基督医院工兵营那打起来的，工兵营损失惨重。方冠群担心地问：“督署那打起来了吗？蒋总司令怎么样？”有队员答道：“督署那有一集团军重兵在，日本人没往那打。”方冠群一挥手：“回司令部组织反击！”吉鸿昌和手枪队向左前日军刚杀过去的街道尾追而去。距离近了，方冠群看着日军装甲车在街上耀武扬威地四处扫射，让士兵给他手榴弹，只见他抓着一把集束手榴弹，跳出隐蔽，向装甲车猛冲过去。所有的手枪队员马上掩护，方冠群在追击日军的枪林弹雨里直接跳上了装甲车，揭开盖，把手榴弹投进去：“敢打老子的新车！给你瓜吃！”方冠群刚跳下，一声爆炸，装甲车机枪哑了。这时，方冠群的骑兵营6连连长闻讯来营救，方冠群于是和吉鸿昌分别，各自回到指挥部。

王淮义正在东门城下等候吉鸿昌，他看见吉鸿昌身上的血：“师座，你身上有血，你跟日本鬼干上啦？”吉鸿昌自豪地一笑：“干上了，叫我砍了几个。龟孙自己找死，回去整理队伍，准备跟日本鬼大干一场！”一行马队飞驰出城。

吉鸿昌一进洛口的指挥部，就听一句低低的声音从身后传来：“上哪去了？”原来是阮静怀在此恭候多时了。傍晚时分屋内更是看不清楚。吉鸿昌看到，余原赋也在旁边，吉鸿昌打招呼：“总指挥，你来了。”阮静怀还是问：“我问你上哪去了？”

吉鸿昌说：“日军在济南跟咱干上了，快下令叫俺去增援方冠群吧。”阮静怀拍桌子：“我在问你去哪了！”吉鸿昌答道：“俺，俺进城了，方冠群请俺去洗了个澡。”阮静怀一动不动：“洗了个澡？你这是擅离指挥位置！是军中大忌！擅离指挥位置是要枪毙的！”吉鸿昌连忙认错。阮静怀站起来指着他：“再给我添乱，我不饶了你！”说完背着手向门外走去：“进城的事也永远不许再提。”吉鸿昌忙答道：“是。谢谢总指挥，俺不提”。回到屋子，听余原赋说，他其实就是怕吉鸿昌进程出事。他一来就检查打天津的作战计划，对计划他很满意。他正要走，城里枪声就响了，他怕你遭遇日军，他就在这屋里转呀转的，转得我晕头脑涨直恶心，你回来了，他也就放心了。吉鸿昌与余原赋来到案前，吉鸿昌提笔写下“殺日兵　雪國耻”六个字，递给余原赋：“你派人去镇上赶制一万只袖章供官兵佩戴，随时准备战斗。”

吉鸿昌洛口营地，大批士兵们在磨大刀，声势浩大。晚上，这里吓着一场大雨，磨刀声依旧此起彼伏响成一片。大雨后，日本人送来了通牒信：“吉鸿昌将军阁下，为保护大日本帝国在济南侨民之安全，我军一部欲借贵军宝地通过进城，请贵军即刻让道，若贵军不让道，日军将武力通过，将贵军消灭殆尽。山东派遣第六师团长福田”，吉鸿昌气不打一出来，把这几个打扮成良民的奸细关押了起来。没过多久，阮静怀打来了电话：“吉鸿昌，你又胡来，事关两国外交大事，你跟谁报告过你押人质？”阮静怀跟他说，这是国民革命军蒋总司令的命令。他亲自跟我通了电话，为了避免扩大事端，靡乱百姓，严禁部队与日本军队冲突，违者军法处置。电话还在谈，外面却飞来两枚炮弹，阮静怀听到了，下了命令：“吉鸿昌，你给我听好了，我现在就下命令。我以第二集团军方面军总指挥的名义，命令你立刻把那几个日本人放了，19 师原地待命。三分钟内给我回话，接不到你回话，按不执行命令就地撤职，19 师由张晋雄代理师长！”阮静怀扣下电话。三分钟过了，阮静怀打来电话，吉鸿昌抓起电话:“总指挥,你别说了,我被你撤职了!”阮静怀让张晋雄接电话,张晋雄接过电话:“总指挥,日本人欺人太甚,这仗不能不打了。”阮静怀:“你也被撤职了,19 师由彭三原代理师长。”可是彭三原和彭楚志接连抢过电话,都不干师长。阮静怀暴怒,扣上电话。

吉鸿昌、三名旅长和余原赋刚跑出指挥部,就见那边驶来两辆车,前头一辆小车,后头一辆架着机枪的带篷卡车。小车开得飞快,卷起一路尘土。王淮义一看,是冯玉祥的车。车近了,下车的是穿着中将军服的蒋敬山。军法处士兵们上前把吉鸿昌、张晋雄、彭三原、彭楚志的枪缴下。

蒋敬山声色俱厉:“吉鸿昌,别以为就你一个人想打日本人,就你一个 19 师是中国军队!蒋总司令现在就在济南,就在日本人眼皮子底下,在督署身陷危境!当忍不忍,你置蒋总司令于何地?蒋总司令若出了差错,你置冯先生于何地?我这有冯先生的手谕。”蒋敬山拿出手谕宣读:19 师吉鸿昌就地撤职,53、54、55 旅三名旅长就地撤职。蒋敬山代理师长,各旅副旅长代理旅长,余原赋仍任 19 师参谋长。第二集团军总司令冯。吉鸿昌完全愣了。军法处的士兵把吉鸿昌和三名旅长押走。吉鸿昌还在挣扎:“冯先生,咱不能不抗日呀!”军法处士兵一枪托过去,蒋敬山上前一巴掌打在士兵脸上:“浑蛋,我枪毙你!”

晚上,吉鸿昌在禁闭室昏昏沉沉睡着,梦中他看到济南交涉署闯进一队全装日本兵,几名外交官刚出来表明身份,日军小队长上前手起一刀,劈死中国外交长官,机枪猛扫,外交官员们全体遇难。济南城内火光冲天,官兵们纷纷向济南城下跪,悲愤哭号,响彻夜空。

冯玉祥在专列在山东泰安的平原上停下来,窗外戒备森严,他在包厢发出指令:“命令,阮总指挥若谷,日军援兵不断,济南事态恶化,国民政府谈判代表遭杀害,外交部长被扣押,蒋总司令尚困在城中。为总司令安全计,你应确保部队不许进城,如有闪失,军法从事。又,请崇峻老弟速来总部报告情况。冯玉祥。”蒋敬山去皮家店接驾,阮静怀带着骑兵团去吉鸿昌部队弹压,防止生变。

这时没了首长,余原赋和王淮义就把吉鸿昌、彭三原、彭楚志、张晋雄

放了出来。

吉鸿昌集合部队，连夜作战争动员，全军举枪呐喊：打日本鬼！打倒日本帝国主义！这时，阮静怀的浩荡护驾队伍正在驰来，这阵势，一辆轿车，四辆卡车，后面大队骑兵，马蹄声传出几十里。

这么浩荡的兵力，却用于首长护驾，而不是战场厮杀，这是为什么？

吉鸿昌没空想这些，他的人马已经举着火把向济南城快步挺近，全军边走边喊："有贼无我，有我无贼，不是我死，就是贼亡！"夜空里满是阳刚的回响。

济南东门的方冠群司令部里，方冠群从电话中得知，吉鸿昌的19师来闯城门了。方冠群果断地说："不行，今晚戒严，没有命令任何人都不许放进城。我马上就到。"济南城里，中日军队冲突不断，一夜不宁。

这时的冯玉祥专列上，他正在训斥蒋敬山。钟御之、闽贯堂远远坐在一旁，闽贯堂不断俯身向钟御之告吉鸿昌、蒋敬山甚至是阮静怀的刁状。冯玉祥埋怨蒋敬山，不该用他给的"尚方宝剑"把吉鸿昌真的撤了，钟御之听了详细情况，对冯玉祥说，撤职没有错，但是后来他离开19师的时候，应该及时恢复吉鸿昌的指挥权。如果他身担着对19师的责任，后面的事情可能不会那么复杂。这时阮静怀和方冠群来到了，冯玉祥关切地问："吉鸿昌怎么样？他病得厉害吗？都吐血了。"方冠群汇报："他就是急火攻心，一时给淤闷住了。"阮静怀补充道："已经请了名医给他诊治过了，说是幸亏吐了血，否则肝胆气血淤在中焦，人就危险了。他用了祖上的名方调治，说会很快就能恢复。"冯玉祥这才松了口气："静怀，平时要多去他队伍上，学会了解他，你到现在还是不懂吉鸿昌是什么人！"实际上，阮静怀心中暗想："我当然知道他的脾气。外敌当前，他不会打中国人。"冯玉祥又问方冠群："蒋总司令现在在哪？撤出济南了吗？"方冠群答道："已经撤出来了，在党家庄，请先生速去商量大事。"冯玉祥骂道："现在又想起我来了，早干什么去了？几个日本人就把他吓得屁滚尿流。先晾他一晾。你们都到齐了，19师怎么办？师长旅长不能没有人，先商量这个。"钟御之说："还是请先生做主吧。"冯玉祥挥挥手："我不做主。你们不是嫌我老护着他吗？

这一次你们说，我听你们的。”大家意见，除了闽贯堂，都同意阮静怀的意见：立刻恢复他和三名旅长的职务。冯玉祥腾地起身：“好，散会，静怀，跟我去 19 师。”

吉鸿昌躺在洛口指挥部的行军床上，慢慢睁开了眼睛，却看到余原赋、张晋雄、彭三原、彭楚志在一旁焦急地看着他。这时，屋外传来王淮义的报告声：“总司令、总指挥到！”张晋雄、彭楚志扶吉鸿昌起来，冯玉祥这时走进屋子，扶住吉鸿昌：“别起来，快躺下，躺下。”吉鸿昌激动地看着他：“先生，我没事了，我已经好了。”冯玉祥招呼大家坐下，他说：“今天我来，来给 19 师的长官，吉鸿昌、张晋雄、彭三原、彭楚志，你们四个被我妄撤的、受了委屈的长官道歉来了！我来没有旁事，就是撤销我的浑蛋命令，恢复你们的职务！”

王淮义兴奋了，控制不住脚步，跑出去高声大喊：“兄弟们，冯先生来给 19 师做主了，俺们师座和三名旅长官，官复原职了！”士兵们一片欢呼。

冯玉祥听到外面的声音，让吉鸿昌通知队伍集合，他走到外面，登上台子，对士兵们讲话：“19 师的官兵们，日本鬼在济南屠杀中国军民，全国人民无不愤慨，19 师求战情绪高，杀敌士气大，是我们第二集团军的骄傲！此前你们师长、你们旅长被我临阵免职，这是我不了解情况，冤屈了他们，现在我宣布，恢复他们的军职。”将士们一起喊：“总司令英明！”冯玉祥深情地说：“是中国人谁不想打日本，是中国军队谁不想保卫国家？我们西北军就是一支保家保国的革命军队！但是，现在情况很复杂，政府正在同日本国谈判。往北还有天津和北京的军阀在等着我们去消灭。作为革命军队，我们不是乌合之众，我们要听指挥，不能擅自行动。现在，蒋总司令还在前线，今晚就要召开会议。我要代表你们，代表第二集团军全体将士，去向蒋总司令请战，坚决把入侵济南的日本军队打垮，把他们赶走！你们同意不同意？”全体喊道：“同意！”

冯玉祥后来在党家庄的蒋军指挥部见到了蒋介石，听说蒋介石直到 4 号凌晨才骑马出了济南城，冯玉祥看到他这位结拜兄弟的时候，蒋只穿个白衬

衣，狼狈不堪。蒋介石不可能是个没有一点感性的理性动物，他受尽委屈，当着冯玉祥的面也义愤填膺，也泪流满面，二人抱头痛哭。还拿出一张纸给冯玉祥看："蒋总司令阁下：贵总司令纵兵滋事，对帝国军部及居留民大肆损害，毁坏大日本国家名誉，本司令官身为军人，对此不加评价。现要求贵军：一、严厉处罚贵军滋事之高级武官。二、对抗我军之部队，必须解除武装。三、严禁一切反日宣传。四、贵军须撤离济南20华里之外。五、限12小时以内答复。"

在阮静怀的指挥部，冯玉祥召开军事会议，他介绍了这些情况，大家都纷纷请战，冯玉祥说："蒋先生又说，现在北伐在紧急关头，革命不能功败垂成，军阀还没有打倒，我们不能两头作战，中国的事当务之急是先统一，才能对外。来日方长，北伐部队要忍，忍下这不能忍之事，方可成就革命之大功。他决定，北伐军要绕道济南继续北上，济南事件交给国民政府通过外交途径去解决。我真佩服蒋先生的忍耐力啊！"吉鸿昌暴怒起来："先生啊！你可别在这抹泪啦，他这算哪门子的忍耐力，他是卖国！"阮静怀也劝不住，他质问冯玉祥，冯玉祥不吱声。他索性喧宾夺主地号召起来："在座的，有血性的中国军人，小日本想在咱中国军人头上拉屎，咱能忍不能忍？"长官们也都悲愤欲绝，纷纷请战。阮静怀听不下去了："放肆！吉鸿昌，冯先生还坐在这！"方冠群一把拉过来，把他按在座上："你怎么说来就来？这是长官会议。"冯玉祥拍案大怒："都别拉他！让他说！"吉鸿昌脖子一梗，一身的倔强。冯玉祥站起来，沉痛鞠躬："在座的中国军人们，第二集团军的长官们，我身为总司令，没能争取到打日本的命令，我冯玉祥，给你们赔罪了！"吉鸿昌鄙夷地："噫！先生是总司令，何必如此地窝囊！"冯玉祥侧过头看他："是！我窝囊，我鞠躬，是我敬全天下只有你吉鸿昌有着抗日的心！难道你真想叫我给你们下跪吗？身为革命军人，服从命令是天职，你走吧，你去当你的鬼雄，把队伍都丢下吧，咱西北军不要你吉鸿昌了！谁要跟他走的，一起滚！"吉鸿昌站起来："冯先生！"方冠群再次把他按下。

冯玉祥面对大家说："西北军北伐可是容易的？我们这一路死打硬拼牺牲

惨重，就为了要打垮军阀完成国民革命。如果西北军不能拿下京、津完成北伐革命，功亏一篑，功败垂成，西北军哪吃哪喝去？那谁能忍下这口恶气？西北军阵亡的官兵将士们会死不瞑目的！”

冯玉祥大声拍案：“三军可以一时受辱，不可以夺志！”这声音与指挥部外面士兵的求战声交织在一起，正似当时国内复杂社会矛盾交织混杂的剪影。

第十五章

北伐为人作嫁，西行治理宁夏

话说西北军撤出济南，一路猛打至天津，奉军撤回关外，却要奉蒋介石命令撤军，蒋介石和阎锡山联手，先前许诺给西北军的平津繁华地盘划给了阎锡山，西北军撤回山东，不要说阮静怀的天津主席成了黄粱一梦，冯玉祥也隐居泰山，后来去了南京，任行政院副院长兼军政部部长。一时间，整个西北军官兵士气消沉。余原赋惆怅地看着吉鸿昌的部队，喃喃自语："早知今日，何必当初啊。"一行秋雁飞过头顶。

胡洪霞在郑州的西北军家眷营读到吉鸿昌的来信，鼻子一酸，她憧憬的北伐不过如此。

吉鸿昌和方冠群的部队回到济南，凭吊了济南死难的军民，路上，方冠群对吉鸿昌说："二次北伐西北军牺牲最大，吃亏也最大，冯先生有苦说不出。这次所谓编遣，又是老蒋在削弱杂牌军的队伍，老子现在又成师长了。北平天津捞不着，山东都待不住，叫我往宁夏去，又回不毛之地了。"吉鸿昌说："你别发牢骚了，你还有队伍带，我的19师连锅端，派我去陆军大学学习了。"方冠群看着他，安慰道："冯先生不会服输的，不过去南京韬晦几年罢了，到时还得请老弟出山，西北军真正能打仗的，不就这几个人吗？"吉鸿昌抬头看着远方："就怕轮不上俺喽，韩复榘、石友三、宋哲元，个顶个不都是悍将？"方冠群拍着马："宋还行，我不看好韩石，这两个人朝三暮四，不会有好下场。"吉鸿昌说："唉，只要冯先生打日本鬼的时候能想着俺就行。"方冠群问："要是打老蒋呢？"吉鸿昌单纯地惊问："冯先生打蒋先生？不会吧。"方冠群一笑："二次北伐，冯先生跟老蒋的梁子结大了，保不齐呀。"

七月的南京，闷热难耐，蝉鸣的喧闹更增添了心情的烦躁。吉鸿昌正在陆军大学宿舍的宿舍里挂窗帘，一回头看到胡洪霞穿着青布旗袍在王淮义陪同下走了进来，吉鸿昌当着王淮义的面又搂又亲，王淮义已经习惯了。

胡洪霞走到书架前，吉鸿昌也走过去，给她翻看一本书，原来，《小五義》翻开几页，现出一个封皮《中國的紅色政權為什麼能夠存在 毛澤東》，《校長訓辭集萃》翻开，却是《井岡山的鬥爭 毛澤東》，胡洪霞惊问："你们哪来的这些书？"吉鸿昌笑道："陆军大学有得是，都是北平学生送的，你不要担心，蒋介石都知道，口上说严禁，哪禁得了？越禁越看。他自己也看。"胡洪霞惊讶：

“送的？共产党的宣传渗透很厉害啊！”吉鸿昌还在关心父亲与自己资助家乡办学的事，问胡洪霞：“我听说，你上培德学校当老师了？”胡洪霞谦虚地笑着说：“在家闲不住，去凑个数。”吉鸿昌搂住胡洪霞：“我的好夫人！哎，答应给赫校长的钱汇了吗？”胡洪霞捶打他的胸脯：“一回郑州我就汇去了，赫校长来信说，又招了几十名免费生呢！”

夫妻俩在陆军大学过了几天甜蜜的夫妻日子，结婚这么多年来，一直聚少离多，他们想趁着有限的探亲时间，好好享受这份温馨。可是，一天早晨，吉鸿昌正洗脸，蒋敬山出现在门口，吉鸿昌手上带着水就上前把蒋敬山紧紧拥抱在怀里，激动万分，说不出话来。吃饭喝酒过程中，蒋敬山递给一封冯先生来的信。打开信才知道，方冠群受了重伤，蒋敬山说道：“闽贯堂去宁夏当了主席，方冠群第 11 师奉命驻防，两个人脾气不对付，加上闽主席做事很过分，因此经常发生冲突。闽主席仗着他是娘家人，不拿方师座当回事，支来使去，还擅自下令调走了方冠群的一个团，去各地剿烟，得了钱自己又盖了个豪华的主席官邸，还要娶妾。方冠群看不上他那一套，去省府跟闽主席理论，不巧正好遇到马仲英乘虚攻打城池，他措手不及，匆忙上城去指挥部队，不想东门早已被攻破，他在街上被马刀砍成了重伤。”

吉鸿昌非常心痛，胡洪霞插话：“那闽主席呢，他不也在城里吗？”蒋敬山鄙夷地一笑：“这个人贼奸溜滑的，他命方冠群去东门抵抗，自己趁乱带几个随从，往西门夺路而逃，现在都不知道他藏在哪里。”

吉鸿昌惊问：“那宁夏城呢？就这么丢了？”蒋敬山说：“马贼把宁夏城洗劫一空，就又出了城，方冠群带伤在城里坐镇，指挥手枪营到处救火，已经难以为继了。你在信上也看到了，他请求冯先生，点名让你驰援，接替他为第 11 师师长，声称其他人去，他就不交军队。冯先生给你的老部队编了一个先头营在郑州等你，请你给余原赋参谋长联系，大家先在郑州会合，然后用火车送你们去西安，再北上。”

吉鸿昌两手空空去宁夏，总要带点盘缠和军饷，让胡洪霞取了存款三千，加上胡洪霞妈妈寄来的一些钱，凑了五千元，匆匆上路了。

阔别多年的大西北，吉鸿昌看着无限感慨，前方十万火急，不知道方冠群还能支撑多久。这些年南北转战，看尽了民不聊生的惨状，“天下黄河富宁夏”，宁夏人民日子会好过一些吗？

快到宁夏了，王淮义的侦查情报也带回来了：“这一带的马贼匪首叫马骧，专门烧杀抢劫，无恶不作。他都是骑兵，机动很快。先在西边打下民勤，屠了城，杀害了百姓四千多；又往东打下宁夏，抢劫一空又出了城；三天前，又往北打了平罗，昨天离开的，向南来了。我们没跟上，不知去哪了。马骧的队伍里还有一支白俄马队，领头的是一个叫爵士啥的，使一口刀，号称天下无敌，打头阵都是他，悍勇无比。”吉鸿昌看完地图，决定队伍先不急着进宁夏，利用马贼不了解我们，就在灵武一带诱之以利，示之以弱，争取在宁夏城外灵武一带解决马骧。

和马贼对垒，对方虽然靠宗教狂热十分凶悍，但西北军的大刀也不是吃素的，面对大队白俄骑兵高呼着“乌啦”向镜头飞马而来，吉鸿昌镇静地玩转刀法，吉鸿昌飞马而去，白俄爵士的身子却从马上倒下来，跌扑在地上。马骧率大队骑兵向吉鸿昌冲杀而来，故意钻林子，马骧觉得不对，高喊：“撤离要快，快！”这时一发炮弹打过去，马贼慌了神，吉鸿昌、彭楚志率骑兵大队从后面又冲杀而来，马骧刚挥刀劈倒了一名敢死队员，王淮义跃上马车，凌空飞起，自马骧侧后落下，刀光一闪，马骧猛一仰脖，向后跌落马下。

打退了马贼，吉鸿昌率部来到宁夏政府主席官邸，竟然空无一人。找到方冠群，看他脖子和半个肩都裹着纱布，僵硬了半个身体躺在一张锦绣躺椅上，吉鸿昌拉着他的手，看他脖上的伤。吉鸿昌对他说：“你不知道吧，你遇上的不是普通的马贼，他也有个绰号，叫天下第一刀，还是个白俄的贵族！”吉鸿昌对方冠群说了怎么砍死这个第一刀的过程，正像李小龙所说“天下武功唯快不破”，吉鸿昌靠的就是多年沙场练出来的“快”字。方冠群颤巍巍地说：“世伍，你这是第二次救我了，我会记着。”说话间，彭楚志跑进来：“大哥，二哥把闽主席接进城了。”方冠群连忙招呼医护人员：“快抬我走，我不想见此人。”吉鸿昌亲手把方冠群转上担架。

可是，在门口还是碰上了他，闽贯堂迎上去：“方老弟呀，你受苦啦。”

方冠群闭上眼睛，对医护兵说："走！"闽贯堂来到担架旁拦住："方老弟，方师座。"军医官拦阻："师座伤重，需要安静。"闽贯堂一抱拳："方老弟好好养伤，本主席会向冯先生给你请功的。"说罢，应酬地一笑。又向吉鸿昌笑着快步迎上去："吉大将军，你永远是西北军的及时雨，盼你如盼晴天，想死你啦。"他个子矮小，想拥抱高大的吉鸿昌，还真难，看吉鸿昌也不热情，就撤出身来。闽贯堂继续恭维："雄鸡一唱，马贼溃逃，将军真有千古名将之风啊。"吉鸿昌讥讽他："闽主席，我来迟了，您的主席官邸虽然被马贼抢光了，可还是气派了得。"闽贯堂大笑："狡兔三窟，我手上的东西可是马贼能享受的？值钱的都在这儿呢。"只见闽贯堂手指的方向，一队罩篷的马车款款而来。

有吉鸿昌部队压阵，闽贯堂继续过起主席的安稳日子，官邸内恢复了老样子，琳琅满目的各类奇珍异宝堆了一屋子。晚上闽贯堂设了豪华宴席为吉鸿昌、余原赋、彭楚志接风。闽贯堂唐副官拿来一个元代的古瓶，说是送给吉鸿昌，队伍上也有赏金，明天就送到。诸席间，彭楚志发难了："俺们流血拼命，主席不能太抠门了。"闽贯堂不快，阴下脸说："老弟，我念你们是光复宁夏的功臣，今天随你说什么我都不会生气，不会记恨。要搁平常，我哪能叫你个小旅长上桌？"彭楚志也不示弱："你说的，我今天可以随便说话，你都不生气，不记恨？"闽贯堂看都没看他："我堂堂一省主席，犯得上跟你计较吗？"他没有想到，彭楚志说出这样的话："那好，今天我就冒昧了，请闽主席明天就让贤了吧！"闽贯堂一愣，就看吉鸿昌："世伍，这是你的意思？"吉鸿昌定定地看着他："闽主席畏战弃城，应当说，从你逃出城门的那个时候，你就不再是主席了。你自己不要了嘛！"闽贯堂生气地："那你把我直接押起来枪毙不就得了。"吉鸿昌说："可俺还想看你回来思不思过，有没有勇气来承担。谁想你刚一回城，先关心的是你的富贵，而不是人民和士兵。你这富贵和威风是哪里来的？是将士们拼死拼活拼下来的。这座官邸，是宁夏百姓奔波受苦，给你缴的税款你盖起来的。可你心里头有他们吗？"吉鸿昌从余原赋手里接过闽贯堂给他的宝瓶，轻轻扔到一旁，碎在地上。

闽贯堂大惊失色后厉声斥责："吉鸿昌，我警告你，我是冯先生亲自举荐，是南京政府下过委任状的省主席。要夺我的权你还差点。我是省主席，是军督，你得听我的命令！你别敬酒不吃吃罚酒。来人，送客。”吉鸿昌带着自己的人走出去，闽贯堂恨恨不已，把一只酒壶摔在地上。

吉鸿昌回到极其简陋的宿舍，夜已经深了，余原赋提着马灯，进屋放在桌上。

吉鸿昌生气地对余原赋说：“我这人眼里容不得沙子，尤其让我来宁夏主军，我不能让闽贯堂坏了宁夏的风气，他就是宁夏百姓的祸害。你给我想个办法，让他自己滚蛋。”余原赋说：“打仗我不如你，斗心眼子的事情我可在行，但只怕你吉鸿昌光明磊落惯了。”吉鸿昌说：“这么着，这事你全权负责，我不管你啥计划，只要结果。”

在闽贯堂随后举行的迎亲仪式上，闽贯堂身穿团花绸装，戴着新娘礼帽，满面春风地坐在裹着红绸的花盖抬扛上。一位士绅迎上前：“恭祝闽主席春风二度，再结连理。”闽贯堂在抬杆上向他们频频拱手：“我的百姓们，你们好啊。”这时，一名威严的城门卫兵挥出大手制止前进：停下。王淮义上前：“关防通行证。”诸副官向前头跑去，对王淮义要威风，王淮义面无表情：“我奉吉师座军令行事，不认得主席。”另一名副官跑上来，向卫兵递光洋：“兄弟们辛苦了，这是闽主席叫赏的喜钱。”王淮义目不旁视：“兄弟在执行军务。”闽贯堂只好让人去取。王淮义拿了证件：“放行！”迎亲人马出城而去。傍晚，迎亲队伍回来了，王淮义再次伸手拦住：“关防通行证。”争执了好久，白副官赶来：“吉师座有令，马上放行，误了主席的良辰吉时军法处置。”王淮义：“是！”迎亲队终于入城。

主席官邸前的街道上，送礼的人络绎不绝。一个老士绅示意众人静下来，开始发言：“闽公主席，福喜双齐，宁夏纭纭，万众喜极。龙钦四德，凤爱威仪。在天比翼，在地连理。闽主席一门之福，乃是我宁夏百姓之福；闽主席两亲之喜，亦为我宁夏万众之喜啊！”

众人向花轿看去，小媳妇儿一下扯开盖头要跑，却被闽贯堂一把拉住她的手，两人较着暗劲。只见这小媳妇儿貌美如花，皮肤白皙，却双眼带着委屈的泪水，小媳妇儿放弃挣扎，只是用仇恨的眼睛看着闽贯堂。

各路送礼的正在与闽贯堂寒暄，这时外面喊道：“吉将军到！”全场突然静了，吉鸿昌大步走来：“贺喜贺喜，兄弟来迟一步，告罪了。”闽贯堂下堂相迎：“哎哟，吉将军大驾光临，寒舍蓬荜生辉，何罪之有？”吉鸿昌貌似很真诚地：“不瞒主席，我不放心城防，正在调兵遣将，保卫主席婚礼呢！所以打个照面我就要走。但主席大婚我哪能不随礼的？来！”王淮义递上一个大礼盒，闽贯堂刚要打开，吉鸿昌说：“这礼物可见不得光！不知贯堂兄可有侧室，这东西值得你花点时间看看，我保证你见了一定心花怒放。”闽贯堂满腹怀疑地带着吉鸿昌、王淮义向里屋走去。吉鸿昌亲自打开盒子，一层层宣纸掀开，他看着闽贯堂说：“这件礼物是我截获下来的文物，眼熟吗？”闽贯堂：“不曾见过。”吉鸿昌冲外面喊：“带上来！”王淮义把一个白俄马匪推了上来。原来，这文物是马匪用半箱金子从闽贯堂那里“买”来的，当时闽贯堂许诺，可以保证他带文物安全出国。原来闽贯堂私通马贼，盗卖国宝，吉鸿昌厉声质问闽贯堂：“人证物证俱在，你还想抵赖不成？你巧立名目的吃空饷，喝兵血。贪污受贿，欺压百姓，苛扣关税，外通马匪贩卖国宝。你自己保安队员上厕所揣着纸，你知道那是什么吗？那是敦煌的经卷！五千年的文明就让这些个无知的兵痞擦了屁股了！弄得整个宁夏民不聊生，乌烟瘴气，方冠群出面维持宁夏治安，无形中数次坏了你的勾当，你就想要借匪祸之手除掉他？老长官，你这样同室操戈，怎么狠得下心？”闽贯堂眼珠一转，开始狡辩：“实话说了吧，我就是为了钱！冯先生要打仗，队伍要开支……总得有人给你们弄钱打仗啊。”吉鸿昌怒问：“那就成了你倒卖国宝的理由？老长官，我最后叫你一次，你今天大喜之日……我不多占你时间，你所有的家当古玩我已经全部搜缴，派专人送回西安总部，这些不再是你的私人财产。你继续当你的宁夏主席，我不举报你。”闽贯堂胆怯地：“我明白，兄弟你仁至义尽了。”吉鸿昌：“我这样做，不是念你我间的旧情，只因为你是冯先生老二营的部下，我不想让他知道你如此这般的作为而寒了心。一会儿你出门，继续成你的亲，娶你的妾，做好你的宁夏主席，如果再干这些勾当，我吉鸿昌第一个站出来杀你。”

闽贯堂从内室走出，吉鸿昌压着火亲搂住闽贯堂，展现亲密无间，所有的人看了过来，吉鸿昌对大家抱拳：“吉某公务在身，不宜久留。最后祝主席新婚快乐，万事如意！”

闽贯堂惊魂甫定，正要寒暄，这时，副官跑来小声报告：“主席，少奶奶又跑了……小的该死，您说……追吗？”闽贯堂心中只有官场前程，只见他只是捋了下头发，满目惘然。

亲事黄了，也丢尽了颜面，闽贯堂去南京找冯玉祥，诬告吉鸿昌。冯玉祥早了解闽贯堂为人和在宁夏的作为，对他说：“我不许你记恨世伍，这个人脾气有些坏，我不在就好胡来，但论起对革命、对西北军，他最忠心耿耿，这些你们都不如他。记住了？”闽贯堂尴尬地退下。

话说闽贯堂这个人物终究走向了他必然的结局，他的原型是冯玉祥属下的门致中，1928 年 11 月，任第一任宁夏省政府主席。被罢免宁夏主席职务后，翌年 1 月，兼任国民政府首都建设委员会委员。1930 年任西北军第 17 军军长，后投靠蒋介石，任河北剿匪总指挥、军委会北平分会委员等职务，陆军中将。1940 年投靠汪伪，官至华北政务委员会绥靖总署督办，汪伪政权上将。抗战胜利后门致中又成功投蒋介石，任华北先遣军第 9 路总司令，帮助接收日伪投降。1946 年迁居香港。

闽贯堂逃走，宝物运往西安，主席官邸成了吉鸿昌的指挥部。这时，吉鸿昌收到了冯玉祥的电报：“吉、余吾弟，宁夏抵定，大西北开发前景可期。已决定发表吉鸿昌为宁夏省主席，并第十军军长，余原赋为第十军参谋长。望以爱民之心治牧，以革命精神治军。专此。冯。”吉鸿昌高兴地告诉余原赋：“立即回电，吉鸿昌为革命事业，为宁夏百姓鞠躬尽瘁，赴汤蹈火，在所不辞。”

吉鸿昌看官邸，对余原赋说：“咱们要利用这和平的时光，好好大干一场了，可是这个主席官邸咱不能住，衙门不能太大太高贵，老百姓会害怕，也太浪费，我想把这座主席官邸卖掉以充军饷，能搞建设，也能扩军，你看好不好？”余原赋深深叹服。

不久，吉鸿昌的任命正式发表，吉鸿昌给胡洪霞写信描述就任主席仪式与公祭大会：“洪霞吾妻，你夫已为国民革命军陆军第十军军长，并行宁夏省主席职能。以吾 34 岁年纪，为一省军政首脑，吾不以为喜，反以为忧。5 月

3日乃济南惨案周年，吾召集军民大会，痛斥日本帝国主义，吾发表回汉一家，共同建设大西北，让全省军民都能安康和平，一致备战，早晚找日本鬼报仇之号令。回族武装一时纷纷投诚，为吾新军，可见民心所向，同仇敌忾。吾也得一号，为吉回回，乃百姓表彰吾为全省做主也……”

新的省政府选址在一个二层楼的建筑，拱圆顶上飘着国民政府旗帜，旗下拱顶中央有“大禮堂”三个字，柱上挂着“中央國民政府寧夏省政府”匾额。吉鸿昌在这里积极招募能干事、会爱民的公务员，任命各级官员，只见省府门前的招才榜上写道：“有无学历，唯才是举。条件，身体健康，头脑清醒，爱国爱民，有革命志向，恨帝国主义，热爱宁夏，愿为民献身……凡政务、军务、警务、法务、经济务、教育务，乃至一切有利于建设大西北之杂务，任取其一，献计献策，有才必录，专此布告。主席，吉鸿昌。”他自己也深入体察民情，了解各个行业现状，而扩军的事情完全委托余原赋和张晋雄他们去做。

一天，吉鸿昌亲自来到接待处看招聘盛况，只见一个长衫礼帽的男子，拨开众人，直接走到吉鸿昌面前坐下，此人不急不慢地说：“本人粗通一些天下道理，但应付宁夏一隅之地，足矣。”吉鸿昌高兴地请他显露尊荣，那人慢慢抬起头来一笑，吉鸿昌大喜过望：“梁先生！”

第十六章

忠臣救主被免职

吉鸿昌报答宁夏父老忙得不亦乐乎，梁师侠见识广大，学问渊博，吉鸿昌帮他改名杨清，为了防止被人说成通共，让他做省政府总参议，现场就职视事。他自己在宁夏主席办公室与余原赋等同僚精心勾勒产业发展计划，案头文件如山，吉鸿昌正在签阅几份文件，余原赋一件一件递给他看，他全神贯注地看着，心情很是亢奋。

一天，他正在与余原赋研究宁夏滩羊皮加工产业，王淮义匆匆带来了冯玉祥的亲笔信，吉鸿昌狐疑地抽出信看："世伍，得知你要接弟夫人去宁夏，我不同意。宁夏事你交给旁人，尽快率军来西安，我要讨蒋。冯玉祥手书。"吉鸿昌很苦闷地仰在椅背上，呆呆地望着余原赋："这一会儿和一会儿分，这是干啥？把队伍带走，这大西北的局面咋办？"余原赋安慰他："蒋介石不是好东西，冯先生咽不下这口气，介是早晚的。"吉鸿昌像是忽然下定决心："局面都打开了，正在兴头上，这一盆凉水浇的！俺不走，俺要建设大西北，积累军力财力好跟日本人干。"

两人纠结来纠结去，没过多久，很少来的苗副官又送来十万火急的急件："世伍，情况有变，甲，韩、石二次投蒋，我已下野。乙，我即赴晋联阎，以钟代总司令。丙，我反蒋决心不变，主攻河南。丁，上策：弟率全军来陕；中策：弟率一部来陕；下策：弟仍居宁。戊，弟如来陕，战后仍回宁当主席。己，弟若居宁，我会派人送夫人去团圆。庚，因事密，回电一字即可，妥为全军来陕，平为一部来陕，否为留宁。冯。"事情严重了，韩复榘和石友三第二次投靠蒋介石，冯玉祥不得不下野，这时候不救急还待何时？吉鸿昌决然地："义无可退，回电，妥！"余原赋转身就去发报。吉鸿昌走到办公桌前拿起开发建设的那些夙兴夜寐研究出来的文件，自言自语地感叹："唉，真舍不得，啥时候能和平啊！"

吉鸿昌火速驰援西安，梁师侠随行。这时，闽贯堂正在西安总部任西安城防司令，他看着下属搜集的吉鸿昌的"罪证"，听赵副官汇报："他自命是开发大西北总指挥，这是谁任命的？我看就是通赤。"闽贯堂恨恨地命令："这次非要除掉这个心腹之患！你马上回去带人去盯上梁师侠，听我命令随时捕人。"

蒋冯大战瞬息万变，处处显示出西北军财力的捉襟见肘，邵佩芳和张嫂所在的被服社里，40军和吉鸿昌的10军抢棉服。寒风中吉鸿昌赶来，对赵副官说："今天这批棉装你拉走，今后不许来了，10军要上前线。"

在这样紧迫的军需筹备条件下，闽贯堂还有心思公报私仇，西北军的败局似乎不可避免。

吉鸿昌回到位于家眷营的家，傅崇林和阮佩芳、胡洪霞已经在焦急地等待。傅崇林马上提醒他："我在总部遇上了闽军长的心腹，听他们说你一回来就到处发名片，上面有通赤的证据。还说已经盯上了梁先生，恐怕要派人去抓捕呢。"胡洪霞埋怨他回西安怎么带上了梁先生，吉鸿昌说："有什么见不得人的？冯先生要打蒋先生，共产党可以襄赞队伍。这不，他正在城里找朋友，帮助我们解决一些棉服。"大家一致建议马上把梁师侠接到家里来住。

梁师侠在城里一些大户家劝捐，却不知道，闽贯堂的骑兵已经盯上了他。

外面秋雨霏霏，阴冷透骨的屋子里，梁师侠被胡洪霞亲自接到了家里，胡洪霞忙着生火、倒茶，不一会，吉鸿昌赶了进来，对梁师侠说："梁先生，这次我把你带来西安，是有些鲁莽了。闽贯堂说我通赤，要捉你当证据呢！"梁师侠惊讶地："你要赶我走？"吉鸿昌抱歉地："不是，队伍马上就要打仗了，我不能让你冒险。你今晚就住在我这，他们不敢动。明天我去述职，跟蒋总指挥先探个口风，如果不行再把你送走，咱们来日方长。"梁师侠点点头。

第二天，吉鸿昌专为此事去了西安总部的蒋敬山办公室，蒋敬山问队伍怎么样？吉鸿昌说："好多士兵都冻伤了，这眼看上前线了，棉服还远远不够数。"蒋敬山双手捂着脸，非常疲惫地说："我也正为这件事发愁，解决棉服很困难，一时还凑不齐。晚上有一趟火车，会拉来一些，还是不够。"

忽然，他手放下来，看着吉鸿昌："世伍，现在冯先生和钟长官都不在，10军马上又要上前线，你能不能消停一些，少惹些事？"蒋敬山把闽贯堂送来的证据，报纸、文书和名片都递给吉鸿昌："看吧，你通蒋，通赤，还想搞兵暴。"吉鸿昌看看，问蒋敬山："陷害！你相信了？"蒋敬山淡淡地："说你通赤，又说你通蒋，我当然不相信这些自相矛盾的话。"吉鸿昌问："对于通赤，你是什么态度？"蒋敬山挥挥手："我是西北军的人，冯先生予我有恩，我是不会跟共产党干的。”吉鸿昌问:“那你也认为我想搞兵暴。”蒋敬山终于坐不住了，腾地起身，在屋里走来走去，他指着吉鸿昌:“谁任命你是大西北开发总指挥了？你那三条纲领，哪一条是冯先生提出来的？都是共产党的条条！冯先生要打蒋，你说不打内战。你想干什么？帮助蒋介石抄冯先生的老巢？把西北军的根据夺走，交给共产党？”蒋敬山忧心地走到窗前，看着窗外说:“南口战败之后，国民军内部已是千疮百孔，二次北伐西北军打了不少胜仗，可是京津鲁都成了阎锡山的天下，西北军损失惨重，只能重返不毛之地，蒋介石欺骗了冯先生，更是雪上加霜。”吉鸿昌问:“那我们应该跟共产党合作啊！”蒋敬山一笑:“可是共产党有几个兵，他们在江西自顾不暇。现在冯先生还被阎锡山扣在山西！我也是看冯先生的面子在这里勉强支撑。”吉鸿昌怜惜地看着老长官:“你撑不住了？”蒋敬山跌回座上:“快了！”他忽然恳切地看着吉鸿昌:“世伍，西北军外患不已，内讧不止，都快成垃圾场、烂摊子了，不要较劲了，不要坏了我们的局面！”

两人争论着，就谈到了梁师侠的问题，蒋敬山说:“第十军的任务是上前线！你表个态，要么把梁先生送走，要么撤你的职，你选。人家把你当眼中钉肉中刺，你如果固执己见，危险的不仅是梁先生，也有你。”吉鸿昌想了想，果断起身:“好，我今晚亲自送梁先生走。”蒋敬山说:“等等，上午我还要用车，下午我把车送你家去，你用我的车送。”

蒋敬山看着吉鸿昌离去的背影，让钱副官给冯先生发报:“有关第十军军务禀报。一、西安风言吉鸿昌通赤通蒋，要拿办，职下查无实据。二、第十军棉装一时难以补齐，无法出征。”钱副官离去，孙副官进来了，蒋敬山对孙副官说了用自己的车送给吉鸿昌用于送朋友的事情，还叮嘱他一定要注意保密，孙副官转身就让亲信把这个消息报告了闽贯堂。

外面狂风肆虐，闪电把世界照得雪亮，惨白的光映在梁师侠的脸上，他的命运就决定于今天晚上每一个可能错失的时机。

听说吉鸿昌要亲自用蒋敬山的车送梁师侠走，闽贯堂可是下了狠手，吉鸿昌家门口布上暗哨，派出城防军警卫营把车站警卫连缴械，换成自己人，一列货车顶上架着机枪。蒋敬山看着外面电闪雷鸣，大雨倾盆，对自己的安

排不放心，他是个办事严谨的人，于是带着宪兵队驱车去了车站，一看这阵势，心想，麻烦可能大了。这时闽贯堂来到，对蒋敬山打着哈哈：“兄弟得到了内线报告，说警卫连长通匪，我哪敢大意？一时找不着你，我就采取了紧急手段。10军不是需要棉服吗？我可是为吉鸿昌守着这车棉服的，我也是为你着想。”

吉鸿昌坐在车里，看到车站如临大敌，就命车直接冲上站台，两卡车卫队跟上。闽贯堂带着手枪队围上来：“吉军座，下车吧，你要的棉服到了。”吉鸿昌和白副官下了车，走上前去，吉鸿昌向蒋敬山敬礼：“总指挥，我没想到你会带宪兵队来。”闽贯堂嬉笑：“你还没想到我会来吧。”吉鸿昌冷冷地说：“闽军座来我倒不意外。”闽贯堂见车里有一个人影晃动了一下，听到蒋敬山对吉鸿昌说：“交接一下吧，这趟车的棉服都归你。”闽贯堂这时赶过来：“等等。哼，吉鸿昌，你不只是来拉棉服的，你还要送朋友吧！”闽贯堂问小车上那个人是谁，吉鸿昌说是搭车的病号，准备送医院去，闽贯堂对左营副喊：“请那位病号下车，检查身份！”吉鸿昌大喝：“放肆！这是蒋总指挥的专车，谁敢造次？”闽贯堂看着一直严峻着面容不说话的蒋敬山：“好，蒋总指挥，这是你的车，本城防司令现在向你报告，这台车上现在坐着一个赤党，就是梁师侠！吉鸿昌通赤，他就是人证。如果你不请他下来，我一查验，你也跑不脱通赤的罪名，我会替冯先生做主的。”吉鸿昌说：“好，睁开你的狗眼看看是不是梁师侠”，白副官打开车门扶着这个人下车，原来是一身病相的傅崇林，闽贯堂和左营副跑上前仔细看，气白了脸：“这不可能，这怎么可能？”

原来，吉鸿昌另外留了一手，在家出发的时候，就掉了包，真的梁师侠已经藏在“10军拉棉服的卡车”出了城门，就在卡车车厢的一堆棉衣服里面蜷缩着。

雨小了一些，吉鸿昌和蒋敬山从车站回来，对坐在沙发上，一声不发。蒋敬山听说梁师侠已经安全出城，就放心了，他对吉鸿昌说：“世伍，你要体谅我的处境。虽然我是后方总指挥，可西安由闽贯堂城防也是冯先生的专令，我不能不与他往来。”说着拿出冯先生的电报，笑着给吉鸿昌看，吉鸿昌看电报写道：“蒋总指挥崇峻吾弟，电悉。所请两件事，第一，务必保证第十军上前线，阎长官也看好十军，谁栽吉鸿昌的罪就拿办谁，我给你尚方宝剑；

第二，不联共，也不要徒生是非，梁先生还是礼送。玉祥。”吉鸿昌接过电报，看着，想蒋敬山为帮助自己和梁师侠，提前拿到冯玉祥的指示应对闽贯堂，眼里热泪涌上来，他忍住没有掉下来，只深深地给蒋敬山鞠了一躬。

吉鸿昌回到家里，天已经亮了，是个好晴天，几朵云彩优哉游哉地游荡，太阳还没升起来。吉鸿昌看胡洪霞也一夜没睡，好生怜惜，胡洪霞忙着给吉鸿昌弄吃的，当她端着热粥进来时，吉鸿昌已经倒在里屋床上睡着了。

闽贯堂第二天到蒋敬山那里讨要吉鸿昌，蒋敬山给他冯先生电报看，闽贯堂看完一摔：“我这城防没法干下去了，我向冯先生辞职。”蒋敬山喊住他：“你等下。冯先生的意思你也清楚了，把你库里的棉服提出来吧，两千套，一套不许少。”闽贯堂气得不行：“好，蒋敬山，你他妈也长胆了，也敢要老子，日后有你好瞧！”拂袖而去。

蒋敬山坐着轿车，带着卫兵骑队来到10军指挥部，看到吉鸿昌还穿个单衣在看地图，就把自己的裘皮大衣给了吉鸿昌：“拿着，这是我个人财产，上前线你用得着。”蒋敬山又从孙副官手里接过一个公文包，放在大案上，对吉鸿昌说：“这里还有半万开拔费，就这些了。”蒋敬山和吉鸿昌站在地图前，指点给吉鸿昌：“洛阳已经告急了。这次蒋介石是重兵围打洛阳，有将阮静怀和方冠群割裂之势。冯先生在山西传话来，意思要你快些出兵，先进驻潼关以防不测。”

电话响了，蒋敬山接完电话就晕倒了，原来，洛阳失守了。

蒋敬山在行军床上凋了汤药，坚持着下了行军床，对一直守护在身边的吉鸿昌说：“世伍，洛阳已经失守，阮静怀部正向潼关撤退，方冠群也被敌人包围了。这样，军棉服是来不及了，剩下这三千套都改成棉背心，赶一赶可以快些，委屈你们第十军穿着这些半截子去救方冠群，你看行吗？”吉鸿昌看不过眼，把蒋敬山拉来按在行军床上，让他休息：“你不要再操心第十军，俺就是光膀子光腚，也要去打垮蒋介石，把方冠群救下来，让冯先生挺起腰，决不让阎老西看笑话！”

吉鸿昌的部队星夜疾驰潼关，在伤兵医院看到了方冠群，在一个伤兵担架前站着，提着伤兵的一条空袖子成了独臂将军。方冠群对吉鸿昌描述战况："这回冯先生把蒋先生气疯了，洛阳之战拿出八个军，刚开始我打的很好，后来我的弹药跟不上了，这个阎老西十分奸猾，他不按约送弹药，这边阮静怀又不掩护我的侧翼，我一看四个军眼看就要把我包围了，就剩下10里地一个口子没扎上，电话都切断了。我急了，就派人去跟蒋军周旋，找个空子哧溜我就突了回来，要不早成瓮中之鳖了！"吉鸿昌听了很是诧异。

方冠群截获了蒋军的电报，蒋介石已经决定西守北攻，要把重兵都调去京浦线打阎老西去了，吉鸿昌面临的最多是三个军，一个正面，两个侧翼。方冠群又吩咐军需官，把自己部队士兵脱下两千套棉服给吉鸿昌的部队，还脱下了自己的棉装给了吉鸿昌，自己披上一条薄薄的毛毯，吉鸿昌抱着他的棉衣，感动得说不出话来，看着进里屋的方冠群："冠群兄，你保重啊！"方冠群回头挥了下手，也喊道："吉大胆，我们为先生而战，为革命打老蒋，这回要看你的了！"吉鸿昌双眼噙着泪花。

吉鸿昌的部队投入进攻洛阳的战场，他在帐篷里用电话指挥各师前线。代总指挥钟御之打来电话，问洛阳方面的情况，吉鸿昌说："洛阳守敌已经支撑不住了，今天我就要打进洛阳了！"钟御之问："部队伤亡、士气、弹药都是什么情况？"吉鸿昌："打垮了敌军两个师，军部没打着，叫他溜走了，伤亡总是有些，士气那是没说的，灭此朝食。另外，打新安缴获了两个被服仓库，一个弹药库，现在全军子弹充足，都穿上蒋军的棉衣打蒋军呢，哈哈哈。"只听钟御之说道："打得好，总部要嘉奖你们。现在我命令，第十军立即停止进攻，今晚零点以前务必后撤到渑池以西。军情有重大变化。"吉鸿昌一愣："怎么又撤了？啥变化？是冯先生那有事吗？"钟御之告诉他："我才从山西回来，阎长官见蒋军向他猛攻，怀疑冯先生与蒋先生暗通，冯先生安排好的回程已经被迫取消了，他把冯先生扣在山西了。"吉鸿昌大骂："唉，长官，那就更得打洛阳了，我要是一撤，岂不正好给阎老西借口，冯先生就更危险了。"钟御之说："不是这样。由于阎长官停止了对我军的军援，你侧翼部队需要撤下来，这样你就太突出了，很凶险。你必须先撤出来，我派人去灵宝掩护你的侧翼，你尽快赶回潼关，越快越好。执行命令吧。”

吉鸿昌放下电话：阎老西，非打你个蛋朝上不可！

部队连夜急行军，队伍里上上下下非常不理解这次撤离。吉鸿昌在一个小村里住下来。

指挥部里，屋里四处挂着马灯，大案上的马灯照着地图。吉鸿昌介绍说：“洛阳这么大块肥肉都快到手了，现在阎老西又要花招，他按兵不动，想叫俺们跟蒋介石拼。蒋介石欺他不敢南下，看准机会调整了部署，龟缩洛阳死守，忽然调集主力掉头去打阎老西，让晋军措手不及。”彭三原骂道：“龟孙，一场好局又让阎老西给搅了。”大家问，是不是按照总部命令真的回潼关？吉鸿昌不回答，指着地图：“你们看，蒋军向北集结兵力，沿津、浦线向晋军大举进攻，如果我们真的去打他，他真的敢谋害冯先生吗？他谋害冯先生，就是逼西北军与蒋联手打他，晋军就会彻底完蛋。阎老西老奸巨猾，他不会做出这样糊涂的事来。”余原赋：“你不打他，他就含着冯先生，然后好调动我们去跟蒋军拼，把我们当棋子儿用！”大家都担心不遵守总部命令会受到惩罚，余原赋分析道：“咱们说的道理总部岂不明白？他们就是害怕捅娄子，怕冯先生罢他们的官，撤他们的职。如果打晋军，冯先生万一出事了，谁敢负责？不打晋军，等冯先生的令，就算冯先生真的有个万一，他也没有责任。这些利令智昏的一群，只怕负责任，不怕冯先生死活，他们没这个胆儿！”吉鸿昌赞叹地：“参谋长说得有道理，危急时刻不能听那一群的。不打晋军任其发展，局面会越来越糟。他扣冯先生是将了我们一军，我们也得将他一军，逼他兑现承诺联手反蒋。他可以选，是选冯阎联手打垮蒋？还是选冯蒋联手打垮他？我看他会选前者。这样冯先生就可以安全，大局也可以扭转，一举两得。”

大家逐渐统一了意见，吉鸿昌面对地图大胆说出了自己的计划：“晋军正在调兵防御蒋军，晋南空虚，我们就从陕县过河，经运城一直往北打。为了愚敌耳目，给冯先生争取谈判主动，我们以游击师的名义出击，大张旗鼓，

直到阎老西屈服。”说干就干，余原赋为防止总部干扰，军部暂时关闭了与总部的通讯。

吉鸿昌又“胆大妄为”了。

一发炮弹打到晋军阵地，爆炸出漫天传单：“國民革命軍游擊師　討伐背盟賊子閻老西　繳槍不殺　反抗無活”，接着的炮弹就是真玩意儿了，晋军迅速溃逃。总部这边钟御之联系不上吉鸿昌部队，方冠群也找不到他，但是电话里对钟御之说：“阎老西扣了冯先生，吉鸿昌是不会善罢甘休的，他准是渡过黄河打阎老西去了。”钟御之放下电话，眉头紧皱，这时，副官送来了阎锡山的电报，抗议吉鸿昌。阮静怀听这边闽贯堂构陷吉鸿昌的话，走过来，看了电报，也对吉鸿昌的大胆吃惊：“太离谱了，这个人真是太狂妄了。先生尚在阎长官手里，吉鸿昌这样干，把先生置于何地？他都打到运城了！”闽贯堂继续挑拨，钟御之听烦了：“行了，你别说了，我知道该怎么处置。反了！”当晚，直属手枪队带着钟御之的手令追吉鸿昌的部队，命吉鸿昌立刻率军返回，部队驻大荔，叫他速来潼关见钟御之，再有违令不遵，军法从事，就地处决。

第二天傍晚时分，手枪队到了吉鸿昌的指挥部，吉鸿昌只好遵命回到潼关。

王淮义带 8 名卫士护送他却不能进城，感到这不对头，吉鸿昌说：“这又不是敌营。你回去告诉参谋长，如果我在潼关耽搁下了，部队由他做主。”说着单骑飞入城门。

吉鸿昌被缴械，闽贯堂冷笑，拿出一纸军令：“国民革命军陆军第十军军长吉鸿昌，违抗军令，破坏军纪，擅攻晋南友军，置总司令于危境，实为大逆不道。现予以撤职，由军法处禁闭，听候处置。代总司令亲笔。”他得意地对吉鸿昌说：“你给我看清楚了，这可不是我写的。捆起来带走！”

在监狱里，吉鸿昌受到闽贯堂爪牙的毒打，方冠群看他头上血都渗了出来，果断把他换到了优待室。方冠群陪着吉鸿昌饮酒，这时监狱长来在门口，身边有两名宪兵，方冠群指着监狱长：“你给我听着，我这样做就是要告诉那些混蛋，谁敢动老弟你一个指头，我这一个军也不是好惹的。你以后每顿饭都要去馆子给吉军长办饭菜，知道不？”监狱长恭敬地答道：“是，军座。”

潼关，蒋敬山来到钟御之的指挥部，钟御之问他怎么处置吉鸿昌。蒋敬山忧心地说：“冯先生不在，咱得先稳住了。吉鸿昌擅自打山西当然不对，但他不是背叛，他是在为先生而战。他对西北军赤胆忠心，解决他必然导致更深重的危机。”钟御之担忧地：“是啊，毕竟他与韩复榘、石友三不可同日而语。”钟御之想让蒋敬山去代理吉鸿昌的军长，蒋敬山同意了，但是说：“你得表个态，无论遇上什么情况，不能杀吉鸿昌。你先把吉鸿昌解到方冠群的军法处去看押，再由我和方冠群两人一起去十军，这样才稳妥。”钟御之肯定地：“好吧，我都答应你。”孙副官一旁低着头，心中不满。

蒋敬山吃完晚饭，临行去看望吉鸿昌，蒋敬山把他带到方冠群的军法处看押，自己和方冠群去了吉鸿昌的部队。

孙副官马上去闽贯堂那里报告，闽贯堂听罢，去了里屋，一会走出来，递给孙副官一个钱袋：“你辛苦了，这是一点小意思。”闽贯堂清晨与亲信们商定：先解决蒋敬山，为冯先生清君侧，来个一了百了！闽贯堂却另外下了一副药。

十军军部里，余原赋和张晋雄、彭三原、彭楚志在商议如何营救吉鸿昌，最后余原赋写了一个合同，大家纷纷签字，表示自愿参加打潼关、救军座的行动，推张晋雄为代理军长，余原赋仍为参谋长。

这决死计划没等实战，蒋敬山和方冠群的车到了。蒋敬山安抚大家：“你们的心情可以理解，可是世伍犯了军纪，一时还回不来。”方冠群看出余原赋的门道了，他让余原赋把口袋里的东西拿出来，余原赋豁出去了，掏出那份“合同”递给蒋敬山：“这就是十军长官们的态度，怎么着了？”方冠群一看：“好家伙，都组上阁了，张晋雄，你要代理十军军长？”张晋雄忙说：“方军长别误会，军座不在，参谋长没带过兵，只叫俺代管一下。上峰派人来我立刻回师里去。”余原赋很不满：“张师长，别往后捎嘛。这都是我的主意，上峰不给第十军公道，我们就豁上去打潼关救人！”蒋敬山严肃地：“余原赋，你这是煽动兵暴。”余原赋鼓起勇气威胁自救：“你两位长官要是不同意，你

两个也走不了。”方冠群拔枪指向他，余原赋胸脯一挺：“老子姓余，名原赋，老子堂堂正正为军座伸张正义，你打死老子吧！”蒋敬山喝止他们：“都别吵了！把枪收回去！”接着说：“大家要冷静，余参谋长首先要冷静。我和方军长都认为，吉鸿昌打山西是错误的，打乱了总部的部署。其实总部也有打阎锡山的计划，方军长就有一个很好的作战计划，那就不是第十军一个军去打，而是三个军加两个骑兵旅，再加两个炮兵团，非打疼他冯先生才万全。而十军的行动破坏了这一部署，惊动了山西，已经达不成突然袭击的目的了。你们都是高级长官，你们说，十军擅自行动是不是错了？”张晋雄看实在的，问道：“总指挥，方军座，十军怎么办？”蒋敬山答道：“十军要稳定，世伍跟我说，十军由余原赋代理指挥。至于世伍的安全，方军长你们是了解的，嘴上不饶人，可他是个心明眼亮、赤胆忠心的老长官。我们今天来，就是告诉你们，吉鸿昌已经被方军长保护起来了，他的队伍在十军左翼驻下了。如果西北军有人敢造次，方部与吉部就是生死兄弟。”

余原赋、张晋雄、彭三原、彭楚志送蒋敬山和方冠群出来。方冠群对蒋敬山说：“总指挥，我跟他们看一下地形，商量一下协同，你自己先回吧。”方冠群没有想到，如果同行，他也可能丧命在闽贯堂的陷阱中。

崎岖的山间公路上，蒋敬山在车内眉目严峻地坐着，车窗拉着窗帘。蒋敬山探身向前窗看去，忽见有一队武装士兵站在一辆大卡车前，拦住了去路，蒋敬山说：“这里不应该有部队，更不会设卡子，放慢。”只见卡车前一名长官一挥手，接过一挺机枪，带着兵就冲上来，蒋敬山命令：“快掉头，是冲我们来的。”子弹在轿车边上四处乱飞，打在石壁上，公路上，孙副官中弹，汽车掉头飞驰，原来是左营副。轿车和卡车在公路上追逐，弯道很多，险情不断。蒋敬山安慰孙副官，孙副官知道闽贯堂是灭口，他临终说了一句：“蒋先生，我对不住你……是……是闽军座，是他干的……”说罢死去。又一个弯道，忽然前面出现一辆后勤卡车，司机措手不及，方向盘一拐。“砰”然一声，轿车已经撞上卡车，翻倒在路边，后勤卡车上面下来了傅崇林。追击卡车来到停下，左营副跳下，带人向车祸处跑去，傅崇林看到来者都端着枪，就紧搂着蒋敬山没松手，让司机拿来急救包和担架，司机找不到，他放下蒋敬山，向驾驶楼跑去，就这一会，左营副的部下长官拔出匕首说："他还有口气，干掉吧，不然回去无法跟闽先生交代。"左营副把他的匕首压回，看看蒋敬山："不行，这是军座交待的绝密行动，他就是不死，也废了。"

钟御之听说蒋敬山遇险，急忙带人赶到战地医院，阮静怀、闽贯堂站在床的另一边。蒋敬山头上，身上多处包扎。傅崇林和军医站在一起，军医叹口气："能保住性命，已经是万幸了，需要尽快送回西安治疗。"钟御之同意，拍拍蒋敬山的手："安心治疗，回西安我去看你。"

都离去了，闽贯堂却弯下腰来，幸灾乐祸地凑近了脑袋："蒋先生太大意了，这个时候怎么能出车祸呢？不过，祸与福相倚，蒋先生的不幸，也许正是西北军的万幸。"蒋敬山冷眼看着闽贯堂。闽贯堂一丝冷笑："我与你同袍二十多年，你很骄傲，我很难接近你，我一直想劝你不要放纵部将，就像冯先生放纵你，你放纵吉鸿昌，我想今后也用不着我再劝了，您多保重？"蒋敬山面无表情地看着天花板。

傅崇林在监狱优待室看到吉鸿昌，分析是谁谋杀蒋敬山，吉鸿昌听了十分悲愤，开始绝食。他忍着饥肠辘辘，眼望天花板发呆。方冠群进来了，他站到吉鸿昌对面："蒋先生是为谁出的车祸？蒋先生是为了你！他为了保护你第十军，使你能渡过难关，费尽了苦心。你不能再冲动了。吃饭！"吉鸿昌不动弹，方冠群接着劝："你也该反省一下吧？你不能把西北军长官都得罪完了吧？钟长官都同意把你放在我这里了，他就是在保你，你不要不识趣。你再等两天，打阎老西的事，长官们分歧很大，钟长官一时还下不了决心。这个时候不能乱了自己的队伍。你说是闽贯堂干的？我说是土匪干的，你拿证据来！"这话刺激得吉鸿昌痛哭起来："可怜的中国老百姓啊！你们都来看看，外敌打进俺家门多少年，到现在俺中国军人还在内斗，西北军已经不是从前的革命军了，恨恨恨啊！"方冠群拖起吉鸿昌，一个背抱把偌大个子摔在地上："吉鸿昌，你给老子醒醒吧。韩信能受胯下之辱，你为何不能忍耐下？你真让我失望。你恨死去吧，委屈死去吧，窝囊死去吧，天下就你一个委屈，老子要打日本！"方冠群拂袖而去，对士兵说："把门锁好，他不吃就叫他饿！"

吉鸿昌大吼："放俺出去！"

钟御之召集会议部署打阎锡山，阮静怀和闽贯堂等人不同意，只有方冠群在坚持，钟御之板着面庞，沉思不语。这时一名副官忽然从外面快步走进来："钟长官，快，快叫大家都上外头列队去吧。"原来，冯先生回西安了。满屋子人瞬间都向外跑去。

阎锡山是个非常精算的人，出身于以经商为主的小地主家庭，又曾随父亲到五台县城内自家开设的吉庆长钱铺学商，参与放债收息及金融投机，这些经验，让他逐利非常精准。形势的变化让他改变主意，继续与冯玉祥公开联合反蒋。这不，他派出护卫官兵，拉上几口大钱箱子，送冯玉祥回来。闽贯堂抢先冲上来扑到地上跪下："冯先生，你可回来了！"赵副官和亲信们也跪到地上，如丧考妣，大喊："冯先生！"冯玉祥扶起闽贯堂："都起来，给我起来。"钟御之稳重地最后来到，方冠群在他身后。钟御之含泪敬礼："冯先生，你不在，我们就跟没爹没娘的孩子一样。"冯玉祥上前握住钟御之的双手，知道他维持局面不易："御之，很少见你掉泪，这可不像你呀！"

在潼关指挥部，冯玉祥对钟御之、阮静怀、闽贯堂、方冠群等长官介绍形势，冯玉祥说："阎先生把现洋大炮都许给我了，我也得表示诚意嘛。我是下了决心要打垮蒋介石的。阎先生不像大家想的，他扣我在山西，观望一下是可以理解的，可他与蒋介石不共戴天。外面卡车都看到了吧？是什么，是80万现洋！他这次送我回来赠送的开拔费。联合讨蒋，这个大方向不会变。"钟御之补充："他也怕西北军跟蒋介石联手解决他。"冯玉祥笑笑："所以呀，历史潮流，大势所趋，阎先生毕竟不糊涂。不过，适当地敲打他是对的，吉鸿昌打山西虽是一着险棋，却震动了阎锡山，他亲自拿战报到我那去，大冬天的，我看他脑门子都流汗了，哈哈哈"。忽然，看吉鸿昌不在，问道："吉大胆在哪？哎，我回来了，世伍怎么没来？"听说被关了起来，脸色大变："啊？关押起来了？这个吉大胆，他又犯了什么过？"

吉鸿昌赶到潼关的指挥部，他撩起斗篷，扑通一声就跪在冯玉祥面前："冯先生，你枪毙了俺吧。"冯玉祥怒目圆睁："你还真能耐了，枪毙你都是轻的！我不在谁也管不了你了，居然擅自把梁师侠又请回来了，说你'通赤'不冤枉你，给你子弹都是浪费，等着大刀砍头吧。”吉鸿昌伸头要求砍头，冯玉祥骂道：“没那么便宜，我宣布，吉鸿昌这个军长别当了，撤职，第十军缩编为第 11 师，由张晋雄代理师长，吉鸿昌到总部当副官。”闽贯堂等将领们见冯玉祥轻易放了吉鸿昌，面面相觑，暗自不满。冯玉祥：“你们谁有不满，都说出来。”一言堂多年，谁人敢说？但是，水静流深。

第十七章

中原大战头次做“降将”

话说吉鸿昌到总部当副官，十军变成11师，旗帜也换成了“討蔣聯軍第二路軍第十一師 張”。吉鸿昌看到了，心里有些酸楚，余原赋拒绝了到阮静怀那里去做参谋长，对吉鸿昌说，旗帜换了，但这队伍心里的旗帜也不是说换就能换的，他自己就在11师等他回来，他不回来就去天津隐居，吉鸿昌很是感激。余原赋听说他借了1000元，想必有正事急用，还给他200元钱，吉鸿昌也不瞒他，告诉他，蒋敬山先生残废了，他要去趟西安接济他。吉鸿昌看着余原赋的坦诚和忠心，深深感动，把余原赋紧紧拥抱在怀里，看着他说：“好兄弟，患难见真情，俺没看错你。俺也一定要回来，11师不能没有吉鸿昌，有吉鸿昌就不能没有余原赋。”

为了躲避闽贯堂的追杀，蒋敬山的病情稍有稳定就躲到了西安一所破旧的寺庙养伤，寒风呼啸吹得灯笼忽闪忽闪，更映衬着蒋敬山处境的凄凉。这时吉鸿昌抱着他给的裘服，带着胡洪霞深夜来访，蒋敬山心中无限温暖。

清冷的灯光下，一代将军蒋敬山躺在炕上，盖着一条补丁被子，壁上胡乱糊着报纸和花纸，他正向吉鸿昌夫妇微笑着。吉鸿昌看这老长官的处境，鼻子一阵酸楚。蒋敬山吃力地挪动身子，招呼：“快来，来炕上坐着，炕上暖和。”吉鸿昌坐在蒋敬山的身边，胡洪霞靠近坐在一把椅子上。蒋敬山没有伤感，似乎这一切早已预料到，他坦然接受命运。他挂心部队的情况，挂念冯先生，勉励吉鸿昌要相信西北军，他看着吉鸿昌：“西北军是一支好队伍。遇到困难不能灰心，艰难困苦早晚会过去，来日方长。我深信，你，包括方冠群和许多有骨气的长官，一定能够实现打日本的愿望。”吉鸿昌双手握起蒋敬山的手，用力摇动着，说不出话来。

小和尚提起灯笼，悄声地退出门去，又小心关上，胡洪霞起身跟了出去，给了小和尚100元钱香火钱，请他好好照顾蒋先生。听小和尚说，自蒋先生来到寺庙之后，没有谁来看望：“善哉善哉，我佛在上，不需要别人来看望，你们来他就会很满足了。”胡洪霞一脸迷茫回到屋里。

吉鸿昌问，是谁陷害他，蒋敬山只是说，是场车祸，司机不小心，其实，他是怕破坏西北军的团结，他回想往事，感慨地说：“西北军自坐大之后，因为没有主义感召，私欲横行，袍泽反目，各部拥兵自重，冯先生按起葫芦起

了瓢。而那阎锡山，一向首鼠两端，虽说暂时与冯先生交好，联手讨蒋。但是要打中原，形势依然扑朔迷离。你在前线要能按捺情性，抱定初衷，洞悉大局，不要急了性子误入小人的圈套和冯先生搞对抗。一旦西北军散了摊子，怕日后中日决战来临之时，国人就没有一支强劲的军队，敢立于豺狼面前了。”蒋敬山讲得揪心，一动气就不住咳嗽，吉鸿昌连忙扶他躺下。

胡洪霞进来，从包里取出一包沉甸甸的银元，交给吉鸿昌。吉鸿昌对蒋敬山深情地说：“老长官，俺这回来，给你带了一千块光洋，这是一百光洋，留在你身边方便用，另外九百块由洪霞代我在城里给你找个条件好的住处，安置下好治伤。”蒋敬山越推辞越咳嗽，吉鸿昌劝慰他：“老长官，你听俺说。这不是俺一个人的钱，是队伍上的弟兄们凑的钱。且不说你是俺西北军最让人敬佩的总教官，是吉鸿昌的恩人，就算你不是俺长官了，你我风里雨里，冰里雪里，一起流汗、流血、牺牲，总有十五年的同袍之谊吧？你让俺把你一个人撂在这个破庙里，你这个老部下，俺心里咋能过得去？”说着说着有了哭腔。胡洪霞说：“蒋先生，您就收下吧。”蒋敬山感动地应允：“好，世伍，洪霞，我收下了。”不敢多坐，怕影响蒋敬山休息，吉鸿昌要告辞了，他与拄着双拐的蒋敬山紧紧拥抱，互道珍重。

吉鸿昌夫妇的身影已经完全陷入黑暗很久了，蒋敬山还站在寺院门口，久久没有离去，一时感伤，刀刻般坚毅的脸庞上，终于滚落下两行泪来。小和尚看在眼里，过去扶他回屋：“将军不必伤心，人生如隙，尘世无常，将军快回厢房休息吧。”

送君送到夜无边，风高浪急你行船。一生求索终无路，国事破败佛也难。

吉鸿昌无官一身轻，闲暇时间多了些，就到西安家眷营的邵佩芳家里家庭聚会，他坐在屋里跟邵氏说话：“您老人家不必担心，俺的造化大，不会有什么事。”胡洪霞看厌了长官倾轧，对吉鸿昌的处境反倒宽心，她端着菜进屋，对邵氏说：“妈，鸿昌已经当副官了，不上前线了。”饭菜都齐了，傅崇林说了要回来吃午饭的，怎么还没回来，邵佩芳刚要去迎迎，傅崇林开门了。一家人团团圆圆，吃饭喝酒。邵氏特意让邵佩芳把珍藏的西凤酒拿来，说是要犒赏吉鸿昌，她也倒上了酒："来，今天是我们家的好日子，鸿昌、崇林整天跟猴子似的满山转，终于也有团圆的日子了，托冯先生的福，我们全家先敬冯先生一杯，祝西北军多打胜仗，鸿昌和崇林都能安安全全的，革命成功。"邵佩芳看着她，笑着说："妈，你今天怎么跟共产党员似的，这么会说，咯咯。"吉鸿昌一听，来劲，也举起杯："因为共产党跟老百姓一条心。来，借娘的吉言，干。"邵氏还专门敬酒夸赞吉鸿昌为百姓做事："兰英不知是哪辈子修来这个福，给我找来这个好女婿。"邵氏连续喝了三杯，吉鸿昌忙起来敬酒，怕她喝多了，他对邵氏说："娘，鸿昌是个粗人，16岁当兵，没读过几年学，在旧军队里也有军阀习气，打过士兵。娘出身名门，满腹文章，一个人含辛茹苦，带大兰英和佩芳，使她们双双成为新时代的女性，师范精英，这其中的难，鸿昌能看明。娘现在把两个女儿，都嫁给了革命军人，就是俺不争气，时常会辜负娘的希望。"吉鸿昌想起现在被处罚，有些对不起老人家，傅崇林看到，举起杯："世伍，不说了，咱两个人敬娘一杯酒，尽一尽门婿的心。"傅崇林先干，吉鸿昌也干了。

邵氏安慰吉鸿昌，不当军长也好，在家清闲几天，赶紧给妈生个外孙。她接着指着邵佩芳："还有你们，你们也欠我一个外孙。"

一家正说笑，傅崇林说："我说件事，就关系到世伍，他可能在西安又待不长。今天后方指挥部接到了冯先生的电报，要我通知你，尽快回潼关，接掌第11师师长。"邵佩芳很高兴，邵氏和胡洪霞却很失落。邵氏提议为吉鸿昌干杯，胡洪霞抹一下眼泪，强笑站起来干杯。吉鸿昌听了不觉得多高兴，因为他感到身上责任之重，他对邵氏说："娘，俺是为国家、为老百姓带兵打仗的，俺心里时刻有一团火，憋着要把军阀打垮，把日本鬼打垮，让老百姓都过上和平日子。俺虽说不能在家尽孝，夫妻也聚少离多，可是俺走到天涯海角，俺的心也在洪霞身上，在娘身上，在俺们全家人身上。娘一定要保重好身体，佩芳、洪霞你们要照顾好娘，总有一天，俺们全家会真正来一个大大的团圆，再也不会分开！为了那一天，俺们全家一起干杯！"全家人都振奋地：干！

像压抑已久的火山，新军阀之间的矛盾还是爆发了，中国近代史上规模最大、耗时最长的军阀混战——中原大战于1930年5月爆发了。阎锡山也是被逼的，他是前往郑州参加军事会议并准备履行国民革命军副总司令就职仪式时听到密报，蒋介石命令河南省政府主席韩复榘逮捕阎锡山，吓得他连夜逃回太原，下定了联合倒蒋的决心。冯阎桂联合反蒋，公推阎锡山任总司令，冯玉祥、李宗仁为副总司令，以刘骥为总参谋长。桂军打武汉，西北军打陇海线，晋军打胶济线，然后会攻徐州，三方总兵力达到80万。这个松散的联盟，冯玉祥却寄予厚望，他不顾钟御之等高级将领的反对，坚持把所有的部队，包括西安能打仗的部队全数都调到前线参战。

其实，战争伊始，就有人看出战局的大体未来走向，阎锡山好不容易资助冯玉祥军火，依照他商人的精明，岂能再把主力全部押注？冯玉祥的西北军，是个大家长说了算的封建军事集团，没有明确的政治纲领，只靠救国救民之类人云亦云的的空洞口号和个人私交维系一个庞大的政治集团，怎么可能经得起瞬息万变的军事考验？冯玉祥威望越高，越缺少制约，专断独裁，缺乏民主，有的士兵年纪好大了，甚至当了省主席，他依然像对晚辈一样缺乏尊重，信奉基督教的他甚至连抽棵烟都不让。没有自由的环境让将领们很不自在，有些有了地盘的将领更是打算为所欲为。战火一开，西北军后方的经济实力不行，打仗连军服和弹药都难以保障，有了以英美支援、江浙财团做后盾的蒋介石的糖衣炮弹诱惑，尤其是财大气粗、装备先进的张学良进关支持蒋介石，局势瞬间逆转，自然迅速叛变。李宗仁、阎锡山各怀心腹事，至于汪精卫、四川刘文辉、湖南何键等的支援更是一场空，这些，冯玉祥没有估计到。

吉鸿昌本着服从命令、效忠冯先生的意愿参加了这场战争。他先送走胡洪霞，让她有了身孕告诉他喜讯，同时也希望他照顾好蒋敬山。随后兵进陇海线，并迅速占领了铁路线，这时接到了阮静怀的电话，让他把铁路移交方冠群后立即撤下来，11师任务有变。方冠群也参与这个三方通话，说没有吉鸿昌协同，自己打商丘没有可能。二者都不同意阮静怀的部署，阮静怀想想，和他们说了实情：“北线刘茂恩部有异动，他临阵叛变了，投蒋了。”方冠群和吉鸿昌都非常震惊。阮静怀接着说："刘一投蒋，蒋军就撕开了一条口子。现在，蒋军第二军团正在向开封急进，有攻打总司令部的意图。冯先生就在开封坐镇，他亲口下的命令，要11师迅速开往杞县阻击，确保开封安全。"吉鸿昌和方冠群再争议，阮静怀不可置疑地挂了电话。吉鸿昌无奈地对方冠群说："方兄，你别着急，俺给你留一个营警戒左翼。你在铁路上坚持住，估计蒋军也不敢投入多大兵力打开封，等打完杞县俺马上回来，俺俩照原计划，一定要把商丘拿下。"吉鸿昌命令彭楚志留一个营归方冠群指挥，其他部队立刻出发，驰援杞县。

吉鸿昌新的对手是蒋军的第11师，师长孙铭，中央军的师长，戴着白手套，正在掩蔽部里趴在Y形炮镜上观察战场，知道西北军没多少炮弹。只见他扶着炮镜转回身来："命令停止炮击，步兵冲锋！今天必须突破吉鸿昌的前沿阵地！"孙铭的军队也不是善茬子，连续发起冲锋，指挥冲锋的营长大喊："弟兄们，我们11师是铁的队伍，冲啊！"打退一波又上来一波。这时吉鸿昌急了，抽出背上大刀，大声呐喊："弟兄们，前面是蒋军的王牌，为了俺11师的荣誉，为了西北军的荣誉，为了冯先生，杀！"吉鸿昌跳出战壕杀出去，靠肉搏拼出胜负真是不得已的举措。但是，确实守住了阵地。这让孙铭大为光火，命令上预备队，参谋长劝阻他，孙铭说："正因为他是冯玉祥的御林军，我才非要打过去！你去准备预备队，我亲自上阵。"这时，蒋介石来了亲电："孙师座铭，大局向好，不许与吉部硬拼，尽速秘密回撤陇海线组织防御。中正。"孙铭起身吩咐副官："给总司令回电。11师已遵令开拔，向陇海线靠拢。"

晚上，吉鸿昌在杞县与阮静怀前敌指挥部通电话，吉鸿昌说："总指挥，我打退了他9次集团冲锋，敌军正在向后龟缩，杞县没事了。"阮静怀："打得好，我也得到了杞县蒋军后撤的情报，冯先生说要奖赏11师。"吉鸿昌大喜："谢谢冯先生，部队消耗太大，急需补充粮弹，多奖励些炮弹吧。"阮静怀答道："没问题，粮弹都在你左翼的晋军手里，说好由他们输送，他们要你马上派人去接粮弹，晋军有得是炮弹。"余原赋在身旁叹了一口气："唉，打仗还指望别人送弹药！"

清晨，吉鸿昌率队伍走在山路上，忽然前面响起急骤的枪声，枪声一会

紧一会慢，前面队伍拥来拥去，停止了前进。小树林内，彭三原蹲在树后面，正与官兵们与遭遇的蒋军对峙。蒋军在前头一个小山包上设置了阻击阵地，枪声已止。吉鸿昌举起望远镜观察，看到蒋军阵地有一个机枪火力点，一些士兵正在拼命挖单兵掩体。忽然，对方喊话，是蒋军第二军团前卫长官，问这边是不是吉鸿昌，吉鸿昌鸣枪确认后，那边的高音喇叭开始劝降："吉将军您好，贵军弟兄们打得很勇猛，兄弟深感敬佩。蒋先生是中国政府的最高领袖，冯先生不应该跟他打仗，更不应该跟阎老西联手，目下晋军在京浦线已经全线大败了，贵军现在的处境很危险，我军主力已经从京浦线转向陇海线，贵军的部队已经崩溃，你一定是去与方冠群将军会合的吧……"吉鸿昌等将领继续听着："现在兄弟奉命通告吉将军，方冠群将军已经率部缴械，投诚反正了……"彭三原骂道："妈的，不会吧？！"彭楚志觉得这是蒋介石的反间计。这时对面请吉鸿昌确认听到了，并鸣枪。吉鸿昌鸣枪，喊话长官接着说："谢谢吉将军。现在贵军已被我军重重包围，已经没有任何可能突围，我奉第二军团长官命令向贵军宣布，命令贵军之第二路军之第 11 师全体官兵，放下武器，我们保证全体官兵的生命安全，保证吉将军的生命安全。蒋总司令将奖励全体官兵 10 万元，吉将军另有重赏，升官发财不在话下。听清了请鸣枪回话。"吉鸿昌没有回话，决定不搭理他们了，这时余原赋跑进了树林，来到吉鸿昌身边。大家都在等吉鸿昌拿主意，这时，高音喇叭又开始催命似的喊话："吉将军，吉将军，你听清了没有，你听清了没有，听清请鸣枪回话。"吉鸿昌不耐烦地朝天连发三枪，大吼："老子听清了！"

吉鸿昌决定好好再观察一下，看了一会，余原赋说，估计不会超过一个连的兵力，吉鸿昌果断地命令："趁他立足未稳抢占山头！参谋长负责打掉机枪火力点，三原带一个营立刻突击，马上行动。"余原赋指挥炮兵迅速端掉了对方的两个机枪点，击溃了这部分敌军。吉鸿昌放下望远镜："龟孙，瞎咋呼！"余原赋跑来："师座，敌人退下去了。这是敌人一个前卫连，说明敌人还在试探，没有下决心封闭陇海线，方冠群也没有缴械，不然敌军就扑上来了。"吉鸿昌说："我也这么想。但是，方冠群下落不明，俺们不能见死不救。"他决定带部队全速向陇海线推进找他，彭楚志带一个营原地警戒，接应王淮义、白副官，要保证晋军输送粮弹的安全。再派几个侦察小组扇形搜索，一定要找到方冠群。明日拂晓前赶到陇海线汇合。

在陇海线一个小车站西边，彭三原率队与蒋军激战，双方机枪用猛烈的火力向对方扫射。孙铭在指挥部里很纳闷，吉鸿昌怎么会来的这么快？一名营长急急跑进来："报告师座，敌人火力太猛，都不要命了，车站很危险。我可以人在阵地在，可是总司令就在车站后面啊！"参谋长劝孙铭："吉鸿昌天生是不要命的，他敢孤军深入，死打硬拼，事关总司令安危，得赶快向总司令报警，让他的专列赶紧退走。"孙铭稍一迟疑，吩咐道："参谋长，马上转移指挥所，命令预备队在车站后防线接防，必要时就先让出车站。我去面见总司令。"

吉鸿昌不知道蒋介石在这里，否则，双方历史都可能要改写。

车站月台上，孙铭带着督战队挥枪顶上来，身后大批援军赶到，机枪、山炮也跟着到了，声势十分浩大。孙铭大喊："不许撤退一步，谁撤退当场军法从事。"吉鸿昌这边也有一些士兵撤退，他大怒，抓住一名后退的士兵，一边向天鸣枪："不许撤，谁逃跑我枪毙谁！都跟我上！"原来这些士兵因为子弹打没了，是回来补充弹药的。吉鸿昌脸色一下沉了下来，他要亲自去找子弹供应，这时孙铭命令炮兵齐射，炮兵副官提醒他，齐射会伤到自己人的。孙铭毫不顾惜："我命令炮兵齐射！"在吉鸿昌掉链子的当口，前线督战的蒋介石完成了任务，晚上专列从容地开走。孙铭完成任务，撤出了战斗。

吉鸿昌等人走进已经撤离的蒋军指挥部，除了桌椅等日用品，撤得干干净净。随行长官们开始清理屋子，打开地图准备挂上。吉鸿昌和彭三原走进里屋，一个茶杯下压着一张纸，彭三原拿起电线看："蒋军就是阔，连电线都不一样。"吉鸿昌拿起茶杯下的纸条看，只见上头写着"吉鴻昌，後會有期。孫銘。"吉鸿昌看着孙铭的字，一笑："训练有素啊！"

晚上，吉鸿昌在小车站指挥部用暗语和阮静怀的指挥部通电话，电话里，冯玉祥失去了联系，不一会，听到电话那边传来了枪声，电话就断了。吉鸿

昌意识到阮静怀指挥部也遭到了偷袭。吉鸿昌放下电话，对余原赋说："方冠群还是找不着，我叫总指挥派兵增援他说没有部队了。"余原赋大惊："啊！全乱了。"

吉鸿昌和余原赋从月台上大步走来，二人站下，吉鸿昌看天，星光灿烂，吉鸿昌看着战场上的明月，忽然说："星光这么明，这么安静，这个美景可不太妙啊。"不一会，王淮义领着一队人抬来了一幅担架，上面是血肉模糊的彭楚志，脸色在月光下惨白，好像已经死去一样。吉鸿昌蹲上去，轻声喊："老四，你咋啦，你醒醒，你醒醒！"余原赋摸颈脉："他还活着。"吉鸿昌马上吩咐军医医治，又问王淮义："你们怎么空手回来了？白副官在哪？粮弹呢，在哪？"王淮义恨恨地痛哭起来："师座，晋军太不是东西，别说粮弹，俺们人还没到，连个招呼也没打他就撤军了！蒋军穿着晋军衣裳哄骗俺们进了包围圈，白副官阵亡了，俺带去几十个兄弟，就跑出来仨！俺回来路上遇上侦察的，听说四叔在接应俺，就去他那儿。正遇上蒋军大部队赶到，阵地被突破了，四叔受了重伤，他命俺快来陇海线跟师座会合。"

回到指挥部，彭三原问吉鸿昌："师座，咱们现在怎么办？"吉鸿昌回了下头："参谋长，你把情况给大家说一下吧。"吉鸿昌说完，又去看窗外。内室里的通信呼叫声催命般地一直没有停止，却谁都联系不上。余原赋镇静地在地图上比画："汇总各方面情报，可以得出如下结论。甲，蒋军大兵已在东、北、南把咱们三面合围；乙，西面唯一退路，通往总部开封，是蒋军留下的一个狭长的袋口；丙，蒋军用这个袋口试探我部，如果我部撤兵，就说明我军撑不住了，那时两翼迅速合拢，拦腰一击，后面打屁股，起码歼灭我半军；丁，随后追歼我军，乘胜总攻开封，直捣黄龙。"吉鸿昌走回来，对大家说："就我们知道的情况来看，现在 11 师是开封的唯一屏障，决不能轻易撤离，否则总部就会有危险。要撤离也要有总部的命令，必须有部队来接应，贸然突围就是送死。你们立刻回去深挖战壕，组织防御，听候命令。参谋长还回炮营。"

清晨，吉鸿昌登上战壕，拉余原赋上去，两人走到一边坐下。吉鸿昌良久不语，看着远方，忽然与余原赋对视："下面这一战，我的感觉不好。不行你就先回吧。"余原赋："回哪儿？"吉鸿昌低头用树枝子捅着土块，不敢直视：

“我派人连夜送你回开封，你就别再回来了。你这参谋长我不能要了！”余原赋知道这是吉鸿昌不想让他陷入极度的危险，这也表明吉鸿昌已经决意死战，他果决地站起来：“你没有这个权力。”转身就去安排炮兵布置炮位了。

吉鸿昌悲伤地望着远方，忽听王淮义从后面跑来，大喊：“师座！”王淮义高兴地说：“方军座派人来联系了。”吉鸿昌大喜：“真的！”原来来的是罗副官。

罗副官在地图前跟吉鸿昌、余原赋汇报：“冯先生跟阮总指挥联系不上，跟吉长官也联系不上，先生把命令直接送到了我们师。命令由吉长官接任前敌总指挥，我们师也听长官指挥。”

吉鸿昌问方冠群部现在在哪，罗副官说不清楚，说：“方师座怕吉长官吃亏，急着派兄弟来通知，兄弟带了四十骑闯过封锁线，突到这里只剩下十二骑了。”吉鸿昌语气平和地问：“你们分手的时候，队伍在哪？”罗副官指地图：“在这。”吉鸿昌很生气：“跑得比兔子还快！什么情况这么紧急？”罗副官说：“方师座让兄弟告诉吉长官，张学良已经通电拥蒋，东北军入了关；阎锡山也全面撤了兵，讨蒋联军实际上已经溃散了。”吉鸿昌一惊：“啊！”罗副官接着介绍战局：“战局就更危险了，蒋军已经占领了洛阳龙门，切断了西北军回撤的道路。石友三第三次背叛了冯先生，已经通电表示支持张学良。”吉鸿昌唰地站起来，拍案大怒：“这个混蛋！冯先生待他恩重如山，他居然落井下石，釜底抽薪！其他队伍呢？马鸿逵、孙连仲，他们在干啥？”罗副官说：“马鸿逵、孙连仲等部也都发生了异动。”吉鸿昌完全愣在那里，再也说不出话来。双手一背，在屋子里气愤地走来走去。余原赋静静地问：“罗副官，按你说的这些情况，那等于就是说，目前，就俺们 11 师，一个傻瓜 11 师，深陷在蒋军的重围里了？”这时，通信参谋从侧室匆匆出来：师座，方师座电话接通了。吉鸿昌赶过去，用暗语通话得知，方冠群部队已经安全撤退了，到了黄河边上，无法再增援我们，蒋军有 3 个军，9 个师包围了我们，要我们设法突围，冯先生又要下野。

方冠群部队走到黄河滩上，正准备离开堤坝，忽然炮弹呼啸而来，却扎在土里没有爆炸，副官从炮弹那跑来：是颗联络弹，有一封信。方冠群接过

信看:“这里是晋军地盘,贵军不许过河,请立刻离开,否则开火。”方冠群大骂:“他妈的,这还是友军吗?”

吉鸿昌这边,蒋军的一个排长打着小白旗,带着一队戴着白袖章的士兵,两人一抬,抬着7口沉重的箱子,给送来了大洋,士兵走了,只留下排长一个人,排长傲慢地说:“快来人交接吧,有饷钱还不要吗?”双方签收后,蒋军排长这才向自己的阵地走去。这时天上飞来了蒋军的飞机扔下了一个箱子,里面是一个布袋子,写着:“吉鴻昌將軍親啟”。

这些东西拿到指挥部,吉鸿昌打开布袋子,看到了印着蒋介石头像的委任状:“兹任命吉鸿昌为讨逆军第22路总司令,蒋中正。”再把箱子打开,只见里面都是白花花的银元,光洋上附着一张纸,吉鸿昌拿过来轻声读:“吉将军世伍阁下,张将军学良率东北军已经入关。贵军阎总司令长官、冯副总司令焕章先生已经下野。贵军之石友三、刘恩茂、马鸿逵、孙连仲诸部已经投诚。贵军之第11师已经被我包围,且弹尽粮绝。蒋总司令有意收编贵军,特奉上贵军军饷40万元,以输诚意。先奉20万,余暂存我部等贵军答复后送到。”彭三原又撬开两只箱子,里面也有同样的劝降信,彭三原又递给吉鸿昌一张,吉鸿昌一下撕碎,脸气得铁青。

吉鸿昌让人带着钱箱来到阵地,一手提轻机枪,枪带在肩,一手拿着委任状来到钱箱旁,用脚将上头一只钱箱蹬倒,银元滚落一地,他冲天扫射,愤怒大喊:“贵军兄弟们都听着,老子是吉鸿昌。蒋介石放纵日本人打中国人,老子誓死与他决战,宁愿战死饿死,也决不会被他收买!这就是吉鸿昌的回答!”吉鸿昌举起委任状,冲对方阵地撕得粉碎。

豪情过后的寂静夜晚,银元在月光下发出诱人的闪亮,辉映着吉军伤兵眼里饥渴的目光。

蒋军的大喇叭又向吉部喊话,传出一个女人娇媚的声音:“贵军也已被我重兵包围,弹尽粮绝,四面楚歌。贵军唯有速速放下武器,归附中央,才有生路……”喇叭广播撼不动吉鸿昌的意志,却让士兵们感到命运堪忧,银元被用来发饷。

这时，方冠群的罗副官头上扎着绷带，洇着血渍，臂上戴着白袖章，打着小白旗，一个人从蒋军阵地上走过来。吉鸿昌惊问：“方冠群也附蒋了？他不都跑到黄河边去了吗？”罗副官递上方冠群的信：“世伍，晋军封锁了渡口，我无法过河，已被蒋军包围，我也收到了蒋先生的委任状。你打算如何？如要拥蒋我们就一致通电。方冠群。”这时，仓库救护站传来彭楚志病危消息，也是因为没有药。吉鸿昌悲愤无语地看着彭楚志，眼眶里噙满颤抖的泪花。余原赋只好托罗副官先回去，从那边给弄些药来。

白天，蒋军阵地站起一位长衫戴礼帽，手里提着一个包裹的老先生，这就是蒋敬山先生的老师龚同先生，他带来了吉鸿昌急切需要的救治彭楚志的药。

吉鸿昌和龚同在车站的一个屋子里见面了，龚同从徐攸问粮讲起，吉鸿昌没心思听，打断他，龚同只好直奔主题：“将军不是还有大刀片嘛。敬山有一个观点我很赞同，‘没有主义便没有革命’。冯先生手里有天下最强悍的队伍，而蒋先生手里有杆三民主义大旗，胜负就从这里分出来。”吉鸿昌扔了烟：“他那杆大旗是假的。”龚同一语切中要害：“假的也比没有强，百姓认这个。”吉鸿昌输了一局，龚同又点到要害：“方冠群为将军袍泽，我来前跟他通过电话，他说他与将军有约，是要打日本的。将军手下这上万士兵的生命，总不应丧于无望的内战吧。”

吉鸿昌一警，眼前浮现起他俩在洛口祭典济南惨案死难军民，下跪起誓的时光。

龚同开始装姿态：“我本是闲云野鹤，云游三江，不问天下事，于官僚不齿，于说客当羞。我来见将军，是为了将军乃敬山所钟爱的学生，不愿看到将军手下这万多名士兵遭受无益之屠戮。介石先生表了态，一切为国家统一，西北军所有归附中央的部队，全部由西北军长官自己点编，他绝不插手。”他用眼睛瞄见吉鸿昌对这个不感兴趣，就用江湖义气激他：“将军何不效法关云长和刘玄德，他们也曾归附过曹操。古往今来，英雄气短之刻，恰是励志之时，勉从虎穴暂栖身，来日方长，深望将军有朝一日能率军扑杀日寇，为民族创

建伟功啊！”吉鸿昌点上烟长吐一口。龚同最后表达诚意：“蒋军为了进一步表示诚意，愿意把两翼部队都后撤十里，再给将军两天的时间考虑。将军以为如何？”

四面重兵围困，伤兵缺医少药，同僚纷纷叛降，部队弹药将尽，吉鸿昌从没有打过这么颓丧的仗。

晚上，吉鸿昌与各位长官开会研究前途，余原赋说地形和军事重围的困境，张晋雄劝他：“师座，韩复榘、石友三、孙连仲、马鸿逵，哪个不比俺们兵多官大，又都是先生的宠近，他们都附了蒋，俺们还犹豫什么？”彭三原说：“大哥不要再犹豫了，跟冯先生这些年，要粮没粮，队伍没前途啦。”余原赋看着大家七嘴八舌，以东北人特有的直率直接说出了答案：“都别说了，师座的为难靠说解决不了。师座跟冯先生太近，迷瞪不出来了。我不是善拿主意的人，可是这一回师座你拿过了主意，我就要坚决来执行。我今晚就回郑州整理留守处，回来大家一起举白旗，通电拥蒋！”吉鸿昌百般纠结，痛苦不堪：“你就不能再等等吗？”

余原赋出去了，只见黑夜的道路上，他带着几名士兵骑马飞驰向蒋军小分队，余原赋打着小白旗，一路奔驰过来，一路喊着：“蒋军兄弟们，别拦我，我归附中央了。”指挥部内只有张晋雄还陪在吉鸿昌身边，刚才散会的时候，吉鸿昌留下了他。吉鸿昌看着他：“晋雄，你跟我这么多年，你是了解我的，其实附蒋是唯一的选择，我早就选择过了，我不能丢下这个队伍一走了之。我刚才说的那些话，不是我想要做的。可是我憋屈，我难受。我以后还见不见冯先生？啊？我见不见？”他眼睛又红了。张晋雄劝道：“我明白，冯先生与我们恩重如山，哪能说断就断？以后还可以把队伍拉回去，你不能过于自责。”吉鸿昌一下站了起来，系武装带，戴帽子，两人大步走出去。

吉鸿昌做出痛苦决定的时候，冯玉祥在专列车厢里接过参谋送来的电报，看电文：“焕章兄，下野未必不是好事，来日方长。蒋中正。”冯玉祥苦笑，专列停下来，他孤独地走向原野，只有几名亲兵在他身后远远跟着。

梁师侠在一个屋子里，神州风雨都在胸中，他奋笔疾书，抒发满腔的愤懑：“当英雄们蛟龙失水，什么主义都会赞成，我想对他们中的我的一个朋友说，不要蘸着工农的血，签字在自己的支票上！为了中华民族的自由、独立和解放，努力奋斗啊！”

吉鸿昌接受蒋军改编，被蒋介石委任为第二十二路总指挥后，调往豫、鄂、皖边境，专门围剿红军，归豫鄂皖边区绥靖督办李鸣钟节制，西北军其他被收编的部队也被远远调开。从此，吉鸿昌的人生开始了新的阶段，直到他壮烈就义。

第十八章

监军眼下被逼出国

光山、商城一带，第二十二路总指挥兼第30军军长吉鸿昌在指挥进攻鄂豫皖苏区的红军。

指挥部挂着蒋介石的像和青天白日旗。中将吉鸿昌在指挥防守城关，一名穿着少将军服的长官正坐在椅上，似乎在垂着头呼呼大睡，打着小鼾，远处传来的枪炮声丝毫不影响他入眠。他叫路云乡，是蒋介石派来的特派员，监军。

余原赋来禀报：“军座，这回红军是打东关了？”吉鸿昌回答：“是的，命令各城关加强防守，我亲自带手枪营去东关增援。”吉鸿昌和王淮义匆匆出门，这时，路云乡其实正睁开一只眼睛偷看吉鸿昌出门。余原赋打完电话就走到路云乡身边，推了推他：“路特派员，您醒醒，路监军。您上屋睡去吧，这样睡多不解乏呀。”路云乡“醒”来：“我又睡着了？外面这枪炮声，是赤匪又来了？”余原赋说：“偷袭，这些日子不都是这样吗？白天太平无事，一到夜晚就来骚扰。”路云乡问：“军座呢？”余原赋说：“他怕有闪失，亲自带手枪营上城头去了”。余原赋去给他沏茶，路云乡走到指挥大案前看一张每天由余原赋标绘的“第22路軍剿赤總態勢圖”，余原赋端茶来到，假装恭维：“路大人，您好端端地在南京做大官，这回被我们连累到这里来监军，不害怕吗？”路云乡笑笑：“怕什么？我是黄埔出身。你这一手标图，也算是一流了。”

吉鸿昌来到城关门前，小声告诉王淮义：“行了，收兵。”一发信号弹打出去，枪炮声果然渐渐停息了。几名士兵打开城门，从外头涌进来许多“红军”。为首的是彭楚志，戴着红军帽，穿着破烂的军装，蓬头垢面，他小声对“红军战士”说：“赶快休息，不许声张，明天把红军军装都交上旅部来，还有枪。别被监军发现了。”吉鸿昌走上前去，开玩笑：“欢迎红军长官来城视察，老四，你咋成这样了？”彭楚志埋怨道：“还说呢，这十来天可把俺们苦坏了，整天钻山沟，要吃没吃，要喝没喝，晚上都不允许回城，还得我们吃野菜当饭，真不知道红军的日子是怎么过的！”吉鸿昌说：“天不黑可不敢进城，要让路监军察觉了，你我都得掉脑袋。再说，不把你们饿瘦了，哪像红军？”彭楚

志苦笑："这差事俺下回不干了，俺受够了。"

清晨，吉鸿昌军部附近非常安静，只有鸟叫。路云乡早早起来，来到自己的内室，用自己的专用电台和电话给蒋介石发报，专门配备的两名报务员早已在这里等候，路云乡边打呵欠边口授："等级，绝密。蒋总司令，卑职所在之第22路军30师，今晨又粉碎赤匪一次袭击，该部战报已由军部电呈军委。经卑职所察，本月数次战报，都系吉鸿昌与赤匪打假仗，纯属鬼戏。特报总司令明察。路云乡。"

白天，余原赋给吉鸿昌报告账本，原来，上面补充的枪弹数量已经不足向红军偷偷输送。吉鸿昌惊讶，他以为余原赋不知道自己一剿红就给红军送粮食弹药。吉鸿昌尴尬地一笑："俺不想打内战，这日子太难熬。"余原赋说："你可以不熬，可以辞职呀，这正是委员长想要的。"吉鸿昌是被改编后去天津把余原斌接过来的，这次做参谋长余原赋的妻子是反对的，吉鸿昌向她保证余原赋安全，才答应的。但是余原赋每天给吉鸿昌画假地图，写假战报，这样的日子什么时候是头。余原赋对吉鸿昌说："那位路某人，经常会忽然出现在我身后，不出声，脸上没有一点表情，就静静往那儿一站，跟鬼魂一样，好嘛，你说瘆人不瘆人。"

其实，路云乡不是光监军，他还要破坏这只吉鸿昌一统江山的队伍，这位当年在上海清党委员会做过情报处长的人，演技一流，心思缜密阴毒。余原赋一天提醒吉鸿昌，说路某人在拉拢老二张晋雄，有一次他无意中闯进去，两根金条都没来得及收起来。吉鸿昌不高兴了，说我们铁哥们怎么会背叛我？你要不是忌妒他，就不要再多事。余原赋看着他说："我再多嘴一句我是孙子！"

没过多久，吉鸿昌要去武汉开会，他临行对路云乡说："特派员，我走以后，队伍由张师座代理指挥，你有什么事可以找他办。"路云乡打着哈哈："军座放心，只是我一个闲人，哪会有什么事。"吉鸿昌的车开走了，路云乡见余原赋不高兴似的，便凑上前去套近乎，一打听是老婆病了，忙递上一张银票："这上面有五千块钱，参谋长拿去花吧！"余原赋立即警觉推辞："路监军，你不用试探我，我的军饷够花的。”拂袖而去。路云乡眼神阴鸷，暗骂：“不识抬举。”

路云乡却在张晋雄的35师师部得到了盛大欢迎，张晋雄身穿少将军服，率领全体师部长官在门前列队相迎。路云乡是专业党棍，他谦和地向张晋雄和长官们拱手：“不敢当不敢当，兄弟就是随便来转一转，请长官们快去休息吧。”进入35师师部，路云乡微笑着看张晋雄：“这次委员长给30军拨来一批军备，都被军座截留在30师了，你35师毛也没捞着，对不住你了。”张晋雄说，30师跟在最前线与红军对仗，他们更需要。路云乡编造谎言：“嗯，委员长说的不错，张师座就是正派，心胸宽广。”张晋雄受宠若惊：“委员长夸我了？”路云乡很认真地：“是啊！我把情况向委员长汇报了，委员长亲口说的。委员长的原话是，张晋雄心地正派，心胸宽广，有革命斗志，再给35师补充更好的武器装备。”张晋雄高兴地谄笑：“那太好了，谢谢特派员给兄弟美言。”路云乡又从口袋里掏出银票：“这是两万元，委员长专门叫我给师座的慰劳费，拿着。”张晋雄起立立正：“感谢蒋委员长！”这次想都没想就接过去了，在当时，两万元可是大数据。

两人坐下，路云乡试探：“听说吉鸿昌正在四处联络反蒋，有无此事？”张晋雄瞒不住了，低头一笑，才抬头说：“那是去年的事了。你是知道的，去年南京欠了八个月的饷，怎么也催不来，那时军座跟我们商量过一起去找委员长当面要钱，就是发发牢骚而已，谈不上四处联络，没有。”路云乡又鼓动张晋雄在吉鸿昌不在家时去打红军，他指着地图：“老弟，就是这一带，你可以再去侦察一下。吉鸿昌去汉口开会，部队由你指挥，老弟何不利用这个天赐良机，打一个大胜仗？到时候兄弟一定保举你当军长。”张晋雄紧握拳头，在地图上潢西一线砸了一下。

晚上，张晋雄招待彭三原，好菜一桌，喝着酒。张晋雄说：“路先生说，红军越打越大，委员长对咱22路很有意见。”彭三原生气地骂道：“别听这小子胡扯，贼眉鼠眼的，一看就不是好东西，他离间咱们大哥，是想让咱们去替他卖命，然后再收拾咱们。”张晋雄把银票转交给彭三原：“你先看

看这个。”彭三原接过一看大喜：两万！见面分一半？张晋雄诡秘地：“我不少这个钱，你都拿去，这事可不能叫大哥和四弟知道。”彭三原急忙点头：“兄弟明白。”

张晋雄三兄弟现在还保有警惕，但是，他们赳赳武夫，再有心机，也玩不过专业党棍，这些人以玩弄人心为能事，逐渐征服你的心灵，控制你的大脑运转程序自有一套。他们可以放几十年的长线钓大鱼，可以毫无痕迹地请君入瓮。

吉鸿昌从武汉回来，他听委员长在长官会议上表彰了22路35师，说是剿灭红军一个营，他一进驻地，余原赋告诉他的却是：“哪里是消灭红军一个营，正相反，35师贸然出兵，撞进了红军的伏击圈，倒被红军歼灭了一个团，团长阵亡。”吉鸿昌大惊：“啊！被红军歼灭一个团！张晋雄这仗是怎么打的，他伤重不重，人在哪呢？”是路云乡做的假战报，只好掩饰：“张师座倒只是受了点轻伤，还算好。”

吉鸿昌去看望张晋雄，听了实情，回头就问：“路特派员，你这可是谎报军情，我要向委员长如实报告。”路云乡正色回应：“总指挥，你不必威胁兄弟，兄弟也是照总指挥之前的规矩做的主，之前的战报有哪件是真的？你在前打假仗又怎么说？打假仗和打败仗可不一样。”吉鸿昌一时语塞，便对张晋雄道：回头再找你算账。路云乡看吉鸿昌出去了，马上去忽悠张晋雄：“晋雄老弟，你把心放宽了。22路的事吉鸿昌说了不算，委员长也都听我的，这次你立了战功，在委员长那里已经备了案。接下来，兄弟就保举你当军长。”张晋雄步步上套，只好向路云乡抱拳：“路先生的恩德，兄弟终生铭记。”

晚上，吉鸿昌回到屋子洗脸，一边擦脸一边问余原赋：“参谋长，你说晋雄这一仗是怎么打败的？居然一次战斗就损失一个团一千多人。从前西北军的铁军怎么成了窝囊废？红军的武器装那么差，他们是怎么打下这仗来的？我很想去苏区见见我们的对手。”余原赋不敢说真话：“那敢情好。可是也得人家愿意见你才是。”余原赋知道吉鸿昌一直在四处联络红军，这句话也是试自己的态度。吉鸿昌倒是直说了："你小子，揣着明白装糊涂。老弟，俺有件事一直就想问问你。如果，我是说如果，如果我带部队去投红军，你会跟我一起走吗？"余原赋说："这件事你不需要问我，该问你的师长和旅长们。"吉鸿昌轻笑："切，那还用问吗？我是总指挥，一个师长，两个旅长都是我兄弟。"余原赋微笑着低下头，心想，你太简单了。

王淮义不一会儿进来了，余原赋感觉到他和吉鸿昌有事要说，走了出去，把门带上。王淮义掏出一封信交给吉鸿昌："我见着梁先生了，这是他给军座的信，想邀请军座去苏区看一看呢！"吉鸿昌接过信打开看，喜上眉梢："太好了！"

吉鸿昌的苏区之行踌躇满志，满面春风，他穿着长袍马褂，戴着礼帽，拿着斯的克手杖，走在苏区的村屯街路上，看着与国民政府统治区不同的风貌和民情。在这里，他也见到了梁师侠，在镇上的住处，吉鸿昌对梁师侠说："好些日子没有这么高兴了，让俺想起当年北伐那个时候。"梁师侠无限感慨："是啊。北伐革命是个激情的年代，令人难以忘怀。我甚为冯先生可惜。曾几何时，美国《时代杂志》称他拥有世界上最大的私人军队，最终还是一朝灰飞烟灭。红军目前虽然还穷困弱小，但是有理想，有主义，有同志，星星之火可以燎原。"吉鸿昌听着，无限神往，他说："这一回来，我有个心愿，一定要亲眼见见指挥这一仗的红军长官。"

吉鸿昌的"朝圣之旅"很艰辛，走在崎岖的山路上，四望全是大山连绵，看脚下荆棘丛生。向导引着他们前进，下山时，吉鸿昌对着大山回望，大声唱起梆子来：

神仙山呀神仙山，十里百里呀没个人烟。

要问这山里呀，住的啥神仙？

俺心中的红军耶，它叫浪漫，咹，咹，哎嘿咹——

终于摸到了红军师部，却被告知，徐师长出去了，要过一阵子回来。吉鸿昌就在这里四处打量，一边跟红军战士攀谈。王淮义和他翻看箱子里的书，线装书、石印书、手抄书，什么都有：《什麼是共產主義》、《論黨內

左派幼稚病》、《星星之火可以燎原》、《紅四軍游擊戰術》……可以说禁书应有尽有。

正在看书，梁师侠带着徐师长进来了，并为双方引见，吉鸿昌肃然起敬："原来你就是红军徐师座！"急忙敬礼："徐师座，吉鸿昌有眼不识泰山，刚才失礼了！"徐师长与陌生人不善言谈，还个礼："吉先生别客气，我也不会招待人，怠慢你们了。"吉鸿昌把徐师长的手紧紧攥在手里，动了感情："徐师长，我真是不敢想象，真是不敢想象啊！我真是有眼不识泰山，不可思议，我还以为你是……你太了不起了，有你这样的师长哪能不打胜仗，红军太了不起了！"徐师长被夸得很尴尬，笑着说："我没啥，我有啥？是战士们了不起"。

吉鸿昌在苏区盘桓几日，全面感受了苏区在共产党革命初期像其他政权初期都有的那种朝气，在清贫的日子里，人们没有更多权力和物欲之争，对共产主义理想的向往掩住了在其他地区可能会激化的矛盾，这在吉鸿昌一个军人来说，足够动容。他从进入西北军队伍以来，就铭记冯玉祥爱国爱民的训导，他感到苏区这里落实的才是好。

徐师长送别吉鸿昌和王淮义时，走了很远，一路上，吉鸿昌悉心聆教。分别时，吉鸿昌把自己内藏宝剑的手杖赠给徐师长，说："这次来让我大开眼界，红军不愧是老百姓的队伍，这条手杖，就送给徐师长留作纪念吧。"徐师长拔出腰间的盒子枪，递给吉鸿昌："我听首长说，你的志向是打日本。这把枪是我的老连长用性命缴获来的，他嘱咐我有朝一日打日本鬼子，就用它，我一枪也没放过，一直珍藏着。我没有礼物可还，就把它送给你吧。"吉鸿昌感动得不行，双手接过："谢谢你，徐师长，我也会珍藏着它，直到打日本鬼的那一天！"梁师侠、吉鸿昌、王淮义向山下走去，吉鸿昌还在留恋地不停回首。

晚上他和梁师侠住在镇上，他直接问梁师侠："梁先生，我这回见了红军，就是我心中理想的队伍，你看我把22路整个拉过来参加红军，可中？"梁师侠感到意外："世伍，你真有这个想法？这么大的队伍，你有把握吗？"

吉鸿昌乐观地说："有把握，都是我的老队伍，听我的。中原大战附蒋的时候，我还怕队伍不听我的，可事实证明他们听我的。附蒋都愿意，投红更不用说了。"梁师侠忧虑地提醒："世伍，这件事你可不能大意。我可以向组织反映你的要求，不过你得拿出行动来表示诚意，毕竟22路不是刚跟红军交过手吗？"梁师侠提醒他："我听方面军首长说，你曾经答应给红军搞电台，到现在还没有兑现？"吉鸿昌说，我已经派人去上海买电台了，这需要时间啊。他到梁师侠近前小声说："告诉你个秘密，我已经派人去联络反蒋的军队了，准备联合反蒋的有山西商震、广东陈济棠、山东韩复榘、邯郸石友三，还有方冠群，这不都是俺的诚意吗？"梁师侠笑着："反蒋是好事，不过你这些反蒋人士多数也都是军阀，今天打蒋，明天打红，韩石二人都是著名的倒戈将军，我还要提醒你提防他们呢！"吉鸿昌听不进去，认为是共产党不信任他，索性提出要加入中国共产党。梁师侠说，我会尽快向上级汇报，说着送给他一本书，吉鸿昌打开一看，封面是《閒情偶記》，里面却是《共產黨宣言》。

吉鸿昌和王淮义回到军部，听洪副官说，参谋长通知军部要转移，吉鸿昌一看，门口有两辆马车正在装东西，他大怒，自己是军长怎么不知道军部要转移，正气呼呼地到处找余原赋，王淮义提醒他："军座，这事参谋长可能不做主，路特派员在。"余原赋不一会儿赶了来，这才知道，吉鸿昌派去联络反蒋的人被路云乡一路跟踪，在汉口人赃俱获，逮了个正着。然后，路云乡给各师旅长打电话，说军座你通匪失了踪，要各部队管好自己的人马，再出差错决然枪毙。之后路云乡也"失踪"了。吉鸿昌一拍大腿："坏事！"余原赋说："还有比这更坏的。路某人才走，方冠群的人又来了，通知说委员长已经派出十一个师正在逼近潢川，要解决咱们，要军座尽快想法脱身。师长旅长团长什么的，要各自行动，你再不回来，队伍就解体啦！"吉鸿昌没想到会出这么大的事情，马上让余原赋通知开紧急会议。

会上，吉鸿昌的三个兄弟和他发生了争执，都对他不辞而别进入苏区表

示不满，对通赤可能给他们和30军弟兄带来的危机表示忧虑，会议不欢而散，也显现了吉鸿昌将来策动兵运失败的萌芽。这些，吉鸿昌还没有感到。

由于蒋介石追得很紧，豫鄂皖边区绥靖督办钟御之被紧急派来，让他兼任30军军长，可是钟御之不想干，就让张晋雄代理。钟御之还带来了一个坏消息：蒋敬山在西安病逝了。吉鸿昌一听，一时失神，这才没过多久啊！据钟御之说，去世时，只有一个人——胡洪霞为他安葬。

第二天，钟御之将官兵们集合到校阅场，他面对战旗猎猎，开始宣讲："第22路军在剿赤的作战中是勇敢的，是有战功的，委员长是满意的。这次你们军座下野，是委员长有意栽培他，叫他出国考察，他还会回来的。在他没有回来之前，由第35师师长张晋雄代理第30军军长。授旗！"

在军乐声中，张晋雄走上校阅台，从钟御之手上接过军长斗篷和佩授等行头。

吉鸿昌这时已是闲云野鹤，他穿着长袍孤独地站在城上，远远地看着钟御之检阅部队。余原赋在他身后默默地陪着他。吉鸿昌回头问他："你有什么打算？"余原赋伤感："我这样没出息的还能有什么打算？回天津守老婆孩子，尽孝，我对你有个最大的不满。"吉鸿昌惊讶："嗯？啥不满？"余原赋说："你又反蒋又联红，秘密做了那么多事，居然一个字也没告诉我。"吉鸿昌回转过身，双手扶着余原赋的双臂："对不起你。我是不想连累你，事情不成功就会杀头的。"余原赋拨开他的手："你以为我整天跟着你在战场赌的是什么？不就是赌脑袋吗？"吉鸿昌激动地把余原赋拥抱，忽然他松开手，看着余原赋："你放心，我还会找你的，下回再有事我一件都不瞒你。"

第30军的队伍在张晋雄、彭三原、彭楚志的带领下唱起了《民国陆军军歌》：

风云起，山河动，黄埔建军声势雄，革命壮士矢尽忠。

金戈铁马，百战沙场，安内攘外作先锋……

吉鸿昌感慨道："现在不唱'国民革命齐努力'，改唱'安内攘外作先锋'

了。当年俺带着一个排，张晋雄、彭三原、彭楚志他们都是小班长，浴血拼杀了 14 年，成长为一个军，今后，它不再属于俺了。”余原赋问：“你伤感吗？”吉鸿昌淡淡地说：“俺不伤感，梁先生说过，私人军队就是军阀，吉鸿昌从今天起，就没有了私人军队了，也就不再是军阀了。俺天生就是要带兵打仗的，俺还会东山再起。那时候，俺带的一定得是属于全中国老百姓的抗日军！”大风扑面而来，吉鸿昌傲然挺立城头，面庞无比坚毅。

第十九章

无心留洋求抗战

吉鸿昌被逼出国考察的时候，已经是1931年9月，“九一八事变”的爆发，让全国抗日热情进一步高涨。吉鸿昌在上海作出国的准备，即使他一直在家里不出门，也能从窗外感受到街头组织抗日演讲、募捐的氛围。

吉鸿昌、胡洪霞、傅崇林、王淮义在餐厅吃完饭，走出门挤进人群，看青年演讲：“我们中华民族，面对列强的侵略，决不能够屈服，我们强烈要求南京政府决不要妥协，要倾全国之力，奋中华之勇，组建义勇军北上抗日，向北向北，去收复国土，把小日本赶出中国去！”接着就呼喊口号，市民跟着喊口号的声音如黄浦江的浪潮。王淮义抢到一张传单，递给吉鸿昌看。这是一张《申报　号外》，粗黑的标题写着“九一八事變爆發”。市民们唱起《马赛曲》来。吉鸿昌看着传单：“真打起来了，这下用不着出国了！”

解职出国，用钱倒是不缺，但是并不自由，特务路云乡一直带人跟踪，监督他的一举一动，第一，必须出去；第二，必须在国外乖乖地。吉鸿昌这时还没有感受到跟踪的是谁。

在饭店吃饭的时候，吉鸿昌在沙发上一落座就解开领带，对傅崇林说：“我要去南京。崇林，马上给委员长发报，我要请缨，带兵与日军作战。”胡洪霞看着他的犟劲有些担心，傅崇林委婉地劝他：“世伍，船票都订好了，后天就要出国，恐怕委员长不会同意。”吉鸿昌急了：“这由不得他，日军攻占了辽阳，这比“二十一条”还耻辱，是奇耻大辱！恐怕连蒋介石也不能忍受。他能无视全国舆论吗？他一定会派兵抗敌，全国都沸腾了，这不是当年的济南，就一个师团，打过敲诈过还退还给你。这是辽阳，是十几万关东军开仗了！要霸占全东北！”王淮义在旁插话：“那恐怕委员长就更不敢打了。”

他走到衣柜里找军装，却看到的都是满满挂着他和胡洪霞的西装、大衣等出国行头，胡洪霞、傅崇林相视一眼，不作声。吉鸿昌在衣柜里一边问胡洪霞，一边急急地翻找。傅崇林小心地说：“昨天吃晚饭的时候，路参议带人来把军装都取走了，说是先存放在军政部。”吉鸿昌一提路云乡就心烦，冲傅崇林埋怨：“你怎么没告诉我？你应该告诉我！”他抱出几件衣服摔在地上：“我不出国了！谁爱出谁出！”他还让傅崇林给蒋介石发报，说他誓死抗日，不出国了。大家都劝不了，只好随他，傅崇林和王淮义出去发报，胡洪霞坐在他身边：“我陪

着你等回电。”吉鸿昌拉起胡洪霞的手紧紧攥着：“我想委员长会让我带兵的。”

吉鸿昌过高估计了群众热情的实效性，群众是个成分非常复杂的集合体，即使有热情也需要有效的组织、动员、保障，和国内外合适的客观条件，不要说他，即使是蒋介石也不能有效组织民众，执政党国民党内部也是矛盾重重，蒋介石想国内全面统一，做好抗战准备再抗日，但是日本不会等他。这就是中国的不幸和日本的万幸。

当时的国内，以下这段描述最透彻。

1932 年“九一八事变”周年前夕，东北问题研究会影印了陈觉编著的《九一八后国难痛史资料》，东北民主人士王卓然为该书作序。序言句句血泪：“国民不相信政府而依赖政府，政府不信任国联而依赖国联。负责当局只知放空炮、闹意气、避责任、耽骂名。社会群众只是散传单、呼口号、贴标语、发宣言。有枪阶级大多狂嫖滥赌如故，有钱阶级大多数骄奢淫逸如故，凡亡国之条件，莫不具备。”王卓然以东北人直奔主题的直率说出了十分发人深省的实话：“国必自伐也，而后人伐之。吾国之至今日，吾人唯有自恨‘没出息’，于日本何怨？按之物理‘力永向抵抗力小之路线进行’，故今日中日局面，不是日本人太强，而是中国人太弱，不是国联不帮忙，而是中国不自助。”“更望全国同胞，鉴往追来，死里求生，共同扎挣，以逃此亡国之大劫也”。著名新闻记者、著者陈觉在《叙言》中发出愤怒的质问和深刻的反思：“国难当前，国运系于一线，若仍意见纷争、依赖、敷衍，我国前途何堪设想？昔苏俄与土耳其或以积弱，或以战乱故，苦难渊深，卒能振拔。破落如印度，劫于强权，不能自活，亦以甘地之不合作主义，倾全国之力，折大不列颠之威，起国魂于九原之下。中国纵不能为苏俄为土耳其驱驰于新世界，并印度又下之，尚何颜称为国家称为民族？呜呼！心非木石，步泽畔以行吟；眼看江山，对新亭而洒泪。”

当然，这是大知识分子眼里的抗战困局，吉鸿昌未必有他们想的那么宏观、深刻，无法看到国际政治、民族性格和文化基因的深处，他是好人，也是淳朴人，爱国爱民爱得非常直接、真纯。

等了好几天，蒋介石的回电也没有等到，却等到了路云乡等人的催促，他必须登上离开上海的邮轮。吉鸿昌被一伙高壮的宪兵推搡着踏上跳板，向邮轮上推去。吉鸿昌还在大叫着："政府不做主，俺们自己去抗日又犯谁家的法？日本鬼打进家来啦，他不抗日俺要抗日！俺是个中国军人呀，俺的同胞在流血呀，俺却要去留洋了呀！"他最后发出的声音在颤抖。王淮义和傅崇林扶着胡洪霞上船，他们都悲愤地看着吉鸿昌的背影。

画外邮船汽笛鸣响，发出了震人心魂、令人沉痛的呜咽声。

邮轮停靠日本，吉鸿昌还是发现了路云乡跟踪的影子，他过去问他，为什么到日本还跟着我，路云乡说是去看朋友，就溜了。但是，他所到的每个国家都有国民政府驻外使馆的人员搜集有关他的行踪的报告，并陆续反馈给蒋介石。

轮船慢悠悠地在太平洋上航行，与国内十万火急的战况映照，更让吉鸿昌心急如焚。好多次清晨，胡洪霞睡醒时，看吉鸿昌不见了，出去找他，却发现他独自站立在船舷边，面对着海上千变万化的风景发呆，北太平洋的风很冷，也很潮湿，他完全不顾。

年底时候，他们一行到了美国，吉鸿昌在那里反倒接连遭遇意想不到的刺激。那里的头等旅馆不接待中国人，却对日本人毕恭毕敬。有一次，吉鸿昌要往国内邮寄衣物，邮局职员竟说世界上已经不存在中国了。吉鸿昌异常愤怒，刚要发作，陪同的使馆参赞劝道："你为什么不说自己是日本人呢？只要说自己是日本人就可受到礼遇。"吉鸿昌当即怒斥："你觉得当中国人丢脸吗，可我觉得当中国人光荣！"为抗议帝国主义者对中国人的歧视，维护民族尊严，他找来一块木牌，用英文仔细地写上："I am Chinese!"（我是中国人！）

吉鸿昌有激情，也善于演讲，也善于应对媒体，他在美国期间，多次接受记者采访，以事实揭露了日本侵略中国的种种罪行，并谴责英国纵容日本侵略中国和蒋介石对日妥协的丑恶行径。在德国时，吉鸿昌曾多次要求到苏联进行访问，遭到使馆的百般刁难，不予签证。悲愤之下，吉鸿昌挥笔疾书："归来报命日，恢复我神州。"吉鸿昌走过纽约，走过哈瓦那，走过伦敦，走过巴黎和马赛，走过德国，最终他踏上了返程的法国邮轮。

在法国的轮船上，听着美国的广播，里面播放着吉鸿昌街头演讲的声音，胡洪霞一时还觉得新奇，毕竟广播在中国还不普及，一直到80年代，在百姓家里还是稀罕物。快到上海了，清晨，胡洪霞从身后走来，温柔地抱着他，

问吉鸿昌：“回去有什么打算？”吉鸿昌回答：“带兵！”胡洪霞问：“你认为委员长还会让你带兵吗？你不能对蒋介石抱有幻想。我是担心你”，她以一个女人的直觉感受到蒋介石对他在国外四处演讲，还广泛接受媒体报道的不满。两人不再说话，海上的迷雾越来越浓。

吉鸿昌刚一到上海，就接到了蒋介石要召见他的电报，他兴冲冲地准备着，构想着抗日方略，同时火速赶到武汉。

首先他要找娘家，来到30军汉口办事处，他和王淮义抬头看着高大的洋楼，吉鸿昌感叹道：“这才几天，30军就今非昔比了，连办事处都成洋楼了。”走到门厅，路参谋过来迎接，原来张晋雄和彭三元、彭楚志也在，只是出门去了，要等一会。吉鸿昌要给他们打电话，陆参谋有些为难地：“对不起老长官，用电话联系部队，得军座批准才行，这是张军座的命令。”说话间，张晋雄回来了，吉鸿昌看去，老二正踌躇满志地，与路云乡谈笑风生一起走上楼梯。当张晋雄走到客厅外，忽然像吃了一惊，愣着站下了。吉鸿昌和王淮义已经走过去迎候他了，吉鸿昌哈哈笑着上前，豪爽地拥抱张晋雄，也和路云乡寒暄了几句。张晋雄支开了路云乡，引着吉鸿昌、王淮义进到军长室。

吉鸿昌打量房间，房间里家具都是西洋式的，十分气派。墙上挂着蒋介石像和青天白日旗。吉鸿昌笑着说：“你这屋好气派呀，都赶上伦敦议员的屋了。”张晋雄苦笑：“大哥你别批评我，我们现在是国军，经常要接待高官，还有富豪，我这个办事处就算寒酸的了。”接着又小声对吉鸿昌说：“毕竟我们不是黄埔系的中央军，经费不足，你懂的”，这时，陆参谋又进屋，把两碟孝感麻糖放在茶几上。说完就借口出去了，来到了路云乡的参议室，随手关上了门。

张晋雄对路云乡说：“路参议，你可得给我作证，吉鸿昌是自己找上门来的，不是我请他来的。”路云乡放下文件：“军座，你现在位置已经坐正了，你怕他干什么？”张晋雄担忧地：“你不了解他，他是无事不登三宝殿，就怕他要生事。”路云乡眼神阴鸷，暗含机锋：“生什么事？只要你忠于党国，忠于蒋公，心里无事。”张晋雄真诚地：“我能有什么事？我当然是忠于蒋公的。”路云乡一笑：“这就好，那你还怕什么？这次吉鸿昌来汉口，是蒋公要召见他。”张晋雄敏感地：

“委员长要在汉口召见他？还要回部队？”路云乡一笑：“这不稀罕，凡是出国考察的将军，回国了蒋公都要召见。”张晋雄还是担忧：“不管怎么说，你也得去陪着。你得在场啊，我是他老部下，还是把兄弟，你不在场他说什么没有人给我作证啊。”路云乡想想，就跟在张晋雄后面来到了军长室。

吉鸿昌和王淮义在品尝麻糖，张晋雄和路云乡进来了。张晋雄说晚上路参议要请我们在老通城吃饭，吉鸿昌说：“那太好了。老二，想给老三、老四打个电话问候下，可以吗？”张晋雄不敢答应，路云乡抢话过来：“这有啥不可以，老长官了。”张晋雄摇通了老四彭楚志的电话，把话筒交给吉鸿昌。吉鸿昌抢过来，热情地问候：“喂，老四呀！是我，哈哈哈，我留洋考察回来啦……没事就不能来看看你们？我现在在晋雄这，汉口办事处……我是奉命来见委员长的，上海跟日军打上了，我的船一到吴淞口就见日本军舰在炮轰我们。我给委员长写了请战书，下船就去庐山见了委员长，委员长约我来汉口，这回还不得让我带兵啊……哈哈哈，当然了，我就是为打日本鬼生的，你准备好一起打日本吧，这一回非打得他蛋朝上不可，哈哈哈哈……哎，别忘了告诉老三一声……有见面的时候，那是在战场！就这，再见。”

吉鸿昌放下电话，那样高兴，直接就坐在张晋雄的军座椅上，还翻看案头的文件，好像自己就是主人，一边还说：“老四还是老样子，说话不紧不慢的，离了打仗他就变个人。晋雄，你可接到备战的通知？这份文件好像是军委来的。”张晋雄想劝他，又不好开口，吉鸿昌感觉到不对，忙起身：“看我，我现在还是个闲人来，我也不该坐在这儿。”路云乡上前把文件取在手上，交给吉鸿昌：“老长官又不是外人，委员长正要召见老长官，看吧，这是最新的。”吉鸿昌看看张晋雄：“那，张军长，我可就看了？”张晋雄赔笑：“看吧，路参议说话了，我还能不听？”吉鸿昌接过文件，一看就愣：“《淞沪停战协定》，还是机密文件呢。”张晋雄说：“这是个中日谈判的草约，只传达到军长。”吉鸿昌边看边念：“军委会最新通报。此次淞沪事件，经中方谈判代表与日方艰苦谈判，达成以下之停火协约……此为委员长为国家计，为民族计，忍辱负重之方略，全军要紧跟委员长步伐，攘外必先安内，抓紧整理部队，准备对赤匪展开第四次大围剿。军委会。”

吉鸿昌心上冒火，双手颤抖，张晋雄看出来了，看他读完，接过文件放好:“大哥，抗日的事，还得听委员长的，得全国统一啊！”吉鸿昌冷笑:“好，等统一！”说着告辞了，晚上聚餐也就没法吃了。

吉鸿昌从武汉回到位于天津花园路5号的家，陈妈高兴地禀报胡洪霞，胡洪霞正在织小毛衣，放下就高兴地出门，下楼迎去:“世伍，你回来了。”看他脸色不好，伸手去摸吉鸿昌的额头，吉鸿昌却张开双臂，慢慢搂住了胡洪霞，拥在怀里:“我没生病，只是现在真是报国无门，走投无路，没脸见人了。”邵氏从院外也到了客厅，一边看着夫妻二人紧紧拥抱着。吉鸿昌看到了，松开胡洪霞，问候道:“妈，我回来了。”邵氏高兴地说:“回来就好，家里人每天都等着你呢。”吉鸿昌满脸歉意:“妈，你女婿儿没出息，这回去见委员长，啥事也没办成”，邵氏忙宽慰他坐下，知道他累的是心。吉鸿昌擦了脸，喝口茶，舒服了一些，吉鸿昌对邵氏说:“妈，回来的路上我也想好了，洪霞肚子里现在有了孩子，不让我干我就不干了，我就留在天津，守着妈和洪霞，很快我们还会有孩子，我们一家人就在天津，过小日子！”邵氏忽然问:“你刚才说的是真心的吗？”吉鸿昌答道:“是真心的，我爱洪霞，我也需要妈。”邵氏不信:“那你问过自己吗？问问你自己的心，现在是国难当头，你能安心过这个小日子吗？”吉鸿昌一时无言以对。邵氏激励他:“你曾给妈念过元抚先生的诗，‘苟利国家生死以，岂因祸福避趋之’，妈知道你是这样的人，妈看重你。你能记得这首诗的前两句吗？”吉鸿昌一时想不起来，邵氏接到：力微任重久神疲，再竭衰庸定不支。邵氏说:“我们都看出来了，你‘神疲’了。你不能控制自己了，说违心话了，记住妈的话，兰英和妈，爱的是你，全部的你，不是你的影子。”吉鸿昌感动地望着他:“妈，鸿昌记住了。”

吉鸿昌陪着胡洪霞去教会医院体检，医生是外国人。吉鸿昌在走廊里如同热锅上的蚂蚁，坐立不安。当他从一个病人手中接过报纸时，在《寧都兵暴，二萬餘西北軍舊部投赤》这个标题前愣住了。洋医生陪着胡洪霞出门来，吉鸿昌都没有意识到。洋医生对他说:“恭喜吉将军，夫人一切都好，预产期应该在11月。”吉鸿昌高兴地:“太谢谢了。”胡洪霞这个时候最需要关爱，对他只顾看报纸有点生气，吉鸿昌连忙道歉，却又回到那个话题，他打开报纸，羡慕又愧悔地说："两万多人呐，你看看人家，嗳！来吧，我扶着你。"吉鸿昌扶着胡洪霞，胡洪霞脸上沉静着，心事上来了。

回到家，吉鸿昌把胡洪霞放倒在床上，盖上毛毯。这些天，吉鸿昌以高度的责任感和爱心和家人在一起，遵照医嘱细心照料胡洪霞，又是亲自炖汤，又是买红枣。可是胡洪霞看到的这样的吉鸿昌反倒不安心，一天晚上，她让吉鸿昌过来坐下，两人就那么看着，良久不语。胡洪霞开口："世伍，我看你给宁都兵暴的事搅得整天像热锅上的蚂蚁，魂都不在了。你打算怎么办？"吉鸿昌说："陪你过小日子！我就守着你，守着孩子，我真不干了。"胡洪霞还在鼓励他："别再跟自己过不去了，你这个人，打不死战不死，却能愁死……你跟我说说心里话，你在想什么？"吉鸿昌这时才叹了口气："我就是在想，宁都的长官跟我应该是一样的，都对蒋介石不再抱有幻想了，所以他们才投了红。"胡洪霞说："我看你也是不死心，你就承认吧。"吉鸿昌盯着胡洪霞很久，他心里很复杂地翻腾，就目前看，他们经济上没有大的忧虑，胡洪霞生产在即，他更应该留在身边，但是，他对抗日的热情自己也无法扑灭，只好说："我承认，我不死心，我等着打日本鬼等了二十年，我哪能死心？"胡洪霞也看了吉鸿昌良久，下了决心："你今晚也别看书了，你就在我身边多陪我一会儿，明天你就去干你自己想干的事。你放心，家里有妈照顾我，我姐、姐夫也能帮助我，不用你担心。"吉鸿昌感动地看着她，这是多么刚强独立的女人，这么支持他，他甚至有些愧疚，怎么报答？胡洪霞看到了他的内心："你什么也别说，结婚以前我妈嘱咐过我，叫我结了婚除了家务事，不能干涉你任何事情，不能插手你任何事情，连个建议也不许提。这件事，就算是我替你决定的。我没有别的要求，来陪陪我，陪陪我们的孩子。"吉鸿昌伏下身子，温柔地抱起胡洪霞，亲吻胡洪霞早已含泪的眼睛，胡洪霞也紧紧拥抱吉鸿昌，泪花闪闪却目光坚定。

这时已经是 1932 年，上海"一·二八"事变已经爆发，吉鸿昌回国后在天津寓居期间，秘密与中共华北政治保卫局联系。不久，他整理出版了《环球视察记》，借以抒发他忧国报国的热情。

第二十章

策动兵暴失败加入共产党

吉鸿昌说干就干，提着箱子就到了武汉，他要去找张晋雄他们，这是他的老部队。一路风尘仆仆赶到彭三原的旅部，彭三原正兴致盎然地看一本春宫图书，听勤务兵的声音，赶紧把书塞进口袋起身，吉鸿昌满脸笑容地进了门，彭三原没有喜悦只有惊讶：“大哥？你怎么来了？”话音未落，吉鸿昌的拥抱已经把他围拢。

吉鸿昌要彭三原找齐兄弟聚聚喝酒，彭三原答应得好好的，看勤务兵带老长官去伙房吃饭，他想了想，抓起电话摇通，神秘地看看门，小声地：“喂，二哥啊，我是老三。大哥来了。”张晋雄在电话那头一听，很紧张：“怎么，上你旅部了？”彭三原：“可不是嘛，他让我打电话叫你和老四晚上来聚聚。”张晋雄忙说：“你千万不能说我在队伍，就说我去汉口了。你稳住大哥。老三，这件事太大，人家正埋了个陷阱要抓他，他自己找上门来了。他说接到老四的信了吗？”彭三原：“他没说，他不可能接到，接到就不会来了。”张晋雄说：“那可不一定，大哥的脾气你我都知道。我可警告你，现在大哥在你那儿，你要对这件事负责”，彭三原不高兴：“我负什么责？又不是我请大哥来的，是他自己忽然就来了。”张晋雄说：“反正你得稳住他，不行叫老四稳住他，不能当面给他透底，否则说不准他会做出什么事情。”张晋雄挂上电话，不快地：“真是的！怎么就没完了呢？躲都躲不开！”说罢，坐车躲到汉口了。

吉鸿昌吃完饭回来，连连说队伍上的饭好吃，问彭三原电话打了没有，彭三原说：“打了，二哥连告诉都没告诉一声，就去武汉开会去了。”吉鸿昌要老四来，彭三原打过去电话，彭楚志正要来看彭三原，说完就撂了电话，一进门就愣在那了，大喜：“大哥！”吉鸿昌上前与彭楚志拥抱：“老四，哈哈哈哈，又见面了”。吉鸿昌看着他们俩：“见着你们真高兴，就是晋雄不在。其实汉口不就是个办事处吗？有参谋长跑腿就中了。”没想到，彭三原也说马上要去汉口听训，口上还说：“国军会太多，真烦死我了，刚才一个电话叫我去，请假都不准。”吉鸿昌有些失落：“真是不凑巧，我这才来，你们又都要走。”彭三原说：“老四在呀。老四，你陪大哥先玩两天，我和晋雄估计最多三天也就能回来，到时候我们好好聚聚，我去汉口带好酒回来。”彭三原

告辞时，对彭楚志使个眼色，便走出去了。彭楚志提上箱子，带吉鸿昌到他那里去。吉鸿昌看着彭三原驶去的车，眉头紧拧：“怎么都跟躲着我似的？”彭楚志笑笑：“大哥，我得给你提个醒，我这两个哥哥跟从前可不一样了。”

30 军军部的晚上，外面静悄悄的，洪副官穿着长衫走回来，一边擦着汗，胡参谋迎上来：“吉鸿昌来队伍上了，不知道是什么时候来的，十分钟前给我打的电话，说他现在小地营彭楚志旅部，让你去见他。”洪副官凝眉思考：“我没有接到组织的通知，他不应该这样来。”胡参谋提醒：“他很可能是来拉队伍的。”洪副官果断地：“你马上去向徐师长报告，我去下地营。”胡参谋飞马离去。洪副官见到了吉鸿昌和彭楚志，知道了他的来意，很快告辞去安排。他从彭楚志的旅部出来，一边扣着军装扣，从党员士兵手中接过马缰：“通知你能联系上的，无论出现什么情况，都不许暴露。”洪副官跳上战马奔驰而去。

见过吉鸿昌，彭楚志也被找到汉口的 30 军汉口办事处，军长室里张晋雄、彭三原、彭楚志三人沉闷地打着麻将，一晃已经夜晚 11 点钟，换作平时，大家早都睡一觉了。忽然，烟雾中彭楚志把麻将一推，划拉乱了：“你们倒是发个话呀，死活来个痛快的，大哥还在那等着呢。”张晋雄：“你也是，不劝劝大哥，这事可能是一晚上决定下来的吗？”彭三原不耐烦：“咋不能，我一分钟就决定了，我不投红，要走你们走，我不拦着。”张晋雄不满：“你这是啥话，要走一起走，我们走了你替罪？”彭楚志说：“大哥也是这话，要走一起走。”彭三原说：“那就都不走呗。给大哥打电话，就说债还不清了。”张晋雄看门，瞪了彭三原一眼：“说话不能小声点吗？”

三位兄弟还在焦虑，张晋雄拿定主意，要彭楚志马上给吉鸿昌打电话，就说正好委座要来汉口，我们奉命要留在汉口听训，说路参议明天一早要回部队，请大哥赶紧离开。彭三原和彭楚志都让张晋雄打这个电话，毕竟他是军长，吉鸿昌要的就是他的意思，张晋雄沉默了会儿：“好，我来打这个电话。”可是，这时电话忽然响了，震得屋里三个人都是一惊，彭三原敏感地说：“是军部的电话，不会是大哥等不及了吧！”张晋雄一时不敢接了，鼓起勇气接电话，他吓坏了，参谋长说：“军座，出大事了，吉长官把 90 旅的 327 步兵团的人都拉走了。”彭三原大惊失色：“啊！大哥拉的是我的人！”张晋雄：“往哪儿拉？要拉到哪里去？”参谋长说：“吉长官亲口说是要投红，队伍已经拉出下地营了。

“你看怎么办？”张晋雄沉默一下，再下令：“封锁消息，不许再传。命令部队马上清点人员，严密警戒，各级长官要看好队伍，如有异动一律按连坐法全家治罪。另外，召集旅长以上到军部等我，我马上回去。”

张晋雄发誓一定要把队伍拉回来，三个人刚下楼，正巧被外出回来的路云乡撞上。路云乡阴阴地问：“这么晚了，你们匆匆忙忙地要去哪儿呀？”张晋雄知道瞒不住了：“路参议，吉鸿昌把下地营一个团拉走了，我们要去截回来。”路云乡说：“张晋雄，你不能走。”张晋雄盯着他：“我是军长，我要对委座负责，你不让我去截队伍，这个责任你可敢担？”路云乡一想，对张晋雄说：“下地营是彭楚志的旅部。他得留下。”几个士兵把彭楚志缴了械送往禁闭室，并按照路云乡的要求写材料叙述经过。

话说吉鸿昌为什么这么草率就拉走队伍？既没有和红军方面充分衔接，也没有和30军中的地下党组织充分酝酿，更没有用长时间耐心做三个兄弟的工作，一方面是因为他和共产党刚接上线，双方还缺乏充分信任，吉鸿昌甚至还不知道这个军里面谁是共产党，有多少党员。而出身旧军队对江湖义气的过分看重，让他毫不怀疑自己的号召力，以为自己不在位这么长时间，蒋介石的管理方式、军队的内部关系和三兄弟的思想依然没有任何变化。吉鸿昌急切，也因为他急于投红，他这段时间受宁都兵暴的吸引，眼前时常浮现梁师侠的那句话：“世伍，我可以向组织反映你的要求，不过你得拿出行动来表示诚意。”……“你曾经答应给红军搞电台，到现在还没有兑现？”既然两个兄弟躲着，陪着自己的彭楚志也走了，他只能拉多少是多少了，否则路云乡回来，他也难逃。

话说这天晚上，吉鸿昌把327步兵团的队伍带到一个小村村口，吉鸿昌、洪副官、陆团长、警卫连长和两名参谋来到一棵大树下，参谋打开雨衣铺在地上，吉鸿昌一行坐下。吉鸿昌感觉到这次有些急躁：“陆团长，咱们这么干是不是有点冲动啊？”陆团长说：“冲动？要冲动早就跟日本人干上了，官兵们都憋着一口恶气呢。”洪副官说道：“吉长官，卑职有句话不知当讲不当讲。

这里可不能久呆啊！这里还是国军的防区。”吉鸿昌一笑，转回头来：“不用担心，我现在也没有拉过去。327团就不能演习吗？我想看看老队伍的战斗力。陆团长，我想跟你商量一件事。”陆团长：“请长官吩咐。”吉鸿昌感慨道：“30军，是我的老部队，现在是一个师，两个旅。我们一个团就这么走了，就把其他的爱国官兵都扔下了。你能不能带张参谋先回旅部，争取把那两个团也带出来。”陆团长断然拒绝：“吉长官，兄弟做不到，除非是彭旅座亲自去说服，还有可能。”吉鸿昌还在劝：“彭旅长也有投红的意思，我都跟他说好了，只是现在还没有回话。”陆团长说：“吉长官，兄弟确实做不到。”洪副官起立立正：“陆团长要带队伍不能离开，我回去做工作。”临走，洪副官对吉鸿昌说：“如果我5点钟回不来，吉长官要带走队伍，不能再等待了。”吉鸿昌看了下手表，想了下：“好，我答应你，叫张参谋陪你一起回去。”洪副官说：“不必了，我就一个人。”临走还对警卫连长嘱咐，一定请保护好长官安全。这一去，就没有能回来。

吉鸿昌抬头看漫天星河灿烂，上次和蒋军车站对决的夜晚，也是这样的明亮，他感觉不祥，但这次，他竟然笑了。

队伍正在这里等，黑暗中胡参谋带着三四十个人来了，原来是红军的徐师长徐万川，吉鸿昌迎上去与他紧紧握手，原来徐万川不放心，带人来接应一下。他还问吉鸿昌：“这么大的事，怎么事先也没打个招呼？”吉鸿昌说：“说来话长，以后有时间再说。这次拉来一个团，欠一个营，人枪都是齐的。”徐万川说，我们快走吧！吉鸿昌还要等，说是要把30军整个拉出来。他说：“我跟他们说，旧军队没前途，不打日本人，说爱国是假的。蒋介石又排挤杂牌军，把我的职都撤了，还能饶过他们？大家心知肚明，这是早晚的事。徐师长尽管放心。”徐万川看到他自己出来了，有些不安，但只好布置警戒继续等。

张晋雄在军部开会，彭三原在外面集合手枪营，碰上了回来策动的洪副官，洪副官跟彭三原到路边说话，他告诉彭三原：“部队在三清涧，吉长官派我回来等张军座和两位旅座。”彭三原感慨地，没想到大哥现在还这么想。这时，还没等彭三原示意，洪副官抢先下了他的枪，并且顶住了他的脑袋，全场一下就乱了。洪副官现场发动："弟兄们，吉鸿昌是爱国将军，他带我们去投红，就是为了打反动军阀，打日本。西北军有光荣传统，真爱民不扰民，誓死救国。你们放心，只要你们不开枪，我不会伤害彭旅座。"彭三原骗他："你放开我，我跟你去见他。没看到我把队伍都拉出来了吗？"彭三原见洪副官稍不注意，果断出手，手枪飞出，他趁势抓住。洪副官倒地，却抱着机枪对准了彭三原，两支枪同时开火，洪副官的枪指向天空，一串串子弹向天上飞去，彭三原连连开枪，他的卫队向他洪副官连连开枪，直到倒地身亡，却一直睁着眼睛，和漫天的繁星对视着。

张晋雄听到外面枪声，马上散会，带着军部警卫营与彭三原带着的马队飞奔而来。

吉鸿昌这边听到枪声，对徐万川说："是彭三原，肯定有不愿跟他走的人。他快来了。"徐万川布置："前出警戒，有情况鸣枪。"徐万川十分担忧地对吉鸿昌说："这件事你可不能大意。"吉鸿昌说："没事。说起这三个人，算是生死兄弟。我要去投奔光明，哪能拉下他们？蒋介石撤了我的职，我就是要让蒋介石看看，他们是听我的，还是听蒋介石的！"徐万川掏出怀表看："希望如此。他们现在人在哪？"吉鸿昌说："在汉口，我派彭旅长去叫他们回来，为防万一，先带出来一个团。"徐万川一瞥："你还没有跟他们商量过？"吉鸿昌安慰他："商量是早前的事，那时候时机不成熟。宁都一起事，蒋介石加紧了控制，再不投红就来不及了。"徐万川腾地起身，指着他："吉将军，你冒失了。请你马上带部队跟我走。"二人正在争执着，陆团长喜滋滋地骑马赶来报告："老长官，彭三原旅长带人来了。"吉鸿昌起身对徐万川："你看看，我说什么？性急吃不了热豆腐。"吉鸿昌大步向前去欢迎，徐万川和警卫们跟上。彭三原带着骑兵大队人马还没到近前，就拔出双枪，冲天连击，一边大喊："大哥，你要带走我的人，不如先把我打死吧！"吉鸿昌一愣。徐万川、陆团长都站住了。徐万川果断命令红军营长："保护吉将军，准备战斗！"红军士兵和 327 团士兵都向两边占领地形，准备战斗。

吉鸿昌大手一挥："都不许开枪。"彭三原勒住马，对手下说："你们别过去，我自己过去见老长官！"他策马冲到了包围圈中，从马鞍后拖过一只口袋，

向前扔去，口袋滚到吉鸿昌的面前，彭三原大喊：“327团的官兵们，我是彭三原，这是军部洪副官的头颅，他是这起兵暴的主谋，是共产党赤匪，我已经法办了。你们快跟我回去，一切照旧，不要走错这一步，会害了你们的老长官我，也会害了你们的全家，难道你们不怕连坐法杀你们全家吗？快跟我回去，长官不撤职，士兵不罚饷，一切照旧，我彭三原说话算数！”吉鸿昌悲愤地看着地上的口袋，抬起头来：“三弟！”彭三原毫无表情：“不要叫我三弟，我没有你这个大哥。”彭三原还在劝陆团长回去，吉鸿昌和彭三原开始对骂，这时张晋雄率警卫营骑马赶来了，一边大叫：“我来了！包围！”吉鸿昌、徐万川等人被迅速包围起来。

张晋雄不理吉鸿昌，看了徐万川一眼，就喊陆团长出来，陆团长牵马出来，被张晋雄接连几枪打死。吉鸿昌太震惊了，这不是他想象中的结局，这样的惨烈内讧在西北军都没经历过。张晋雄大声喊道：“士兵们听着，陆团长搞兵暴，就地正法，都给我回去！不回去统统就地正法！”吉鸿昌站出来：“张晋雄，搞兵暴的是我，要正法正法我，正法你大哥！”张晋雄跳下马来，举着枪直奔吉鸿昌，指着吉鸿昌的头：“你以为我不会吗？你就是我亲爹，要坏我的事，我一样正法！”吉鸿昌瞪圆了眼睛：“你开枪吧，我眨一下眼，就不是你大哥。”双方僵持着，他听不进吉鸿昌的大道理，张晋雄看着他说：“你想念兄弟情义？你把我的队伍拉走！你这就是要杀我们仨！你叫我怎么办？军人以服从命令为天职，我这个军长是委员长委任的，我只听委员长的调遣，不听红军调遣！军人杀人如麻，还讲什么良心！”

这时，徐万川站上前来：“张军座说得好，军人杀人如麻。现在日本军人正在杀中国人如麻，包括你家乡的父老乡亲，你身为中国军人，可以装眼瞎，不讲良心。你可以打死吉将军，也可以打死我，杀人如麻了，哪在乎这两个？你还可以去领赏。但是你把枪口对准一个对你有二十年袍泽之谊、恩重如山的老长官，对准一个宁愿死去也不愿抛弃你们，等着你们，想跟你们一起追求光明的老大哥，对准一个决意要为抗日报国献身的爱国将军。张军座，你应该知道羞耻。”张晋雄一下把枪收回了：“我不想死在蒋介石的手里！你想打日本，难道我们都不想打日本？你身上流着中国军人的血，难道我身上流的是日本人的血？红军有几个逑毛人，有几条逑毛枪，他们能拼过日本人？我们这队伍是容易的吗？我们在济南是白受气了吗？张晋雄这条命，早晚要跟日本人拼死，你不了解兄弟我吗？”张晋雄泪如雨下。他抬眼看一下徐万川：“你说，你想怎么办？”徐万川说：“红军不在乎你这几条枪，也不愿意跟有抗日意愿的军队交火，这些官兵愿意跟谁走，两便吧。”彭三原大喊：“327团的兄弟们，跟我回去吧，我早晚也跟你们一起杀日本鬼，我冲锋陷阵，我拼在你们前头，如果我食言，你们当场枪毙我，那时候你们投红投黑，我都不会再管了！回来吧我的兄弟们，红军吃什么，国军吃什么？叫你们都瘦成麻杆子，你们拿什么打日本？快跟军座，跟我回去。”说到早晚也要打日本，官兵们少数人向彭三原那边走去，又说到红军吃什么，又走了一些。张晋雄威逼地：“剩下的，如果你们要走，想想连坐法吧！”最后只有七个人走到了吉鸿昌、徐万川的身边。

彭三原带着人向回走了，张晋雄与吉鸿昌对视，没有言语，二十年的袍泽之谊在此刻毁灭，伤感袭上心头，却瞬间稀释在彼此威胁性的眼光中。

张晋雄转身上马走去，吉鸿昌还在喊：“晋雄、三原！”张晋雄勒住马，不肯转身。彭三原越走越远，没有回头。吉鸿昌大声喊：“一定要打日本！别忘了，官兵往东北方向大吉呀！”其实三个人听到这句都热泪滚滚，时代的悲剧让谁都难以扛得住。

张晋雄截回了部队，就召集彭三原、彭楚志、参谋长开会布置善后，统一口径，对上边决不能说是兵暴。洪副官的死，也要对上面隐瞒。至于路云乡，张晋雄说：“他不问我，我也不说。他要问我，我会对他说洪副官是共产党，是他想拉队伍搞兵暴，已经解决了，部队也追回来了。”彭楚志宽慰他：“你们也不要太难过了，哪家的队伍拉起来没有分分合合的？大哥虽然投了红，他还是我们大哥”，彭三原点头。

他们是太高估了蒋介石的宽容度了，后来的结果非常惨烈，咱们后文再表。

吉鸿昌兵暴未成，回到天津，邵氏、胡洪霞、邵佩芳正准备吃饭，胡洪

霞怀胎8月，陈妈做了很多滋补的菜，正在往上端。傅崇林坐在一旁看报纸，这时门铃响了，邵佩芳去开门，原来是吉鸿昌回来了。

胡洪霞马上去迎，一家人寒暄着，仿佛吉鸿昌什么都没经历过。傅崇林看着吉鸿昌，说道："世伍，你这趟走，妈第一次有些心神不定了"，邵佩芳说："人都回来了，还提这些，吃你的饭吧。"吉鸿昌忙说："妈，门婿让您操心了"。邵氏见胡洪霞只是盯着吉鸿昌笑，就提醒她："别光顾着看，嗯？"胡洪霞一笑，才从桌下抽出手来给吉鸿昌夹菜。邵氏对吉鸿昌说："鸿昌，你想干什么事，全家都知道你，也会支持你。以后出门去哪里，可以告诉兰英一声，可以不说去办什么事，省她挂念。你们是夫妻。"吉鸿昌说："妈，我知道了。"

吃饭过程中，大家都很沉默，吃完饭，胡洪霞起身，从抽屉里的报纸下取出张晋雄给吉鸿昌的信，转回来交给吉鸿昌："你才走第二天，晋雄就给你来了信，妈没让我们拆。"信中写到："大哥，久别甚念。兄弟们都很想念你，若近期有空闲，望能来队伍上看看。晋雄。"吉鸿昌眼里闪过泪花，他不知道，兄弟们没有害他，兵暴后，路云乡要张晋雄给吉鸿昌写信，诳他来部队，彭楚志私下里跟张晋雄说："信你可以写，可是我们得先派人去天津给大哥送个口信，叫大哥无论接到了谁的邀请，都不能来部队。"胡洪霞也告诉他："信到的同一天，还有陌生人给姐夫捎口信，要你别去队伍上。全家就为这个着急。"吉鸿昌对家人满是愧疚。

胡洪霞对吉鸿昌说："世伍，你要答应我，你看了这张报纸，不能激动。"胡洪霞把报纸递给吉鸿昌，头版标题立刻使吉鸿昌愤怒了。《益世报》报纸标题：《遼寧血案 日軍屠殺中國同胞三千》，吉鸿昌抬头看大家，大家也都关注地看着他，吉鸿昌沉重地放下报纸，用沉默来表达愤怒，没有冲动。

胡洪霞和邵佩芳都有点不认识他了。

晚上，在卧室里，吉鸿昌把胡洪霞扶进来，扶她在椅子上坐下，拿过来毯子给胡洪霞盖上。陈妈这时上来，端着乳鸽汤，吉鸿昌端过来，看着胡洪霞喝汤直到喝完。忽然他看着胡洪霞说："洪霞，我对不起你，我有件事要跟你商量。"原来，吉鸿昌从30军那里回来，就去泰山见了冯玉祥，冯先生要组建察哈尔民众抗日同盟军，他又要去带兵了，专打日本。同盟军是民众自发的。官兵粮饷、武器装备、所有的补给都要靠全国来募捐，政府不会拿一分钱。胡洪霞高兴地：“这不正是你想要的吗？这样也好，自己能做主，你就不会夹在当中受气了。”

吉鸿昌感激地：“谢谢你，洪霞。只是……”胡洪霞非常慷慨地：“我知道。家里还有六万块钱，如果加上首饰、字画，还有几件古董，还能凑两万。你想怎么用，你吩咐就是，我都同意。”吉鸿昌起身看着胡洪霞，胡洪霞也抬头看着他，补充道：“妈也不会有意见。”吉鸿昌慢慢俯下身子，将胡洪霞搂在怀里，看着她的肚子：“孩子，你都听到了，这就是你妈。”

吉鸿昌开始准备，梁师侠和余原赋都被他招来，余原赋提醒他：“嫂子都快要生产了，打日本也不少你一个，在天津过小日子多好。”但余原赋也表示，打日本，掏钱可以。

吃饭喝酒之后，余原赋走了，晚上，梁师侠与吉鸿昌二人在书房促膝相谈，原来，吉鸿昌的入党申请提出后，梁师侠就向中央汇报了，他说：“润之同志和恩来同志都表示很欢迎，责成红25军党委具体办理。你被解职后出国，失去了联系。最近恩来同志又派人通知我，你入党的事，移交华北党组织具体办理，并指定我为你的联络人和入党介绍人。华北党组织负责人还要正式与你谈一次话，过几天我们一起去北平，到时候再办手续。”吉鸿昌摇着梁师侠的手，激动万分。

吉鸿昌的入党仪式是在北平饭店秘密举行的，客房壁上挂着一面党旗，吉鸿昌在党旗下举起拳头宣誓。宣誓后，华北党负责人与吉鸿昌握手：“祝贺你。”吉鸿昌激动地说：“感谢党接受我，我这一生都交给党了。”

刚入了党，胡洪霞就在教会医院为他生下了一个女宝宝，取名叫小霞，大家围着孩子喜欢得不行。

孩子刚回家没几天，彭楚志提着贺礼，笑盈盈地站在拿着奶瓶的胡洪霞面前。胡洪霞很高兴他怎么回来，彭楚志说：“我来看大哥和嫂子，还有我们的大侄女呀。这是我的贺礼。”寒暄过后，胡洪霞领着彭楚志上楼看孩子，他看着熟睡的婴儿，想起当年大哥和嫂子结婚的场景，眼睛就红了。彭楚志看了一会，怕打扰孩子，就和胡洪霞轻手轻脚退了出去。

彭楚志对胡洪霞介绍了吉鸿昌走后的事情，胡洪霞听着眼泪流下来了。

原来，蒋介石接到路云乡的报告，命张晋雄、彭三原和彭楚志去庐山教导团听训，彭楚志因为队伍上有事耽误了一天，这一天救了他，张晋雄和彭三原一到庐山就被宪兵逮捕了，说是通共。彭三原的卫兵逃了回来，马上通知了他，他逃走的时候，宪兵都到旅部了，就差几分钟。到汉口一看，通缉令都贴上街了，才知道晋雄和三原都被杀害了。他不敢乘坐客车，直接扒煤车来到天津找阮静怀。胡洪霞问："阮静怀什么态度？"彭楚志说："阮静怀低头半天没有说话，忽然说你应该去投靠吉鸿昌，我说大哥现在手上没有队伍，他说他也赋闲在家，我说能不能帮我推荐一下，去投靠宋哲元。最后阮静怀还是不计较当年与宋哲元的恩怨，给宋哲元打了电话，还以自己的名义在天津饭店开个房间，安顿彭楚志住下，还给了二百块钱。临走，还告诉我，大侄女出生了，让我来看看。"

这次兵暴的惨烈，后来吉鸿昌知道了，为了给兄弟报仇，他更坚定了他反蒋抗日的斗志。他不会知道，他当年羡慕的宁都兵暴也以惨烈收场，这里多表几句：

同样出身于西北军的孙连仲部中原大战失败后被蒋介石改编为第 26 路军，孙连仲任总指挥，赵博生任参谋长，也是被驱赶去剿红军。多次被红军打败，加之蒋介石消灭异己的歧视政策，让士兵多有怨言，西北军士兵观念淳朴，民族意识强烈，要去北方抗日救国，又遭到蒋介石拒绝，更加深 26 路军官兵同蒋介石的矛盾。不久，孙连仲去外地治病，由第 25 师师长李松昆代理总指挥。这期间，隐蔽在该部的共产党员积极运动，参谋长赵博生都被发展为共产党员。1931 年 12 月初，起义事泄，刘振亚、袁汉澄、王铭五等共产党员立即与赵博生商定，并与红军取得联系之后，提前至 12 月 14 日举行起义。14 日下午，除李松昆听到枪声后只身越墙逃掉，驻在城北的 1 个团因路远未能参加外，全军 1.7 万余人，携带两万多件武器，全部参加了起义，改编为红军第一方面军第五军团，季振同任红五军团总指挥，辖 3 个军。董振堂任副总指挥兼第十三军军长，赵博生任参谋长兼第十四军军长，黄中岳任十五军军长，政委全部由共产党员担任。这一支队伍就 1.7 万多人，可是发展这么多年，此时的红一、三军团加起来也只有 2 万多人。这只铁军可以说打完了红军大多数硬仗恶仗。长征中，红五军团的行军序列一直在最后，在湘江血战和金沙江阻击战中，红五军团竭力阻击数倍于己的追兵，三十四师在湘江以东陷入重重包围，5000 多名官兵大部分壮烈牺牲。红一、四方面军会师后，红五军团改称第五军，董振堂任军长。1936 年 10 月，他们编入西路军，与四方面军开始了最悲惨的西进，1937 年 1 月 12 日，第五军在甘肃高台遭到十倍于己的国民党军包围进攻，董振堂及 3800 多名红军战士全部壮烈牺牲。

时隔 80 年，在如今人们眼里，河西走廊那震动山岳的嘶喊和惨叫只化作人们口中一声叹息。

第二十一章

抗日同盟军威震塞北

吉鸿昌离开天津的家，就投入了组建抗日同盟军的行动中。

1933 年 5 月的张家口，春风浩荡，抗日激情也像春天的野草遍地蔓延，日日大集会，时时大演讲。各路怀着不同目的，但是都对日军怀有不同程度仇恨的队伍汇集这里，广场上，打着各式军旗，穿着各式“军装”的部队，列队在广场上，一起呼口号。军旗有“東北義勇軍”、“南滿救國軍”、“北滿忠義救國軍”、“八旗灭倭騎兵軍”、“西滿抗日軍”“遼東民族救亡軍”、“熱血青年抗日軍”、“劉家寨复仇軍”……吉鸿昌在台上慷慨激昂地演讲，他的演讲很有鼓动性，这不是口才，这是内心情感的真实宣泄，自然引起激烈共鸣。演讲完毕后，全体同盟军列队阅兵式开始，他们高唱吉鸿昌新改的抗日歌《抗日大英雄》，雄壮地经过阅兵台，向台上冯玉祥、吉鸿昌、梁师侠等同盟军将领敬礼。

同盟军筹建指挥部的院子里，应征的、捐助的摩肩接踵，川流不息。吉鸿昌忙里忙外，不亦乐乎，他热情地招呼各地赶来的热血青年和捐赠商人。捐助处，余原赋正在亲自与一些士兵从屋里往外搬物资，冯玉祥也亲自教士兵练劈刀，场面确实挺感人。

原野上，一支袒胸露怀的狂野的部队挥舞大刀，蜂拥而来，为首的正是方冠群。方冠群的对面，是已经在宋哲元 29 军作了旅长的彭楚志，他和手下一位团长神色严峻，正守在战壕里，严阵以待，他们也不知道方冠群会不会动武。这时，方冠群在望远镜里看清是彭楚志了，他对这边喊话：“29 军的弟兄们，兄弟是抗日救国军长官方冠群，29 军为民族冲锋在前，获得喜峰口大捷，杀敌无数，兄弟衷心敬佩！现在，兄弟要带着队伍北上抗日，请你们赶快给我让道。”彭楚志命令部队：“原地警戒，没有我的命令不许开枪。”彭楚志走出战壕，向方冠群大步走去，一边大声喊：“方军座，你还认得我吗？我是彭楚志，也算你的小兄弟了。”彭楚志带方冠群到 29 军旅部，给宋哲元军长打电话，请求他不要为难方冠群的部队，宋哲元请方冠群接电话。方冠群接过电话：“宋军座，我是方冠群。”宋哲元客气地：“方前辈好，晚生有几句话要唐突方前辈。方前辈不要给晚生出难题，也不要给自己出难题。”方冠群惊问：“何为难题？”宋哲元说：“日军战斗力怎么样，晚生比前辈清楚。

喜峰口大战，晚生还有个长城凭借，还牺牲了那么多人。冯先生去察哈尔与日军作战，一马平川，凭借什么？日军的飞机、坦克，就像绞肉机。抗日同盟军要为国献身，晚生敬佩，可是不能再牺牲更多人了。”他沉吟一会儿说：“晚生有个建议。前辈为国干城，大战还早。不如暂且息军，在后方养精练兵，晚生在平津为前辈守土，坚决抵抗。等晚辈拼光了，前辈再拼，国家需要前辈，民族需要前辈。”方冠群说：“宋军座，抗日总有人要在前牺牲，绞肉机也得面对，我已经通电加入同盟军，义无反顾。我把你的建议颠个倒，‘前辈’先拼，拼光了‘晚辈’再拼，我已决意。”宋哲元说：“那晚辈唯有向前辈致敬了，请彭旅长接电话”。宋哲元责问彭楚志是不是也要去察哈尔参加抗日同盟军，并告诉他，“身为国家军人，当听国家命令。我不会允许 29 军的任何一支部队去张家口。你被撤职了，好自为之吧”。说着扣下了电话。彭楚志放下电话，看着方冠群：“我有 29 军关防，请方军座偃旗息鼓，我的新编旅听你指挥。”方冠群的部队连夜通过了 29 军阵地继续北上。

来到同盟军指挥部，吉鸿昌与余原赋迎门进来，与迎上去的方冠群紧紧拥抱。

吉鸿昌忽然看到彭楚志在后面阴影里笑，忙过去抱着他：“哎，我这真不是在做梦？老四，可是你？可是老四来了？”彭楚志从阴影里走出来，笑着上前砸下胸脯：“大哥，你看真了，我是不是老四。”吉鸿昌喜极而泣。

胡洪霞在天津听傅崇林说了张家口这边的情况，决定要帮助吉鸿昌，就把孩子完全托付给了妈妈，她坐近母亲，双手拉着她的手：“妈，我要亲自去一趟。小霞就交给妈带，我很快就回来，可以吗？”邵氏说：“孩子交给我你们尽管放心，可是得想好办法啊。”傅崇林说：“妈，这次我们打算上满铁公司去租车，满铁是日本人公司，现在只有日本背景去张家口才放行。”

5 月的葡萄棚架下，吉鸿昌、方冠群、彭楚志身披月光，喝茶聊天。原来，方冠群带两个师来抗日，蒋介石不给发车皮，还要改编他的部队，他不从，就命令中央军围追堵截，方冠群就学吉鸿昌，一人亡命，百人莫敢上前，全军都脱光膀子，见着拦路的就挥着大刀往上顶，一齐喊：“有种的中国军人，跟老子打日本去"！一关一关就这么闯过来了。

吉鸿昌很佩服，还告诉他："冯先生告诉我，何应钦下令29军拦截你，不听话就要解决你呢。"方冠群说："宋军长城府深，我和楚志给他通了电话，他没拦住我，还倒贴楚志一个新编旅。西北军有孬种，好汉也不少！"

说起30军，吉鸿昌也很悔恨，方冠群劝他："世伍，我说你句你不爱听的话，这两人也不是省事的，张晋雄早有野心，彭三原五毒俱全，他也是个喝兵血的。"吉鸿昌还是伤感："谁是圣人谁能无过？他们是我袍泽，是我兄弟，要不是当年晋雄网开一面，我早就不在人世了。三原他不学好，也是我当大哥的没带好他，我拉队伍事关他的性命，他都没有为难我，我有对不住他们的地方。"方冠群埋怨地："你还护着他们。你记着所有人的好，谁记着你的好了？"三人碰杯把茶饮尽。

王淮义和胡洪霞分别化妆成国军军官、高级夫人，在他们亲自指挥下，车身写着"南满鐵道株式會社"，箱子上都贴着"法國領事館封"、"易碎品"的封条的卡车顺利抵达了张家口，车上是200支驳壳枪，都是全新的，子弹两万发，还有一部电台。

吉鸿昌这边热火朝天地筹备，蒋介石的手就伸到了这里。路云乡以蒋介石特派员的名义拜见冯玉祥，游说他放弃抗战。

路云乡对冯玉祥说："副委座，日本人的暴行，中国人没有不憎恶，不愤恨的。南京方面派鄙人来给副委座传话，目前中央正在与日本国谈判，还望副委座从大局上看事，不要冲动。"冯玉祥不满："冲动？日本人施暴，中国人抗暴，礼尚往来，总得有人做主出头吧？"路云乡忙不迭地："是是。不过鄙人以为，在中国，做主的人自然是蒋委员长。副委座要抗日，万民拥护，这是大好事，但起码也应该去向委员长请缨吧。委员长的主意也是要抗日的。中国是有政府的。"冯玉祥反问："政府要抗日，应该命令国军去打呀。我们是民间抗日军，是自发的，日本强盗闯进家来烧杀父老兄弟，难道让他们眼看着亲人被杀，还得在那等待委员长的命令才能反抗吗？那还不叫人杀完了！"路云乡说："先生也是政府大员，是万民敬仰的副委座，何来民间之说？委员长说，如果先生能等待政府做出一个最后的决定来，他可以让先生

带更多的兵，全部是久经沙场的中国军队，而不是察哈尔这区区几万鱼龙混杂的乌合之众了。”冯玉祥鄙夷地一笑：“委员长的美意我领了。你回去告诉他，我不信任他。”游说进行不下去，路云乡灰溜溜地走了。

路云乡住进西关宾馆，余原赋跟踪看得清楚，转身回到吉鸿昌那里。吉鸿昌、彭楚志带着一队士兵从街上走来，直接走进旅馆院子，把他捆了起来。彭楚志打他一个嘴巴子，要他给30军，给张晋雄、彭三原偿命。吉鸿昌说：“不跟他废话，上外头给他个痛快的！”路云乡一边耍赖一边告饶，到了院外，吉鸿昌把路云乡往地上一按：“跪下！”吉鸿昌从士兵手中接过一把大刀，卷起袖子，士兵把路云乡两条胳膊架上，往两边拉直，好让脖子露出来，路云乡还在耍横：“老实告诉你吧，我是委员长委派来见冯先生说大事的，我是委员长的特派员！”吉鸿昌举起大刀正要砍人，却被匆匆赶来的梁师侠劝住，二人到远远一边去说话，梁师侠严肃地：“吉鸿昌，你想做什么？你这是要干什么？”吉鸿昌骂道：“这个浑蛋，害我丢了一个军，亡了两个兄弟，我要给他们伸冤！你让开，别坏了我的好事。”梁师侠压低声音，却极严厉地：“鸿昌同志！你别忘了自己的身份。”吉鸿昌一听他叫“同志”就愣了。梁师侠对他说：“你现在不是旧军阀，你是有组织的人。你想过没有？蒋介石为什么专门派路云乡来张家口？这是故意刺激你。你今天杀了他，明天报上就会出消息，说抗日同盟军杀害了政府的特使，蒋介石就会抓住这个机会向全国宣布同盟军以政府为敌，是非法武装，他就可以名正言顺地派兵来围剿我们，就像围剿红军一样。现在的局面很复杂，你必须服从全局利益。当务之急，是争取全国对察哈尔同盟军的支持。这也是组织原则。”吉鸿昌叹了口气：“好吧，我服从组织。”梁师侠说：“这个路云乡驱逐出张家口就行了。”彭楚志极力反对放他走，吉鸿昌挥手止住，对路云乡厉声说：“你听着，我现在以察哈尔警备司令部的名义宣布，你犯下了煽动卖国罪，张家口不欢迎你，限你今天滚出张家口，再让我拿着你定斩不饶！”路云乡向吉鸿昌连连拱手：“谢谢司令不杀兄弟之恩，容当后报。兄弟马上就去收拾行李。”彭楚志走到吉鸿昌面前：“大哥，梁先生都跟你说什么了，就把人放了。”吉鸿昌看他一眼：“嗨，老四，我差点又上了蒋介石的当！”

晚上，王淮义和胡洪霞运军火的车到了，吉鸿昌拉着胡洪霞直夸赞他们能干，二人亲密地走进院子。王淮义在这里见到彭楚志，很是高兴，问候之后，他向彭楚志描述一路之难：“蒋介石严令，查出来就要按通赤就地法办，放行的也要连坐，所以贴上法国人的封条也不好使。干娘把她路上装扮高级夫人用的值钱的头面、首饰都卖了，换了元宝和金条，一路拿金子开路，到宣化就剩下一根金条了，要不是干娘，恐怕就过不来。”彭楚志赞叹道：“是啊，为了打日本，他们把什么都舍了。”王淮义说：“干娘说这是最后关头，毁家纾难，义不容辞。”

吉鸿昌和胡洪霞在指挥部里休息，一边看沙盘一边介绍这里的情况，他没想到夫人会做成这么惊险的大事。胡洪霞爱抚地摸吉鸿昌的胡子：“再忙，也得刮胡子。”吉鸿昌对胡洪霞说：“你来一趟不容易，多住两天，我派人带你看看塞外风光，什么是“风吹草低见牛羊”，什么是“大漠孤烟直”。吃的你也会喜欢，莜面山药蛋，还有对你胃口的嫩羊肉，现宰现吃。”胡洪霞说：“我想吃。”彭楚志和王淮义到门口一看这场景，就告辞了。吉鸿昌开始亲自为胡洪霞烧炕。

这个时候，阮静怀也来了，他向冯玉祥报告宋哲元方面的情况，他说：“宋军长说，29 军虽然打日军缴获了一些武器，但是南京根本没有给他装备过武器，长城抗敌如果他有枪，不至于让日军攻上去，夺回来更是全靠大刀。所以无法支援枪支，但是答应输送 8 万发子弹，还是他的老库存。冯玉祥问：“既然打下了，为什么还要撤呢？”阮静怀说：“宋军长说蒋先生有他的方略，他一面把 29 军撤回北平，与日军脱离接触；一面派人与日本密切接触，准备和谈。”阮静怀打开公文包，取出档案袋：“这就是宋军长让我秘密带给先生的文件。”冯玉祥接过文件袋，袋上写着“绝密”二字。他把腊封剥去，抽出文件来看，只见文件标题是《日華塘沽協定草約》。冯玉祥皱眉匆匆看了一遍，把文件摔在桌上，起身在屋里踱步：“这个蒋先生，他又要出卖华北！看起来同盟军只能与日军孤军作战了。”不过阮静怀告诉他，宋哲元成立了特别情报支队，一部分混入察北伪军监视日军动向，一部分监视国军对张家口的动向，有情报会随时与同盟军联络。冯玉祥听了很感动，也劝阮静怀留

下来帮助他。他说："我尽快通电全国，一定要抢在这个卖国文书签订之前正式成立同盟军，争取舆论，尽可能地阻止签订《塘沽协定》！"

炕烧热了，吃过饭，炕头上，胡洪霞依偎在吉鸿昌怀里，两人看着女儿的照片。两人谈起抗战兴奋得睡不着，夜很深了，吉鸿昌还在教胡洪霞堆沙盘。

不觉天快亮了，吉鸿昌看着沙盘，听到外面传来了枪炮声，他把古诗改一下，随口吟道："大漠风尘日色昏，红旗半卷出关门。前军夜战张垣北，斩尽仇寇复多伦。"胡洪霞伏到吉鸿昌的怀中，抬头望着他："世伍，我真不想离开你。"但是，战火无情，加上孩子又小，胡洪霞终究要走，吉鸿昌送胡洪霞离开。他呆呆地看着胡洪霞："家里都拜托你了，回去问娘和佩芳好，替我多亲亲女儿。"胡洪霞抱着他："你自己多保重，不要轻敌，我们在天津等你凯旋归来。"王淮义打开车门，胡洪霞依依不舍地登上了车。两人一个站在车下，一个坐在车上，互相谁都不看谁一眼，仿佛就怕再丢不开似的。

经过长期的筹备，抗日同盟军成立大会终于召开了。一个响晴的上午，指挥部的院子里，各种长官们骑马坐轿什么样都有，就是没有车坐，纷纷来到指挥部。吉鸿昌带着王淮义和几兵卫兵搬出桌子、椅子，临时建了个主席台。吉鸿昌："就放在门口，就给先生一个座，其他人都站着。"阮静怀走进院子，吉鸿昌与阮静怀紧紧握手，阮静怀的手却是松软的："我从 29 军来，给先生送份文件，先生叫我留下了。"阮静怀看四周的长官们："我真没想到，这都是些什么人，能打仗吗？"

这时，冯玉祥到了现场，全场一起立正。冯玉祥来到主桌旁，向下面招呼："阮老弟、世伍，你们上前头来。"阮静怀和吉鸿昌走到主桌旁，与方冠群、梁师侠等长官站在一起。吉鸿昌宣布开会，冯玉祥看着长官们，忽然悲从中来，指着最新地图，大声疾呼："有血性的中国军人们，察省抗日同盟军的长官们，你们睁大眼睛，先看看这张图吧。东北四省沦陷了，察省被日军拦腰斩断了，平津告急，我煌煌中华民族，危亡就在今天啊！"他指着地图："热河省会承德被攻陷时，日军只用了 128 个骑兵！他 128 个骑兵就能亡我一个省会，我们中国军人在哪里？再看看张北的形势。22 日，日本关东军小矶参谋长已经公开宣称，关东军的下一个目标就是我们张家口，到昨天为止，察东四县已经沦丧，鬼子来了！咱们该怎么办？”长官们大喊：“打！打他狗日的！我们跟日本鬼子拼到底！”冯玉祥看看全场，向大家透露了即将签署的中日密约。冯玉祥最后大声宣布：“为了表示全中国人民的意志，现在，我以察哈尔民众抗日同盟军总司令的名义宣布，从今天起，正式成立‘察哈尔民众抗日同盟军’，立刻通电全国，明天召开军民大会，誓师出征！”

在第二天的誓师大会上，吉鸿昌身披值星绸带，自彭楚志骑兵师行立刀礼纵马向前，向冯玉祥大声报告：“冯总司令，察哈尔民众抗日同盟军将士集合完毕，待命出征。请总司令下令！北路军前敌总指挥，第二军军长吉鸿昌。”冯玉祥大声说：“下达动员令，出征。”吉鸿昌：“是！”吉鸿昌劈刀行礼，掉过马向全军慷慨激荡，发动员令：“官兵们！我吉鸿昌生为中国军人，死为灭倭鬼雄。今天，我愿率领你们掷头颅，换民族以生存！挥热血，收复察北失地！半壁河山，业经改色，是好男儿，舍身救国！有贼无我，有我无贼，非贼杀我，即我杀贼！”全场将士大声呐喊，响彻塞北晴空：“有贼无我，有我无贼，非贼杀我，即我杀贼！”吉鸿昌挥刀，大声命令：“出征！”部队又唱起《抗日大英雄》歌，向场外开拔。

接下来的战事，除了进攻多伦，一直都是顺利的，单就吉鸿昌部而言，1933 年 6 月下旬，吉鸿昌亲率两个师又东北义勇军一部，共三万余人，与日伪军浴血奋战，在短短 10 天里，歼灭、俘虏、逼降日伪军 12000 余人，连克康保、宝昌、沽源三城，所到之处，受到商民的热烈欢迎。吉鸿昌被鼓舞着，同时责任感更加深驻他的内心。他微笑却持重地感受着周围的一切。

7 月 7 日，同盟军趁势向日军固守的塞北军事重镇多伦发动了猛烈的总攻。这里的交通战壕连接地堡群，前方拉着电网。电网后火力凶猛，弹药充足。同盟军炸开电网，手榴弹一束束扔出去，随后与日伪军展开西北军擅长的肉搏战。王淮义一直冲在最前面，多伦外围战场迅速肃清。为了珍惜子弹，士兵们纷纷在日伪军伤亡人员身上扒子弹袋。

大漠作战，了无遮掩。吉鸿昌的队伍作了纵深配置，王淮义的手枪突击

营在前线战壕，后方几百米外是梁师侠师步兵群，带着大量攻城云梯。再后方几百米是彭楚志的骑兵群，战马都卧在地上，保护着被他们围绕的余原赋炮兵团，只有三门山炮，都半埋在土中，盖着灰土色的炮衣，防备飞机。后方两个出发阵地士兵们都在散兵坑里，紧张地准备行动。

战壕里的王淮义向天空打了一发白色信号弹。突击营得手后，梁师侠率领大批步兵冲锋，这时彭楚志对吉鸿昌说：“总指挥，日军骑兵到现在还没有动静，乘势攻城吧。”吉鸿昌冷静地：“不能急，这个第四旅团很狂妄，你去叫余原赋把炮拉上来，日本鬼的装甲车该出动了。”

彭楚志驰马回到骑兵群，吩咐道：“给马身上都洒上土，防止日军空袭。”这时，战壕前方出现了日军三辆装甲车，一辆在前，三角楔形而来，一队日本兵还有大量伪军跟随装甲车向阵地反扑过来。装甲车机枪子弹密集打来，梁师侠说：“用集束手榴弹，把装甲车放近了炸它！”士兵前赴后继，最前面的装甲车已经起火，被击毁了。余原赋的三门山炮这时在他们后方已经架好，三门山炮一起开火，左侧的第二辆装甲车被击中燃烧。最后一辆装甲车开始掉头，准备逃走。这时日军三架飞机自前方飞来，退却的日伪军原地卧倒，开始反击。飞机俯冲扫射，给同盟军官兵带来重大伤亡，连忙撤回战壕。余原赋亲自动手，与炮兵们一起穿炮衣。刚穿上三架日军飞机就飞来了，虽然有几名炮兵伤亡，可是火炮无恙。左侧大队日军骑兵向梁师侠侧翼反扑猛冲过来，挥舞着马刀，呐喊着。日军飞机从吉鸿昌飞顶上飞过去，在盘旋，吉鸿昌看都没看飞机一眼，跳上战马，对后方骑兵群高声呐喊：“鬼子骑兵来啦，叫他们尝尝我们的大刀吧！”吉鸿昌和彭楚志率骑兵群，打着“民眾抗日同盟軍第二軍騎兵軍”和“東北義勇軍”两面旗帜，向日本骑兵冲锋而去。日军飞机呼啸而来，向吉鸿昌的马队轰炸、扫射，同盟军的骑兵被炸得人仰马翻。吉鸿昌率军继续冲锋，砍杀多名日军，吉鸿昌挥刀向日军骑兵长官直奔而去，日军长官茂木谦之助掉马就逃，日军骑兵大乱。同盟军吉鸿昌部与蒙古骑兵追击日军，大砍大杀，日军跌落马下的无数，空马乱奔。残废的装甲车与蜂拥的日伪军逃入城内，城门关上了，然后开始机枪扫射，飞机再次出动，吉鸿昌立即回马下令：“撤出战斗！”飞机追着轰炸，吉鸿昌在爆炸声中落马，好在没有重伤。

晚上，吉鸿昌和余原赋绞尽脑汁思考着破城之计。王淮义在一边说：“连伪军都见不着。就被飞机和炮火赶回来了，一些部队不肯冲锋。”这时警卫员送来冯玉祥的来电：“今日之事，进则具生，退则具死。死固有轻于鸿毛，有重于泰山者。为国而死，其死也荣。忍辱偷生，虽生实死。……所冀复兴国祚，与诸将士共勉之。而粉身碎骨以报国者，则祥愿以之自勉也。——冯焕章。”余原赋吩咐：“马上把冯先生的电报下发，通告三军以资鼓舞！”吉鸿昌让警卫员等等：“电报通报下去，但是传我命令，暂停进攻原地休整”。

王淮义走后，余原赋说了实话：“咱这次算是把自个架这儿了，打到这多伦小鬼子出来，这才知道，我们也只能叫他们一声小鬼子来解气，他们的战术格局意识领先我们不止一个时代。”吉鸿昌鼓励他：“多伦是察哈尔的北大门，也是伪满国一衣带水的重镇。对我们重要，对小鬼子一样重要，但我们只要打下了多伦，就像有人在小鬼子肋上抵着一把刀，你说他还能有啥战斗力？”

吉鸿昌离开沙盘，要余原赋跟他在象棋盘上研究方略，吉鸿昌让余原赋当日本，自己进攻。一边下棋，一边讨论军事思想，不知不觉都要天亮了，警卫员和王淮义一起走进来，原来冯先生处又发来了电报，并且刻不容缓。

冯玉祥这边，也在和阮静怀研究方略，作战图上，自承德出发的日军炮团和丰宁出发的西义师团两支箭头正向北抬向多伦。阮静怀说：“据方冠群报，他的队伍已去拦截，并要求吉鸿昌派一个师进至黑山嘴，以防日军步兵穿插。”冯玉祥说：“方冠群打防御是老手，应该没问题。现在的关键是吉鸿昌，是多伦。”这时傅崇林送来宋哲元方面情报特别支队的密电：“特别支队。民国二十二年七月十日密电。蒋、汪已部署华北、山西部队对张垣实行军事包围，下令何应钦部39师、25师、42师进至新保安、下花园、沙城一线，有进攻张垣之势。”阮静怀拿起蒋军标志旗，插在这三个地方，使地图上的同盟军面临北方日军和南方蒋军的夹击态势，然后说：“总司令，这个态势很危险。现在同盟军主力都在前线，何应钦这三个师可是来势汹汹啊。”冯玉祥看着地图，十分愤怒：“哪有这样的政府，我们在前方打日军，他们要在后方

打我们！”阮静怀提醒他：“还有山西阎锡山部，也正在靠近我们。”冯玉祥不担心阎锡山这个老滑头，他说：“关键还是多伦。蒋介石和汪精卫说我不是抗日，是搞武装割据，只要打下多伦，就能证明同盟军抗日的事实，那时候全国舆论一起来，蒋汪他能奈我何？”

他决定提前发起总攻。傅崇林掏出本子记录，冯玉祥看着地图口授电报：“吉总指挥世伍弟钧鉴。电悉。将士抗敌，血战三日，重创日伪军，大功可期……然近日蒋、汪谣言四播，称同盟军为非法军队，已派大兵从后方逼压张垣，三个师进至新保安、下花园、沙城一线，有攻打张垣的企图……鉴此局面，同盟军急需一场大胜，粉碎其造谣中伤，振奋全国人民。13 日总攻太晚，至迟（警卫员顿了一下，决然地）12 日攻克多伦……”吉鸿昌这边接电报立即回电报告：吉鸿昌保证完成任务。

吉鸿昌送走王淮义和警卫员，一回头，发现余原赋已经在桌上摆上了一副国际象棋的棋盘，余原赋问：“你知道国际象棋和象棋的区别是什么吗？”吉鸿昌好奇地：“你说。”余原赋分析得很精辟：“国际象棋没有界限，帅能出宫，相能过河，防御意识和进攻意识完全一致。挡在进攻者和防御者之间没有天险和屏障，只有一人。咱们跟小鬼子作战，就算是国际战争，所以象棋的规则有时候无助于咱们打开思路。”吉鸿昌很惊讶。余原赋接着说：“中华是家国制，讲究普天之下，四海之内，实际上也是跟自己划定了圈圈。可是西方意识是建立在邦国制基础上，他们讲究世界是我的表象，这可没有圈圈，反而他们一直在突破圈圈。这就是 1840 年后咱们失败的根本，我们抱着旧观念打不赢现代战争。你当日本，我当咱们，你防守，你先手。我要让你看看什么叫‘蚁食巨象’！”余原赋从自己棋盘上拿掉了几个子儿，又从吉鸿昌的期盼里拿掉了一半的兵。两人开始卜起棋来，时光流逝。

天津这边，吉鸿昌的小女儿突然不乖了，不停地哭，邵氏哄了半天，好了一些。胡洪霞累得把眼睛合上，嘴角挂着微笑。邵氏哄孩子一边走着摇至柜上，柜上放着一张《益世报》，头版醒目的标题是：《日軍第四旅團在多倫遭受重創 抗日同盟軍收復察北四縣指日可待》署名：“洪芳”。

旭日东升，多伦城外的开阔地，战争打响了。余原赋不顾飞机轰炸，亲自瞄准追击的日军几名轻机枪手，几名机枪手一起被炸飞。这时，飞机把山炮炸翻了，余原赋翻正过来，一炮就让日军一辆装甲车着火停了下来。敌机再次飞来扔炸弹，爆炸中，余原赋被掀倒在地，山炮又翻了，余原赋爬起来大骂："小兔崽子，跟二爷叫上劲了，翻过来！"继续发炮，可是炮哑了！重新装弹，炮闩拉不开了，余原赋赶紧趴到炮后检查，炮兵们掩护炮位，拼命射击，装甲车一直向余原赋炮位开过来，一边扫射。余原赋从炮后撤出身来，原来炮栓给炸坏了，余原赋俯下身体，冷静瞄准："拿个炮弹壳来！"余原赋猛挥炮弹壳，用弹壳尾部猛烈撞击炮栓，击一下吼一下："开炮，开炮，开炮！"一发子弹将余原赋打倒在地，炮弹壳落地，余原赋不顾这个："快去砸炮栓，把装甲车干掉！"装甲车在推进，疯狂扫射，几兵炮兵连连中弹倒地。余原赋提起一条长枪，大喊着跳起来，用枪托底部猛捣炮栓。长枪一断两截，余原赋四下一看，见有一个迫击炮盘半埋在土里，冲上去就扒炮盘。这时一名日本兵已经冲到面前，把刺刀扎在余原赋的后背，日本兵拔出刺刀，余原赋转过身来，瞪大了眼睛。

吉鸿昌一见，眼睛都红了，带着王淮义一行愤怒地冲过来，一刀把日本兵砍死。吉鸿昌冲上前抱起还睁着眼的余原赋："参谋长！原赋兄弟，你能看见我吗？"余原赋喘着粗气硬撑着说："快，打装甲，膛里有炮弹，瞄准过了；那有个炮盘，砸炮栓，狠狠砸……"吉鸿昌大喊："王淮义，保护参谋长！"吉鸿昌冒着弹雨，抱起迫击炮盘，向山炮走去，吉鸿昌高高挥起炮盘，"哎呀"一声怒吼，向炮栓用力砸去！"咚"的一声，炮弹出膛了！日军装甲车被击中，燃烧起来。这时，日军小队已经冲到跟前，双方展开肉搏，日军小队被全部消灭。余原赋笑着看抱着自己的吉鸿昌："四辆……第四辆装甲车，都干掉了……快，把炮拉回去，我要修炮。"敌机轰炸，吉鸿昌扑到余原赋身上，炸弹爆炸，余原赋只是看着吉鸿昌，嘴角正流出血来，还是像从前那样笑着："你压疼我了。"医护兵把他抬了下去。

战壕里，彭楚志的士兵每人有的子弹都已经是个位数，彭楚志喊了一声："再打要节省子弹，逼近再打，用好大刀！"吉鸿昌给梁师侠打电话，他那边面对一个联队，但是表示，我一定坚持到明晚24时，誓与阵地共存亡！刚

说几句，电话线炸断了。

日军冲上来肉搏，梁师侠往前跑了两步，忽然跑不动了，扶着壕壁。眼前的一切都模糊了，一名模糊的日军正向他冲来。梁师侠举起枪，手枪却从手中掉地，那名日军端着枪冲杀过来，眼看枪刺要扎过来，被一名参谋冲上来砍倒，参谋中弹倒地。梁师侠一下坐在地上，他低头一看，胸口已经被血浸湿。他扶着壕壁又站了起来，他爬上了战壕，眼前是官兵在拼杀。他艰难地扶着弹药箱挺立起来，大声呐喊："官兵们，实现你们的誓言，为国献身的时候到了！共产党员们，公开你们的身份，带领官兵用我们的血肉守住阵地！记住总指挥的话，有贼无我，有我无贼，非是我死，即是贼亡……"梁师侠支撑不住坐了下来，声音越来越小：半壁河山，业经改色，是好男儿，舍身报国……

吉鸿昌前敌指挥部帐篷里，他正用电话安排其他部队，当给方冠群打电话时，知道那边的日军第八师团已经急眼了，飞机重炮都上了，部队伤亡很大，弹药也快打光了。他表示："你放心，方冠群决不让鬼子接近多伦一步！现在全体同盟军就要看你了。"吉鸿昌坚定地："方兄放心，明天我打不下来，我就以身殉国。"

吉鸿昌放下电话，这时彭楚志和王淮义一起进来。三人在桌前坐下，看着地图。吉鸿昌说："现在形势很严峻，你们看，北面开鲁方向日军第三旅团生力军，已经越过浑善达克沙漠扑向多伦，兵力超过三千。南面第八师团从丰宁一线快速推进，已经与方冠群、梁师侠并火，打狙击很艰苦，子弹也不够。如果我们明天打不下多伦，让这两股日军一会师，就能一口气把我们赶回张家口，先前打的三个县也保不住。蒋介石就会发动全国舆论攻击同盟军，何应钦这三个师会立刻进入张垣，逼冯先生下野，我们所有的努力都会前功尽弃！"王淮义说："总指挥，你一定是有办法了，你说，我们怎么打？"吉鸿昌让大家看地图："越是这时候越是不能着急，现在正面硬打多伦牺牲会非常大，我想用两套打法，也就是上策和中策，没有下策！"彭楚志："上策是什么？"吉鸿昌指着说："你们看，多伦城北的汇宗寺，据俘虏交代，现在是日伪军的伤兵医院，只有一个伪军连防守。这个是因为与我们作战不力被调去的，有抗日情绪，但没人敢出头。连长已被我们俘虏，他愿意带这个连投诚抗日。只要能把这个连拉到城里，里应外合，城中必然大乱，我们就能乱中取胜！”彭楚志补充：“还能借着运伤兵把敢死队先送进城。”王淮义主动请缨：“这任务非我没人了。他们要运伤兵，我带二十名敢死队员混进城内不成问题。”吉鸿昌：“对，就是这样。今晚一定要混入城内，明日拂晓前发动总攻，到时里应外合，大造声势，破敌在此一举。”彭楚志赞叹地问：“好，就这么干！那中策是什么？”吉鸿昌目光坚毅地：“中策就是万一此举不能成功，只有一条路，跟日本鬼死拼，拼大刀，拼亡命，拼血战，拼血性，拼血肉！拿不下多伦，就战死在多伦！”

吉鸿昌在野外追上医疗队，那里有命大的余原赋，他多次吐血，却没有死，听到吉鸿昌召唤，还吃力地睁开了眼睛，数道着自己杀日本人的战绩，吉鸿昌开玩笑：“你也让日本鬼领略了你的弹道美学。”余原赋抬头看天：“弹道美学？战争是丑恶的，火炮、弹道都是丑恶的。草原很美，蓝天，白云，这才是真正的美。”余原赋颤巍巍地说：“天津，有我的家，拜托你了。”吉鸿昌含泪点头，余原赋松开手，示意自己的胸部，吉鸿昌从他口袋里掏出一枚袖章，那是中原大战济南惨案时吉鸿昌命他为全军制作的，上面“杀日兵 雪国耻”六个字万分触目。吉鸿昌很感动：“你还留着。”余原赋说：“当年做的都烧了，这只袖章是你亲笔题字，我单留下了，还给你吧。”余原赋的声音越来越微弱，已经听不清，他终于永远闭上了眼睛。吉鸿昌泪如雨下。

吉鸿昌的军旗和东北义勇军军旗迎风招展。一辆卡车充为灵车，两面车篷布上都写着“烈士捐躯 為國干城”，车尾篷布上写着“抗日雄鬼 爱国英靈”，旁边列队站着吉鸿昌的卫队。吉鸿昌戴着“杀日兵 雪国耻”的袖章，在为余原赋的遗体穿衣，崭新的衬衣，吉鸿昌为他打了领带，然后把军装扣一一扣上。吉鸿昌和全体官兵脱帽致哀。灵车缓缓启程，车身上的“抗日烈士 為國干城”八个大字触目惊心，吉鸿昌与全体官兵向灵车敬礼，掏出手枪，冲天鸣枪送行。灵车在荒原上向远方缓缓驶去。

王淮义和他的敢死队员们都穿着伪军服，个别化妆成轻伤员，竟然成功

地唬住了敌方战壕里的伪军，投诚连长带着王淮义一行穿过防线，进入敌纵深的伤兵医院，王淮义和他的敢死队员们在“绷带室”外墙下蹲着，看着院子里到处是伪军伤兵在呻吟。大病房里的灯亮着，大开着门，日军伤兵的歌唱声传出来。伪军伤员怒骂：“伪军真他妈贱，日本人住病房，他们只能在外头干嚎！”晚上，投诚长官打开门，亮光洒出去。他伸出头，冲王淮义一点头。王淮义起身走进屋来，投诚长官说：“这位就是同盟军的王长官，咱们从现在起听他的，将功折罪！”投诚长官带头，与屋里的人都向王淮义跪下了。

王淮义告诉投诚的长官：“我的人我带，你给我两个向导能上城就行。你的人全部去巷子里，到时一打响，就四处放火，喊吉鸿昌进城了。”投诚连长：“是，王长官。”

夜间最容易产生惶恐，吉鸿昌前敌指挥帐篷里，彭楚志进来：“报告总指挥，攻城部队全部准备完毕。”吉鸿昌慢慢地起身，走到桌前打量指挥部，指挥部已经空了，只有墙上的地图。他走到桌前操起笔，在地图上写上“還我河山”四个大字，把笔扔了。他从墙下摘下大刀，脱了刀衣也扔在地上。他忽然举起大刀，一刀劈断桌腿，大桌忽隆一下坍塌下来！吉鸿昌和彭楚志大步走出指挥部。

老天眷顾，阴云遮住了月亮，彭楚志率骑兵云集在大漠上待命，向前方看着。遍地的抗日同盟军士兵，如虫阵一般蠕动着。他们背着大刀片，拖着攻城的云梯，匍匐前进。交通战壕里也都是官兵，躬腰快速前进。在他们身后，炮兵拉着罩着炮衣的两门山炮向前推进。黑暗中，看得清炮衣上写着“炮閻王附體”几个字。

吉鸿昌的怀表指针一秒一秒地前进，两点整了。吉鸿昌大喊：“吹号！”一排号兵挺起身来，冲响了冲锋号。吉鸿昌跳出战壕：“敢死队在前，攻城部队在后，冲啊！”城头的警戒机枪开火了，战壕后方，同盟军炮兵也开火了，城墙上伪军火力点被炮兵打掉。

王淮义和一群“伪军”从暗巷出来，大步向城根走去，然后散成几个小组，各自走向位置。

吉鸿昌冲到城下大声号召：“敢死队员们，誓死救国的时候到了，喝鬼子的血，吃鬼子的肉，砍鬼子的脑瓜壳！跟我上！”吉鸿昌抢先登上云梯，敢死队们纷纷跟上。一批壮汉提着一篮一篮手榴弹，向城上猛打手榴弹。四处架起云梯，同盟军战士奋勇登城。同盟军山炮连射。

城头四处爆炸，烟火升腾。吉鸿昌率敢死队冲上前去用刀砍死其他守兵，占据了一处机枪沙包。城堞上，第二防御纵深是日军重机枪，这时开火了，一队日军也冲上城来，原地趴下向敢死队射击。吉鸿昌被压制在沙包后面，打手榴弹。手榴弹爆炸，日军机枪停息了片刻，又响起来。几次压制不成，吉鸿昌命敢死队员机枪扫射。吉鸿昌向日军机枪点投手榴弹。日军重机枪被打掉，一时哑了。剩下两个日本轻机枪兵正向其他方向射击，来不及反应，早被吉鸿昌两刀砍倒。队员占据重机枪，大批同盟军从缺口处登上云梯，爬上城头。城内投诚连长一个激灵：“快，点火把。”投诚连长把草垛点燃，一边大喊起来：“吉鸿昌进城啦！同盟军进城啦！”大家一起四散奔跑，点火，狂喊起来，到处都是喊声：“吉鸿昌进城啦！吉鸿昌进城啦！”日军第二纵深重机枪还在疯狂扫射，几个木箱被“伪军”点燃。城上一时大乱，火光四起，哨声大作，伪军四处乱跑，又一处日军重机枪阵地被王淮义布置的“伪军”攻击，日兵纷纷被枪击、刀砍。王淮义一路攻来，见到前方是登城部队，就向天空扫射，拿起铜哨吹响。“伪军”们人手一哨，纷纷吹响。吉鸿昌趁乱攻进城内，遇到了王淮义，问道：“淮义，怎么样？”王淮义报告：“一个连投诚了，他带进来一个排，我命他在城里放火，扰乱日军。城南日军四个重火力点都被我肃清了。”吉鸿昌高兴地：“干得漂亮！”回身大喊：“占城门！”大批同盟军官兵向城门冲去。日军小队从城阶上赶来增援，被迅速消灭。吉鸿昌率敢死队员冲下城阶，将伪军的枪支缴械。吉鸿昌命令：“打开城门！”这时，天色已经要亮了，三发白色信号弹自多伦城上升空，彭楚志跳上战马，大喊：“杀鬼子的时候到了，冲啊！”大队骑兵拍马向多伦城冲去。吉鸿昌率敢死队巷战中追击奔逃的日伪军，吉鸿昌挥舞大刀，连连砍死日军。彭楚志率骑兵追杀日伪军，赶上了吉鸿昌。原来，西门也打下来了。

天亮了，吉鸿昌面对最后的据点——设在清真寺的多伦日军指挥部，寺前日军和伪军架着几挺机枪，吉鸿昌率骑兵大喊杀声冲杀而来，日伪军机枪

猛烈开火。吉鸿昌奋不顾身冲杀上去:“杀!”吉鸿昌战马中弹，他翻身落马。骑兵们已经冲杀上去，吉鸿昌爬起来，挥舞大刀向前冲去。机枪阵地瞬间就被夺下，把枪口掉过来对准清真寺大门。同盟军骑兵把清真寺团团围住，吉鸿昌冲里面大喊:“这里是中国的多伦，日本指挥官滚出来，中国军人要与你决斗!”清真寺大门打开了，一名日军中队长双手握刀走出来:“吉鸿昌!我是大日本关东军第六师团岩柳精二，我要找吉鸿昌决斗!”日军中队长大叫一声，上前向吉鸿昌劈砍，吉鸿昌格住日本军刀，对他说:“叫你认识一下抗倭名将戚继光的刀法!”吉鸿昌闪身化劲，近身挥刀一抹，只用这一刀，日军中队长便应声倒地，蹬腿而亡。

清晨的多伦城头，因为战争的结束，更显示出清晨的魅力。吉鸿昌大声宣告:“我代表全体与日军血战的官兵，向全中国的同胞和父老乡亲们宣告，多伦城已经被我察哈尔民众抗日同盟军收复了!”官兵们举枪齐声欢呼，胜利的欢呼声在多伦城头响彻云霄。

张家口火车站上，火车运送伤兵开车以前，伤兵车客货车厢混挂，伤兵们正在上车。吉鸿昌走过来:“天津方面安排好了吗?”傅崇林答道:“安排好了，住西开法国医院，我让佩芳去请了史密斯医生，他答应亲自治疗。到了。”傅崇林引吉鸿昌一行登上车厢。梁师侠躺在担架上，一名医护兵正在给他读《老百姓报》。吉鸿昌上前紧紧握住梁师侠的手。梁师侠问:“多伦一战，消灭了多少鬼子?”吉鸿昌高兴地答道:“日伪军六千多，都解决了。”说着吩咐把最近的报纸拿来给他看，天津《益世报》社论，《多倫大捷，舉國歡慶》;香港《大公报》,《壮士復河山，舉國望多倫》;上海《申报》社论,《日軍不可戰勝之神話再次被粉碎》;《国民画报》《各界父老鄉親慶賀多倫大捷》，还有几张，都在报道“多伦大捷”。

火车缓缓驶离站台，梁师侠在车窗前朝吉鸿昌一行微微挥手。吉鸿昌一行向梁师侠挥手，火车在他们面前驶去。

多伦大捷阵亡官兵纪念塔迅速修成了，庆功大会和纪念塔落成仪式也圆满召开，冯玉祥还作了讲话，并高声背诵祭文:“军阀祸国，倭寇跳梁，东北四省，坐视沦亡。此时察省，风云紧张，民众奋起，自动武装。血战经旬，卒复察疆，多伦一役，遽伤元良。裹尸还葬，蔚为国殇，记勋勒石，英名煌煌。塔尖东北，念望故乡，光复失地，永志不忘。”吉鸿昌讲话时，下面掌声经久不息，他说：“中国人爱好和平，但是，中国人不可侮。日本鬼是一颗人头一腔血，中国人也是一颗人头一腔血。你敢杀俺一人，俺就砍你十人！你敢占俺东北，俺就打到三岛去！不打你龟孙叩头叫饶，你不知道四万万中国人都是血性好汉！”军民们蜂拥冲上主席台，把吉鸿昌、方冠群、彭楚志等前线将领抬起来往场下走，全场高唱起《抗日大英雄》。

第二十二章

抗战树敌同盟军解散

抗日同盟军在察哈尔的连续胜利赢得了民间的支持，却引起了中央政府的恐慌，认为这与正在执行的对日政策相抵触。

多伦战后，冯玉祥难得短暂的休息，他穿着短衫，摇着蒲扇，坐在树荫下喝茶看报纸，看着看着就愤怒了。这时，吉鸿昌骑马匆匆赶到，冯玉祥把一张电报纸递给吉鸿昌："你先看看这个，行政院长在我们报捷的电报上批了文。"吉鸿昌看电报："冯副委座焕章钧鉴，多伦大捷电文收悉，即呈交行政院汪院长精卫阅，汪院长在同盟军'血战五昼夜克复多伦'数字下划了粗杠，并批'无耻'二字。专此原文布达，不敢有私。行政院秘办。"

吉鸿昌暴怒，把电文拍在桌上，仰望苍天："他这是哪国的行政院长，是日本国的吗？俺们中国军人流血牺牲，抗击日军收复国土，俺们自己的行政院长却说这是"无耻"，这才是俺们中国最大的耻辱啊！"冯玉祥又递过来一份报纸，吉鸿昌又接过报纸，读道："本报七月十八日讯，汪精卫在庐山发表谈话，称'抗日同盟军收复多伦，不是取自日军之手，而是取自伪军之手，此等傀儡何足一击'。"冯玉祥对吉鸿昌说："汪精卫把屎盆子硬往同盟军头上扣，我们不能不反击，我给你四辆卡车，你立刻把在多伦缴获的鬼子军旗、军装、武器装备，还有打坏的装甲车，都赶运回张家口，我已经通电邀请全国记者来张家口考察，向全国说明我们打的是伪军还是日军"。吉鸿昌同意："好，俺马上出发，俺亲自带车去拉。"

吉鸿昌坐在驾驶楼里，带着四辆军用卡车怒卷风烟，向张家口驶去。

这时，拉着梁师侠的从张家口开往北平的火车也被勒令紧急停车。几名戴着袖章的宪兵跟随一名白手套长官走进车厢，长官拿着话筒向全车喊话："旅客们，下面宣布北平行营最新通告，自现在起，自张家口至北平的所有机车，无论客货，一律停驶，北平的所有机车也被拦截下不得进入张家口，现在本车返回。"旅客们愤怒地与这位带着白手套的长官对峙，这时，梁师侠勉强地穿起军装与这位长官商量，旅客知道这位是攻打多伦的英雄，纷纷鼓掌，梁师侠对旅客们说："现在，我们收复了多伦，张家口是安全的，我为此感到无比的自豪和骄傲，感到同盟军将士的血没有白流。可是，我前面这

辆通往张家口的旅客列车，却被南京政府下令阻击了通行！我身后这辆满载着抗日伤兵的列车，也被南京政府下令阻止了通行！这是南京政府对人民再次犯下的罪孽！我要抗议！”车厢内群情激奋，开始失去控制，有位旅客站出来大声质问：“怎么，你们还敢对着老百姓开枪不成！……打倒汉奸卖国政府！”突然白手套身边的副官掏出手枪要打，说时迟那时快，白手套托起了副官的手枪，一声枪响，子弹直接洞穿了车顶，旅客们都吓得静了下来，色厉内荏的看着这些军人。

白手套长官对梁师侠说：“梁将军，我敬重同盟军的作为。但军人的天职旨在服从命令，逼返火车是上峰的安排，不是我们的主意。下属只是奉命行事……大家各为其主，希望不要为难了兄弟们，不然我也只能容忍惨案的发生。”梁师侠脸色惨白，说了几句话劝大家返回张家口，就晕倒过去。

一个广场上拉着横幅“多倫之戰繳獲日軍裝備示眾會”，吉鸿昌主持这个展示会，横幅前面有大批日军武器装备，轻重机枪、步枪、山炮、装甲车、军刀、望远镜、地图、军装、衔章、饭盒、水壶、日记本。但是除了老百姓，记者反而很少，他们正对着缴获品频频拍照，然后向吉鸿昌提问题。一个记者问：“多伦之战日伪军一共有多少兵力参战？”吉鸿昌答道：“多伦守敌来自三部分，一部分是守备多伦城的日伪军；一部分是多伦外围的日军，还有一部分是从康保、宝昌、沽源溃退到多伦的日伪军，三部分加起来共 15000 余人，其中伪军 9 千余人，日军近 6 千人。”另一位记者接过来问：“关东军参谋长小矶国昭曾在 5 月份宣布要进攻察哈尔，在察北四县参加的是不是关东军进攻察哈尔的军队？”吉鸿昌：“就是。关东军占领承德、赤峰以后，以其精锐第六师团、第八师团、2 个重炮团、9 辆装甲车、30 余架飞机，沿多伦到丰宁一线部署，已经完成了对张家口的进攻准备。我们先敌开火，收复四县，粉碎了关东军的进攻企图，保卫了张家口。”第一位提问的记者又来问：“汪院长强调多伦没有日军防守，都是伪军”，吉鸿昌指着展品：“有没有日军这是最好的说明。汪院长说同盟军‘可耻’，就是指这一战。”记者后来连续赶到，吉鸿昌不解，一个记者说：“开往北平、天津的伤兵车，也都被中央军堵住不让通行，往回开了，我就是坐伤兵车赶来的。天气这么热，伤兵的伤口都发炎、化脓了，真是悲惨！”吉鸿昌大吃一惊。这时，对面开来了梁师侠乘坐的那列火车，傅崇林下车后对他说：“蒋介石已经下令，彻底中断了平绥跌路，从下花园到柴沟堡全线停运，任何车辆不许通过，沿途设了障碍，架着机枪，伤兵车也不例外。药品也无法运进来。”

阮静怀带着两名副官快步走过来，吉鸿昌迎上去，阮静怀说冯玉祥让他来了解一下情况。吉鸿昌指着现场给他看，说道：“老长官，冯先生给二军的五万元奖金，请你先提出来买药吧。”阮静怀无奈地：“这笔钱提不出来了，蒋介石已经下令把全国和海外华侨的捐赠，一律由军政部和外交部扣押，全国所有银行、钱庄、票号禁止向同盟军输款，连百姓给同盟军的捐款也全部被冻结了。”吉鸿昌发火，阮静怀劝说：“说这些没用了，现在只能靠我们自己。傅先生，请你马上组织人，由赵副官配合你；一拨人进城，无论中药西药，能赊账的赊账，不能赊账能买多少就买多少；另一拨人上山挖草药。”阮静怀带着吉鸿昌去找冯玉祥汇报。

原来，冯玉祥累了，他感到人民难以组织，遇到真的艰险就会首先自保为先，没有强有力的组织，只会一盘散沙。看到蒋介石多渠道围困，来参加抗日同盟军的很多力量都已经不愿共同吃苦，找理由各自离去，他决定下野，再寻找机会。吉鸿昌也没有办法劝阻。吉鸿昌说：“既然先生已经决定下野，鸿昌也不便再说了。先生走后，张家口怎么安排？同盟军怎么安排？”冯玉祥走到地图前，忧虑地看着地图说：“中央军 20 万，关东军 3 万，都是生力军，飞机坦克大炮，兵多火力猛，粮弹充足。同盟军连日征战，兵疲师苦，伤员上千，缺粮少弹。”他转身对吉鸿昌：“不能打了，抗日种子必须保留。我已经取得蒋介石同意，必须由 29 军来接管张家口，由宋哲元来当察省主席，这是我下野的条件。把张家口交给日本人，谁也接受不了。”吉鸿昌看着老长官阮静怀：“若谷兄，你会去哪？”阮静怀说：“我跟随冯先生。你有什么打算？”吉鸿昌坚定地：“我还是老句老话，我愿意死在日本人手里，此志不变！”冯玉祥赞叹道：“好！你和方冠群是一对，两个都不孬种！”

方冠群与吉鸿昌从屋子里出来，坐在一起交流看法，方冠群叹口气：“唉！

我也决心打到底，可是冯先生要下野，我说不服他”。方冠群说完掉头就走，他跳上战马，看看吉鸿昌还在发愣：“军阀混战打内战，老子受够了！方冠群宁为玉碎，不为瓦全。我不缴枪，不接受任何改编，跟日本鬼拼到死，决无二志。老子回部队备战！驾！”方冠群猛一挥鞭，战马奔驰而去，吉鸿昌冲着方冠群喊：“我跟你一起拼！”

因为缺医少药，梁师侠病危了，冯玉祥来看他，梁师侠虚弱地躺在床上，军医和医护兵在他的身边正在注射什么，对此他毫无感知。炮火和喧嚣逐渐离他远去了，但他心里还牵挂着什么，他在等待。他的眼神沉着而安宁，就像失明的人期待看到光明。傅崇林引着冯玉祥、吉鸿昌、阮静怀、邵佩芳走了进来，都在门口站住了。方冠群和王淮义都站起身来。冯玉祥一行走上前去，在梁师侠的床头环绕着，梁师侠握住了冯玉祥伸上来的手，尽力打起精神来微笑，他把冯玉祥看成了吉鸿昌。冯玉祥对梁师侠说：“梁先生，你是我们同盟军的骄傲，是同盟军里共产党员的骄傲，也是我们西北军的骄傲。”梁师侠还是把他当成吉鸿昌，说道：“世伍，应该骄傲的是你，是冯先生的西北军。没有冯先生，没有你，共产党就没有机会参加一支民众抗日军队，去收复察北四县，收复多伦。”听到他发自内心的对西北军、对自己的评价，冯玉祥的泪水一下子落了下来，落在两人的手上。梁师侠慢慢合上了眼睛，仿佛睡着般地永远地离去了。冯玉祥把梁师侠的双手放在他的胸前，脱帽致哀，阮静怀和王淮义摘下了军帽致哀，方冠群转身坐到旁边椅子上去了，摘下军帽，悲愤地看着他处。吉鸿昌在床前一腿跪下，双手握紧梁师侠的手，久久不松，泪如雨下。

冯玉祥下野前，对未来做了布置，成立了“抗日同盟会”，在爱吾庐大厅，晚上昏黄的灯光照着一群钢铁般的汉子，大厅壁上挂着《國恥圖》，图上方挂着吉鸿昌所书“還我河山”四个横幅大字。图边上挂着竖幅“抗日同盟會”，字略小于“国耻图”和“还我河山”。冯玉祥带领大家歃血盟誓，共有吉鸿昌、方冠群、阮静怀、彭楚志等三十余人，冯玉祥与大家一起面对《国耻图》，高举血酒，吟诵起来：“苍天在上，玉祥恐惶；今日下野，愧对故乡。还我河山，匹夫志壮，歃血盟誓，愿国鸿昌！”冯玉祥把血酒饮尽，吉鸿昌和全体把血酒饮尽。

这算是对察哈尔抗日同盟军解散的一个交代。

第二天，吉鸿昌开始组织部队突围，在北平远郊小汤山阵地，日军第二编队三架飞机又飞临上空，吉鸿昌身边随即硝烟弥漫。吉鸿昌快步在战壕里跑着，一边注意飞机的动静。他来到王淮义身边，对他说：“淮义，这样打下去可不中，对方是东北军，你去喊话。”王淮义拿过话筒大声向对方喊话：“东北军的兄弟们，你们丧良心了吗？我们是抗日讨贼军，是吉鸿昌将军的队伍。我们是为东北老乡、为你们跟日本人而作战的。你们老婆孩子被日本人杀，你们跑这来打我们，你们还是人吗！”日军战机又盘旋回来轰炸、扫射，王淮义不顾轰炸，大声继续喊话。吉鸿昌看王淮义喊话中骂人，他抢过来自己喊话：“东北军的同胞们，我是吉鸿昌……你们现在正在与日本人一起打抗日军队！你们的少帅张学良将军他要抗日，可是被蒋介石逼迫解职下了野，你们不能忘记祖宗，背叛父兄，与日本鬼子穿一条裤子！”吉鸿昌的名声，以及他对对方的尊重，在东北军士兵心里开始斗争。吉鸿昌继续喊话：“想想吧，东北军的兄弟们，不要再做亲者痛仇者快的事了！”东北军一名团副对团长说：“团座，不能跟他们再打了，太丧良心了。”东北军团长：“那怎么办？”副官出谋划策：“撤吧，就说日军轰炸，把炸弹扔到我们阵地上了。”东北军团长沉吟一下，喊话：“吉将军，兄弟也是要抗日的，兄弟决定马上撤军，给你留下些粮弹，不过你不能追我，你要是追我，兄弟后面还有两个师，兄弟也就不客气了！”这时已经傍晚，吉鸿昌部轻松占领了小汤山敌方阵地，士兵们在挖战壕、掩体、防炮洞，工兵铲有力四起，尘土飞扬。伙头军抬着大锅上了阵地，几口大锅冒着热气，官兵们排队打菜面糊糊和烧饼，然后在阵地上四处蹲着，狼吞虎咽。

这时，院外两辆军用卡车驶来，拉来了粮食和药品，彭楚志从后面车上下来，与迎上来的吉鸿昌紧紧拥抱，他又回到29军宋哲元那里去拿东西了。彭楚志介绍说：“蒋介石又来一条毒计，要咱们西北军兄弟火拼，把东北军全调走了。”吉鸿昌一惊：“现在我的当面，是宋哲元的29军，是你们。”彭楚志答道：“是，宋军长知道你们粮食困难，叫我先送来两车粮食，还叫我给

你们带话，来通报情况。蒋介石要宋军长打你们，宋军长不肯打，于是蒋介石就派人与日军联系，请求日军出动战机和大炮。日军限中国政府每天晚上8时前，要缴纳20万元的弹药费。”吉鸿昌拍案大怒：“日本人炸中国人还要中国人掏钱，南京还是中国政府吗？观遍古今中外历史，哪有这样的奇闻”。一时三人都悲愤无比，吉鸿昌发泄完，又冷静了下来，让彭楚志继续介绍。彭楚志继续说：“宋军长特别关照，日军在出动飞机大炮的同时，也在不断增兵，他希望抗日军尽快撤走，向长城机动，不要吃眼前亏，更不要与29军对仗。宋军长原话对我说，你告诉世伍老弟，29军留下将来一定要打日本，决不能现在就自己打起来。宋军长说，考虑到抗日军的处境，建议大哥最好能委曲求全，放弃对抗，如果愿意去29军，他表示欢迎，也可以去南京。说是蒋介石答应了。”吉鸿昌笑问：“没说去南京给什么官？给多少钱？”彭楚志说：“军政部大员、军委委员、政务委员、水利委员，让大哥任选，另有10万大洋。”吉鸿昌冷笑：“老四，你知道大哥是什么样人。可是宋军长显然不知道啊。你回去告诉他，吉鸿昌不识相，我不认他这个老长官，他用大刀砍日本鬼我敬重他，他想砍中国人我吉鸿昌就跟他对砍！把那两车粮给我拉回去，抗日讨贼军就是全部饿死，也决不吃南京的肮脏粮食，决不吃嗟来之食！一定把我的原话传到。”彭楚志答道：“我一定把大哥的原话传到。不过，这两车粮是从我的旅拉来的，他不给我补充，我吃糠咽菜支持抗日讨贼军！”

在突围的行军中，吉鸿昌和方冠群的部队又在牛栏山的清晨相遇了，山沟里，双方军旗上都是弹洞，军装都很破败。吉鸿昌、方冠群在石头上坐下来。吉鸿昌从腰里摸出半个馒头递给方冠群，方冠群接过就啃：“你还有馒头吃。”吉鸿昌告诉他：“在长城遇到个老熟人，要不是他，我哪知道你往牛栏山来了。”方冠群一边嚼着，一边说：“我到密云才知道，日军第八师团已经进占了密云，并向西推进到了大东峪，怀柔的日军也开赴高丽营设防。以我们现在的粮弹，根本无法过去。”吉鸿昌苦叹：“我也转了一大圈。自北边黑山寨往东南打到老君堂、昌平，又往南打到小汤山，然后再往北打到长城，中央军地面堵，日本飞机天上炸，还有重炮，伤亡很大，弹尽粮绝。”方冠群问：“听说29军到你当面了？”吉鸿昌说了回绝官帽金钱的事情，方冠群笑了：“从密云往回走的时候，有两位北平商会的找我来，说是要出面调停，也叫我给轰走了。”方冠群说着打开地图铺在地上：“我们西边密云、怀柔、高丽营一线有日军重兵，东边自沙河到昌平一线也都是中央军，四面都被包围了。走没粮食，打没弹药，真有点走投无路了。”吉鸿昌说：“陷于死地而后生，就剩下最后一条路——抗日。就在这个包围圈里，我们跟汉奸日本鬼拼了！”

忽然那边山上传来了枪声。方冠群赶紧收起地图，二人一起起身。吉鸿昌拔出枪来：准备投入战斗！在山头阵地上，哀兵必胜的吉鸿昌、方冠群部队轻易消灭了日军第八师团一部的进攻。方冠群看着山下日军两辆装甲车开来，和吉鸿昌约好到后山沟汇合，马上撤离。吉鸿昌操起刚缴获的日军重机枪，拼命扫射起来。日军小队长冲上来时，王淮义的机枪没子弹了，他与吉鸿昌带着士兵用起了大刀，待敌人近前了再砍。吉鸿昌打死了多名日本鬼子后，组织士兵迅速撤离。

晚上，部队宿营在山林里，秋风横扫秋雨，何况是夜里的深山，吉鸿昌和方冠群的部队官兵们蜷缩着，用乱七八糟的东西充当雨具，破军装、旗帜、行军锅、树枝、荷叶、蒲扇、工兵铲、马肚子……渐渐疲倦地睡着了。吉鸿昌捂着肩窝的伤，顶着一块雨布，与王淮义一起匆匆走过来。王淮义提着马灯，他们提醒着士兵，让他们苏醒。吉鸿昌喊着：“不能睡，可不敢睡，这时候要生病的，坚持一下，都醒醒……”山坡上有一个“山洞”，就是一个凹处，上头可以遮点雨，卫兵正用雨衣为方冠群遮挡，方冠群提着马灯看地图，直摇头。方冠群抬起头看着走来的吉鸿昌：“世伍，你想过接受北平商会的调停吗？”吉鸿昌问：“调停？去密云找你的那个？那跟投降有啥两样？”方冠群说：“可是这样下去也不行啊，天晴日军飞机炸，天雨伤兵受不了，粮、弹、药也全光了。你我就甘心把这些抗日种子都这样消耗完，都交代了？”吉鸿昌看着方冠群良久，忽然哼了一声，悲愤无比地转头看雨。

天亮了，下了一夜的雨也停了。部队疲惫至极，衣衫破烂不堪。

下午，出面调停的来了，为首的老先生是北平商会副会长，他走来向吉鸿昌和方冠群深深作揖：“吉将军、方将军，受老朽一拜。”商绅们向两人作揖：“二位将军受我们一拜。”吉鸿昌扶起他来：“老先生，我们应该感谢你们啊！”

吉鸿昌、方冠群引着商绅们进入指挥部，嘴里抱歉：“请，条件太差，怠慢了。”副会长掏出一个信封，从里头掏出一封函递上：“这是我们给委员长递的呈请书，提出了三项条件，委员长都答应了。”方冠群接过，念道：“为保证抗日官兵的安全，本商会特呈请委员长答应如下条件，第一，保证方冠群、吉鸿昌两位将军和全体官兵的生命安全；第二、遣散官兵不予追究，长官发 5 元遣散费，士兵 2 元；第三、伤员一律转北平医治。遣散费和治疗费皆由北平商会即付。”

吉鸿昌和方冠群决定接受这个条件，队伍开到镇口，蒋军童敬义旅长戴着白手套走上前，向吉鸿昌和方冠群敬礼。吉鸿昌走到“枪械处”小旗边，看着地上自己缴械的武器，然后把大刀恭敬地放在地上，起身与方冠群一起向前走去。官兵们相互搀扶着走过来，纷纷把身上的武装卸下，放在小旗下走过去。老百姓们蜂拥而上，围上吉鸿昌和方冠群，围上抗日军的官兵们，紧紧拉着他们的手跟着走，流泪，抱不平，舍不得放开。青年学生领着百姓喊起了口号：“吉将军我们热爱您！方将军我们热爱您！打倒日本帝国主义！抗日同盟军万岁！”悲愤的呜咽声和口号响成一片。

吉鸿昌和方冠群哪里知道，电文不可能真的兑现，北平行营转来了蒋介石亲电：“贼部解决，大快人心。吉、方为贼首，不得姑息，就地解决。蒋中正。”在小广场上，吉鸿昌和方冠群的部队吃完散伙饭，吉鸿昌领大家唱《吃饭歌》，全体唱起来：“这些饮食人民供给，我们应该为民努力。帝国主义国民之敌，救国救民吾非天职”。

童敬义旅长送遣散费的车到了，看着大家领钱，吉鸿昌从怀里掏出怀表给王淮义：“淮义，你知道我身上不装钱，我也没有遣散费。这块表你带上，去北平见到党组织，给我交党费。”王淮义塞回去：“我不离开你，也不领遣散费，我就跟着你。”吉鸿昌悲凉地说：“淮义，革命就会有牺牲，蒋介石是不会放过我的。”官兵们领了钱就上了车，吉鸿昌亲自关上车后厢板，官兵们呜咽地喊道：“总指挥……方司令……”

童敬义走过来：“请吉将军、方将军上车。”方冠群问：“送我们去哪？”童敬义答道：“兄弟奉命送你们回北平。方将军请上前面一辆，吉将军上后面一辆。”卡车一会儿驶过山峰，一会儿驶过树林，很快，太阳下山了，童敬义看看手表，章军长让他执行时的愤懑在眼前浮现，童敬义打量黑暗的外边，辨认着出现的树林。两辆卡车驶到路边停下，这里山林茂密，童敬义跳下来喊着：“到地方了，都下车，快下车！”吉鸿昌和王淮义对视一眼，下了车，方冠群也从另一辆车上被接下车来。童敬义喊道：“站队，站队！”方冠群看着士兵在对面站成排，冷笑道：“真会挑地方啊！”童敬义却上来给吉鸿昌和方冠群敬礼：“兄弟只能送到这儿了。”吉鸿昌让他快动手！童敬义笑道：“两位将军误会了，兄弟奉军座之命，本军决不杀害抗日将领，送二位将军到此地，不能再送了，往正南是丰台。”方冠群与童敬义握手：“谢谢你们。”吉鸿昌也过来握手：“回去替我们谢谢军座。”童敬义说：“快走吧。”吉鸿昌、方冠群和王淮义快步跑入林中，身后才传来一片枪声。

他们从树林子里钻出来，来到一个路口，方冠群与吉鸿昌约定：“咱们回去东山再起，讨蒋抗日，跟他干到底！世伍，你去天津，我上广州，不能再让人一勺烩了，在这分手吧。”吉鸿昌悲伤地说：“方大哥，多少年了，不管鸿昌身上有多少毛病，你对我总是不离不弃，俺俩的情义，比一般袍泽、比把兄弟可是更深更重。”方冠群动情地说：“世伍，别说这话。我们分分合合多少回，你我现在不还在一起吗？淮义，这个你拿着，路上照顾好你长官。”说着塞给王淮义一块小金砖，百般推辞无效，王淮义收下了，二人拥抱后分手。

吉鸿昌久久看着方冠群，直到他融入黑暗。他们都不知道，这竟是最后的诀别。

第二十三章

津门反蒋慷慨就义

吉鸿昌自打认准了抗日救国的人生目标，就百折不挠。他多次向蒋介石请缨，带领国军抗战不允，在共产党的支持下，他就做了拉队伍自己抗日，失败了投靠红军的打算。察哈尔抗战同盟军失败后，他隐居天津，秘密策动各地军事实力派，与方冠群南北呼应，要组织“反帝大同盟”。

一天，他正在天津的家里哄小霞，彭楚志穿着长衫进来，听彭楚志汇报情况说，到广州见到了方冠群，他十分支持，表示愿意组建队伍，一起干“人民抗日武装自卫军”。他说现在手上能发动的人有两万多，到时候北方一行动，他就在南方举旗响应。吉鸿昌一盘算，现在总计已经联络了十多万人，最迟到明年春天就可以起事。彭楚志说，李宗仁先生那边也回话了，他答应可以合作反蒋，要派人这两天来与大哥面谈，多少人枪都要面谈才行。要大哥准备一下，他们的人这两天就到。吉鸿昌说，桂系实力强大，要好好接待，王淮义说：“现在惠中饭店特务看得很紧，是不是要换个地方。”吉鸿昌说换在国民饭店吧，彭楚志说要不他去惠中饭店，吉鸿昌说：“没事，他们的目标是我，要有危险早动手了。不过你不能去，你和淮义要负责接待南方来人，保证他们的安全。惠中饭店你另派人去。”

傅崇林和邵佩芳去国民饭店订房，傅崇林抱着丹丹，带着孩子从事联络工作，虽然掩人耳目，确实也挺危险。傅崇林说，募捐的用于买武装的款子为了防止银行冻结，已经缩进教会保险箱了。他们上楼，选择了 38 号房间作为活动地点。

彭楚志带着两个陌生人向惠中饭店走来，他忽然拦住二人，都站下了，彭楚志压低帽沿，看见一个陌生的人影，原来是路云乡。

彭楚志回来与吉鸿昌、傅崇林、王淮义在楼顶阳台密谈，他说了白天的情况，原来路云乡现在是复兴社别动总队的队长，专搞暗杀，这次来天津据说负有秘密任务。吉鸿昌明白：“应该是对我来的。”王淮义对吉鸿昌说：“干爹，组织上已经通知你转移了，要不南方来人换个人见吧。”吉鸿昌执意要见，他说人家是李宗仁先生的代表，我不出面太失礼了。

在天津的复兴社社长室，路云乡对支社的行动效率很不满，要求不要被吉鸿昌整天呆在法租界束手束脚，坚决下手，就在国民饭店，花大价钱也不

要紧。特务接令作了进一步准备，目标就是吉鸿昌与南方客人的会见地点。

出事的这一天，彭楚志带着两名队员坐在轿车里，守望着国民饭店大门和停车场。“瘸腿老人”路云乡正在出门，王淮义西装笔挺从他身后过不来，等门童搀扶老人走开，才向停车场跑来，对彭楚志说：“王淮义：跟丢了，这个路某人太狡猾了。”彭楚志听王淮义说屋里、电梯口、楼道都布置了警卫来保证会见的安全，他才放心。

为了安全，会见临时改成45号房间，门开处，一个汉子穿着中式棉袍，带着一个穿着西装外披大衣的人走进来。汉子叫任应歧，字瑞周，比吉鸿昌年长三岁，曾任国民革命军12军军长，中原大战参加讨蒋，兵败后寓居天津，后成为中共特别党员，目前与吉鸿昌相互都不知道对方是共产党员。任应歧说：“世伍，我把人给你带来了。”吉鸿昌在屋里穿着白衬衣，背带裤，迎上去与任应歧握手。任应岐引见了李宗仁的代表王先生，吉鸿昌热情握手，问候李宗仁先生，王先生说：“他托我转达对反法西斯大同盟委员们的问候。”吉鸿昌又介绍了方冠群的代表。四个人开始打麻将，一边谈事。吉鸿昌背靠暖气片，面对着玄关纱屏，他对面是任应歧，王先生坐在吉鸿昌上手，方冠群的代表穿绸衫，坐在吉鸿昌下手。警卫在门外高度警惕，他们打牌中开始聊正事。任应歧忽然对王先生说：“德邻先生可得说话算话啊！”王先生说：“那当然，我们已经募集了120万捐款，人枪都是齐的。”任应歧开玩笑说：“世伍，听见了吗，这是阔佬啊！我们得共他们的产，让他们给我们买枪弹，今天就定下来。王先生，这个主你能做吗？”王先生说：“能，大家是一家人。可是你们有办法运吗？”吉鸿昌说：“现在风声太紧，就不要折腾枪弹了，最好能在上海或者广州给我们搞几部电台。”王先生答应没问题。

一个很大的阔佬与一帮穷人平起平坐搞共产，这样的合作即使不生外鬼也会有内讧。

走廊里，一个涂脂抹粉的女子，挽着一个油头粉面的男子，从电梯出来后四处辨认房号。洋巡捕也是楼层保安驱赶他们，女子谎称找人，塞给巡捕一根金条，巡捕顺手塞进衣袋，回身一指：45号。巡捕正要走，被男子拉住，做了个拧钥匙的动作：“你能？……您就说丢了。”巡捕竟然掏出钥匙串，取下一把递给男子，转身走了。两人悄悄把门锁打开，相互示意了一下。女子从包里掏出一团毛线，露出一半来，点了点头，男子一下扑向女子，两人撞开房门，一起倒了进去，女人连包带毛线一起扔出去，两人装作发嗲笑闹，冲进了屋子，男人赶紧过去，弯腰拾起地上的毛线，与吉鸿昌对视了一眼："对不起，错了，撞错门了。"男人赶紧扶着女人出门了。西装男子开门看这对男女，男子赶紧又赔笑鞠躬。他看看没有其他人了，回来把门关上。

他们认为没事，就继续打麻将。吉鸿昌对大家说："详细的计划书，一会就送来。今晚你们先看一下，有什么需要修改的，我再改。"

这期间，饭店外面，邵佩芳和傅崇林来送计划书，王淮义在大堂休息区坐着，看报纸，一边注意着大门处，看到了那对男女走出大门。彭楚志在外面看到，他们来到一辆货车边上，"瘸子老人"路云乡带着杀手迎上来。女人说："这是门钥匙，左手门框上我画了标记。"男人说："一桌打麻将的，吉鸿昌坐靠窗，在暖气片前头，穿白衬衣。"路云乡对杀手命令："行动！"

杀手打开货车驾驶楼，取出短枪塞进腰里，又取出西装更换，最后穿上大衣，跟着路云乡进饭店，这一切彭楚志看在眼里，路云乡与杀手说了什么，然后离去，杀手自己进去了。彭楚志坚守外面，心想王淮义带人在里面，自己就没有进去，却没想到，杀手经过王淮义走过去，在电梯前等候，王淮义没有注意到。彭楚志在外面看路云乡换上一辆轿车要走，彭楚志告诉手下："龟孙！路某人行动了，快，你去通知王队长去保护总指挥！"队员快步向饭店跑去，彭楚志驱车去追路云乡。就在王淮义去追赶的这个空档，杀手冲进了房间，可是他打中了王先生，因为靠近暖气片的地方热，吉鸿昌临时换了位置。王先生脱下西装，穿着白衬衣坐到他的位置。邵佩芳提着装有计划书的皮包等电梯的时候，杀手戴好手套，一手持枪，一手把钥匙小心捅进锁眼，把门推开直冲进去。吉鸿昌这时背对着门，听到响声，急忙转身来，向杀手扑去，杀手转手又是一枪，吉鸿昌趔趄一下。枪已经被他踢飞。吉鸿昌拾起枪冲向门口，又趔趄一下，扶住门框，鲜血从肩头流下来。客人们听到枪声纷纷向外逃窜，这时王淮义才冲上来。

吉鸿昌与王淮义跑着，下楼去追，这时两辆巡捕车驶来，跳下许多巡捕。

邵佩芳灵机一动，沉静一下，大胆向巡捕长走去："捕爷，我是《益世报》记者洪芳，请问里面出嘛事了？"巡捕看着她："洪芳，你大名鼎鼎啊。只告诉你一个，逮吉鸿昌！你也快走吧，别沾包。"邵佩芳站在那里呆住了。

杀手迅速上了停在路旁的轿车，车开走，彭楚志追踪而去。吉鸿昌却被捕了。

路云乡的车在"天津市電話局"对面停下来，彭楚志的车也远远停了下来，彭楚志向前观察。

路云乡和杀手已经换上了西装，路云乡向电话局走进去给复兴社打电话："我是路云乡……我现在就回南京，不去你那了……什么？吉鸿昌没有死？怎么回事？"路云乡扣电话："妈的！"路云乡上车，正骂那位已经变身司机的杀手，却发现"司机"不在，他又转回头看后排座，只见杀手已经倒在后排身亡，彭楚志坐在那笑。路云乡非常惊讶，彭楚志冷笑："你替蒋介石卖命，瓦解西北军，迫害抗日将领血债累累，我们四个兄弟，你一人就害了仨！我来找你算账。"路云乡一边敷衍，一边暗自掏枪，刚掏出枪来，彭楚志就把匕首从右肩窝直插进去。路云乡翻着白眼，歪头死去。彭楚志开车一路狂奔，把路云乡的尸体丢进了海河。

吉鸿昌的家里迅速获知了吉鸿昌在法租界被捕的消息，现在在教会医院，胡洪霞和傅崇林小心来看他。傅崇林向门口扫一眼，伏身轻声道："组织上正在想办法营救你。"吉鸿昌轻声说："不要为我花钱，这件事是南京干的，花钱解决不了。洪霞，累你去一趟泰安，找冯先生想办法阻止南京引渡。"又看看傅崇林："把消息在报纸上发出来，揭露蒋介石的阴谋。"门又打开了，进来四名巡捕现场监督。胡洪霞投入吉鸿昌的怀中，吉鸿昌盯着巡捕们，吻她的头发。

胡洪霞火速赶往泰山见冯玉祥，冯玉祥说："弟妹，你不要太心急，要照顾好母亲和孩子。世伍是被法租界关押的，还得引渡才能到蒋介石的手。我一定想办法营救世伍。"随即吩咐副官马上给韩复榘、宋哲元发电，要这两位省主席向蒋介石呈请说情。马上派人去天津工部局斡旋，要不惜重金，一定要阻止引渡。副官转身出去了，胡洪霞起身要给冯玉祥下跪，冯玉祥一把拉起来："弟妹不可，快起来，世伍也是我的好老弟，赛过亲兄弟！"

在工部局监狱，吉鸿昌对巡捕长扬着字条，讥笑道："你向法国人出卖中国人，还想叫我出卖朋友。要说谁是共产党，我都知道，他们在哪我也知道。可是我不出卖朋友。"吉鸿昌轻蔑地把字条撕碎，手一松，碎片如雪花般落下："要杀要剐我一个，就是我！"这时，任应岐被推进来了。

因为蒋介石决意要杀吉鸿昌，引渡的实力也比冯玉祥方面强大，宋美龄和孔祥熙用公款向法租界工部局行贿，他和任应岐被引渡到北平陆军监狱。到了车站，一位副官递过来委员长专电，吉鸿昌打开一看，只有四个字："立即處決"。吉鸿昌神态自若，一笑："行啊，来这一套，礼数甚周。"

王淮义和胡洪霞、邵佩芳来到监狱探视吉鸿昌却不允许，胡洪霞激愤地骂道："强盗！魔鬼！"

象征性的军事审判开始了，没有律师，没有旁听，只有持枪的宪兵、押人的狱警、一名主法官，一名书记员和要犯吉鸿昌，吉鸿昌受过了重刑，一身是伤，讲话很艰难。吉鸿昌和法官进行了激烈的斗争。法官问："抗日大同盟的成员都有谁？"吉鸿昌说："那人可多了，有四万万人，四万万有血性的中国人都是成员。"法官问："人民抗日武装自卫军有哪几部分组成？"吉鸿昌大声说："有红军、西北军、东北军，也有中央军，还有游击队。凡是中国所有的爱国军人，都是这支抗日武装的部分。"审判没法进行了，法官要用刑，吉鸿昌冷笑："刑讯？老子怕你刑讯？"吉鸿昌大怒，艰难地扯开衣襟，露出身上一片枪伤："看看老子身上的枪伤。老子抗日沟死沟埋，路死路理，狗吃了落个活棺材，还怕你刑讯吗？"

法官问他为什么要反对蒋委员长，吉鸿昌展开了长篇演讲，痛斥蒋介石政府卖国，法官打断他："这个人疯了，快带下去！休庭。"宪兵押吉鸿昌走，吉鸿昌艰难地移动步子，继续控诉。

听到审判情况，蒋介石发来专电："吉犯不必审了，立时枪决"。

北平陆军监狱的栅栏外，王淮义、邵佩芳陪着胡洪霞。胡洪霞悲愤欲绝，猛烈摇动着栅栏："我丈夫是为了救国抗日，你们放了我丈夫，刽子手！"胡洪霞一头撞在栏杆上，血流如注。邵佩芳、王淮义悲愤地去扶。

彭楚志去找阮静怀，求他想办法，彭楚志不知道高层的情况，实际上冯玉祥都改变不了什么，阮静怀能做什么？他现在做着寓公，也许是国事苦闷，他现在吸烟斗了。他听着彭楚志的哭诉，冷漠又绝望地说道："我们谁也干不过蒋介石。张作霖、阎锡山、李宗仁，还有我们的冯先生，都干不过他。"彭楚志绝望地："我们西北军就这样完蛋了吗？"阮静怀笑笑："西北军早就完蛋了。十三太保，五虎将，风云一时。不说我，也不说吉鸿昌，就说你吧，你也算亲眼看着西北军完蛋的，还亲历了我的队伍完蛋。吉鸿昌是个壮士，一去就不知道返，而冯先生赋闲泰山，韬光养晦，我在天津当寓公，心死如灰。我们不如他。"彭楚志坚决地站起来："我也不知道返，我要去投红！"阮静怀伸出手来与彭楚志握手："谢谢你这时候还能想起我，好自珍重吧。"彭楚志走后，阮静怀坐定了，眼睛看着远方，仿佛看到了他在西北军中经历的一切，百感交集，两行清泪从面颊上流了下来，他沉吟道："兔死狐悲，物伤其类。"他吩咐副官："你去给北平行营打个电话，就说我求求何长官，请他允许吉鸿昌给家里通个电话。"何应钦给了他这个面子。

在监狱长室，狱卒押着吉鸿昌，随监狱长进来，来到电话旁边给家里打电话，胡洪霞飞快地起身，快步过去接起电话，颤抖着，听到吉鸿昌的声音，胡洪霞泪如泉涌。丹丹告诉小霞，你爸爸打电话来了。邵佩芳抱起丹丹，邵氏抱起小霞，向胡洪霞围了过去。吉鸿昌在那边说："别哭，今天是小霞生日，别吓着她了。"胡洪霞说："家里都好，都在电话边上呢，在等你和崇林回来给小霞过生日。我知道你会打来这个电话，不知道为什么，反正我就是知道，所以我们一直在等着你。"小霞突然说话："妈妈我要听电话。"小霞接过电话："爸爸你好，我是小霞！"吉鸿昌眼泪晃荡着说："乖女儿，都会问候爸爸了，爸爸祝你生日快乐。"小霞问："你怎么还不回家来，小霞等你饭都等凉了。你说好要给小霞过生日。"吉鸿昌说："是啊，爸爸答应过你，现在爸爸在外面有事，先打这个电话来祝你生日快乐。"父女俩在电话的两端用语言亲昵着，小霞说："爸爸年年给小霞过生日。"吉鸿昌慷慨答应："好，小霞知道自己的生日是哪一天吗？"小霞答道："十月初三，十一月二十三。"吉鸿昌听了很高兴，小霞从邵氏怀里挣下来，跑到沙发上去玩洋娃娃去了。吉鸿昌眼泪流下来，坚强地擦去。

吉鸿昌又和邵佩芳通话了一会，和胡洪霞作了最后的通话，时间就到了，胡洪霞哭着说：“我会坚强的。今年你不在，一会我们就给小霞过生日，明年我接你回来，以后我们年年给小霞过生日，永不分开。”吉鸿昌劝慰她：“这就对了。洪霞，我舍不得你们，可是为了国家民族，为了受苦的老百姓，我只能舍你们，我给你们抱个歉吧。”胡洪霞坚定地说：“不！你不用抱歉，你是我的骄傲，也是我们全家的骄傲。”吉鸿昌有些哽咽：“……把孩子带好，要像妈一样舍得教育，把妈也照看好。我拜托给你了。”监狱长走过来：“吉将军，时间到了。”吉鸿昌捂住电话：“让我跟老人告个别吧。”邵氏接过电话，吉鸿昌说：“妈，我六岁失了娘，自从娶了兰英，妈对我赛过亲生。你知道我对兰英有多爱，对妈有多亲，儿要走了，儿跟娘告个别，儿不能孝敬娘，给娘跪下了。我连累家里了。”邵氏忙说：“你没有连累，你跟家连着肉，连着心。”邵氏听到那边没有说话，只有抽泣，她说：“你不说话，妈也知道你想什么，‘人生自古谁无死，留取丹心照汗青’，你现在一定是在想这个。你要走了，妈不能在你身边，就让崇林替妈送你吧。临别了，妈要送你一首诗，这是妈的心意：儿的声音娘惯听，千里叫娘娘必应。儿叫娘听娘知意，娘叫儿听儿放心。鸿昌，你可听见了？吉鸿昌哭着说：“娘，儿听见了，家里有娘在，儿都放心，儿去了！”吉鸿昌扣上电话。一屋子人满脸是泪，邵氏扶着柜头，低头拭泪。

看完吉鸿昌的绝笔信，一家人开始给小霞过生日，绝笔信是这样写的：“洪霞吾妻鉴，夫今死矣，是为时代而牺牲。人终有一死，我死您也不必过悲伤，因还有儿女得您照应。家中余产不可分给别人，留作教养子女等用，以成有用之才也。我笔嘱矣。鸿昌手启。”邵佩芳给邵氏和胡洪霞倒上酒，又拿起茶壶给丹丹和抱着洋娃娃的小霞倒上茶水。邵氏端起来说了些什么，带头把酒酹在地上。胡洪霞、邵佩芳把酒酹在地上。丹丹、小霞抢茶盅，也学大人的样子样把茶水酹在地上。

吉鸿昌和任应岐在监房里聊着，他们坚定地向往着，早晚全中国会遍地开革命之花、抗日之花、胜利之花，最后还得是和平之花。这时，铁门响了，行刑官带着四名宪名进来，行刑官大声说：“吉鸿昌，任应歧。听判决。”吉

鸿昌搀扶着任应歧双双挺立了起来。行刑官读到:“吉犯鸿昌,任犯应歧,经本会审讯供认其二人加入逆党属实,判即行枪决。”随后说:“请任将军先行。”任应歧紧紧握了握吉鸿昌的手,吉鸿昌紧紧搂着任应歧。他要求送送任将军,行刑官同意,二人一起走出牢门,他们拖着沉重的脚镣,走到大门前的一个厅里,行刑官快步上前拦住:“吉将军,只能送到这里。”任应歧望着吉鸿昌:“告别吧。”吉鸿昌抱拳:“瑞周贤兄,你先行一步,愚弟马上就来。”行刑官:“请留下书信。”吉鸿昌从怀里掏出几张遗书交给行刑官:“我们两人的,都在这里了。”任应岐的遗书这样写道:“吾妻,为组建抗日军,我钱已花完,我死后你带孩子回河南姥姥家去住吧,请你和姥姥原谅。尽量照顾孩子上学,诸事难为你了,夫应岐。”任应歧双手艰难地握拳,向吉鸿昌告别,吉鸿昌也双手握拳示意,接着双手抬起,左手扶着右手庄严地举手敬军礼。大丈夫有志不能申,有国不能救,痛哉!任应岐心中带着无限愤懑走了。

轮到吉鸿昌了,吉鸿昌向大门走去,他抬头望望北平的天空,阴云满天,悲风凛冽,雪花飞扬,这一天,已经是 1934 年 11 月 24 日。

吉鸿昌与傅崇林一起被押上刑场,他们面对着呼啸的北方,高高地仰起头,似乎在问天,天不语,他自问内心,不禁自言自语:“杀我者蒋贼,灭蒋者民众。”行刑官宣读判决书后,宪兵把傅崇林押往一边。吉鸿昌对傅崇林说:“崇林,不要怕他们。”傅崇林心中有上帝,面容从容肃穆:“我不怕,我在这先送你走。”吉鸿昌转过身来,向东北方向单腿跪下,悲怆呐喊:“我亲爱的东北同胞们,吉鸿昌无缘抗日,不能替你们伸张了!”雪越来越大,吉鸿昌抓起身边一根树枝,在沙土和白雪相混的地面上写下诗句:

恨不抗日死,留作今日羞。

国破尚如此,我何惜此头。

他挺立起来,转回身对着行刑官:“我为抗日而死,不能跪,死了也不能倒下,给我搬把椅子来。”行刑官同意,宪兵搬来了椅子,冲墙壁放好。吉鸿昌再要求:“我一生光明磊落,不能背后挨枪,我要亲眼看着一颗罪恶的子弹,要怎样打进一个爱国军人的头颅。”椅子调过来,吉鸿昌这才走过去,从容坐下,正襟危坐。

宪兵的枪口喷出一口白烟，吉鸿昌怒目圆睁，盯着裹着一团雪气而来的子弹，高呼口号："打倒日本帝国主义！中华民族万岁！"一股鲜血从弹洞缓缓流出，向鼻子、嘴唇、下巴流淌而去，可眼睛还在圆圆地睁着。

没过几天，1934 年 11 月，傅崇林被释放回到家中，将吉鸿昌的就义诗公之于众，社会舆论一片大哗，蒋介石非常被动。

在变乱的时代，不同的人有着截然不同的结局：

1940 年 9 月，彭楚志随八路军 129 师参加渝辽战役与日军作战，为国捐躯。

1941 年 12 月，方冠群取道香港返回广州抗日，被国民党特务暗杀。

阮静怀的原型就是冯玉祥"五虎将"之一的孙良诚。

1948 年 8 月，冯玉祥回国参加政治协商会议，在黑海，船只神秘地失火，冯玉祥罹难。